SUTTON KRIMI

Helmut Wichlatz

MORDSCLIQUE

Ein Rheinland-Krimi

SUTTON KRIMI

Über den Autor

Helmut Wichlatz ist da aufgewachsen, wo er heute morden, stehlen, betrügen und erpressen lässt. Nach dem Studium der Germanistik und Sozialpsychologie in Düsseldorf verdiente er sein Geld jahrelang als Werbetexter und Journalist, u.a. für Radio 90,1 und verschiedene Printmedien, bevor er sich der Literatur zuwandte. Nach diversen Kurzkrimis ist »Mordsclique« sein erster Kriminalroman. Er lebt mit Frau und Sohn in Erkelenz.

Sutton Verlag GmbH
Hochheimer Straße 59
99094 Erfurt
www.suttonverlag.de
www.sutton-belletristik.de

Lektorat, Gestaltung und Satz: Sutton Verlag
Umschlaggestaltung: der uhlig, Augsburg, www.deruhlig.com
Titelbild: dpa Picture Alliance/R. Goldmann
Druck: CPI books GmbH, Leck

ISBN: 978-3-95400-566-6
Dieses Buch wurde vermittelt durch Hubert Quirbach, Sprache und Auge, Koblenz.

Jede Ähnlichkeit mit real existierenden Personen wäre rein zufällig und nicht beabsichtigt. Die in der Geschichte wiedergegebenen Ereignisse sind frei erfunden. Erkelenz existiert natürlich, doch ist dort nicht alles so wie beschrieben. Man ist anders jeck.

Erkelenz-Venrath, 16. Juni 1988, 18.45 Uhr
Rosemarie Bergers Küche

Aus dem alten Radio auf dem Küchenschrank quäkte Howard Carpendale. Die Gardinen bewegten sich sanft im Wind. Die Fliege krabbelte ungeniert über Rosemarie Bergers Gesicht. Sie hatte schon an den Augen gesessen und ihren Rüssel seitlich in die antrocknende Tränenflüssigkeit gesteckt. Sie war sogar in den geöffneten Mund gekrochen. Doch Rosemarie Berger, genannt »Tant' Rosi«, hatte nicht reagiert. Die alte Frau lag ausgestreckt auf dem Linoleumboden zwischen Küchentisch und Herd im Hinterzimmer ihres kleinen Ladens. Ihr bunter Kittel und die Blutlache bildeten einen bemerkenswerten Kontrast zum abgewetzten, blassgelben Bodenbelag. Rosis leerer Blick war auf das Kleisterband über dem Tisch gerichtet, an dem viele mumifizierte Fliegen hingen. Fliegen hatten in der Küche normalerweise kein Glück. Sie verendeten am Band, wenn sie vom Essensduft angelockt wurden, oder sie wurden von der Fliegenklatsche zerquetscht, die immer griffbereit auf dem Tisch lag. Rosis linker Pantoffel stand wie ein gestrandetes Boot neben ihrem linken Bein in der Blutlache. Ihre hautfarbene Strumpfhose hatte eine gewaltige Laufmasche. Normalerweise mussten die Strumpfhosen immer einen Monat halten, aber die war hin. So wie Rosi.

Sie hatte viel erlebt und ausgehalten. Geboren im Ersten Weltkrieg, aufgewachsen mit Hunger und Inflation. Zwei Vergewaltigungen hatte sie als Kind überstanden, bevor sie geheiratet und unter schwersten Bedingungen vier Kinder zur Welt gebracht und großgezogen hatte. Die drei Jungs waren im Krieg geblieben. Stalingrad, Monte Casino und Sibirien. Die Tochter hatte Jahre später ein Balg ohne Vater mitgebracht, bevor sie an Krebs gestorben war. Auch Rosis Mann war tot. Zu viel Schnaps und Reval ohne Filter. Aber Rosi hatte weitergemacht und ihren Enkel großgezogen. Sie hatte das Geschäft weitergeführt, den einzigen Laden im Ort. Sie hatte ihr Leben hinter dem schweren Eichenholztresen verbracht, eingerahmt zwischen riesigen Gläsern voller bunter Süßigkeiten und einem Mosaik aus den gängigen Zigarettenmarken oder hinter dem Vorhang in dieser Küche. So war sie im Laufe der Jahre zu »Tant' Rosi« geworden. Die Venrather würden zukünftig für ihre kleinen Einkäufe ins benachbarte Keyenberg oder gleich nach Erkelenz fahren müssen.

Die Pistole, aus der die Kugel abgefeuert worden war, lag vor ihr auf dem Boden. Die Kugel hatte ihr die Brust zerfetzt und Herz und Lungenflügel durchschlagen. Ein Kriegsandenken ihres Mannes. Immer gut geölt und tadellos in Schuss, wie sich gezeigt hatte. Hätte sie das Scheißding doch nur besser vor ihrem Enkel versteckt.

Erkelenz, 25. Mai 2009, 5.45 Uhr morgens
Am Ziegelweiher

Die Sonne ging auf und tauchte den Lambertiturm in ein unwirkliches Licht. Der Klang der Glocke kündete einen neuen Tag an. Neben dem Fernmeldeturm, dem Sparkassengebäude und dem Turm der ehemaligen Verteidigungsanlage, der hochtrabend »Burg« genannt wurde, war es das einzige wirklich herausragende Bauwerk, das sich von der niedrigen Silhouette der Kleinstadt abhob. Die Tage des Sparkassengebäudes wurden bereits gezählt, bis es einem Neubau weichen sollte, der wesentlich niedriger, doch ausladender und moderner sein sollte. Ansonsten hatten sich die letzten Jahrhunderte weder architektonisch noch in der Ausdehnung besonders in Erkelenz niedergeschlagen. Die Pest, die Belagerung und Eroberung durch die Franzosen oder Feuerbrünste hatten dem kleinen Marktflecken im Nirgendwo zwischen Rhein, Rur und Maas am Rande Deutschlands nichts anhaben können. Man hatte unterschiedliche Herrschaftsverhältnisse und Währungen ebenso überstanden wie die Zerstörung in weiten Teilen am Ende des Zweiten Weltkrieges. Achtzig Prozent der Stadt waren dem Erdboden gleichgemacht, aber der Lamberti hatte dem Bombenhagel getrotzt und war für die Erkelenzer zum Symbol für ihren Überlebenswillen geworden.

Dieses Erkelenz war mittelmäßig, unauffällig und ewig. Und er, Berger, war ein Teil davon. Er saß auf der Bank am Ziegelweiher und schaute wie schon oft zuvor dem trägen und unaufhaltbaren Schauspiel des erwachenden Tages zu. Seine Bank in seinem Park, der kaum größer war als der Gefängnishof in Siegburg, der lange seine Welt dargestellt hatte. Seine Zeit. Sein Platz im Leben. Die Bank war vollgekritzelt mit allerlei Namen und Zeichen, für Außenstehende kaum zu entziffern. Ein paar Schichten weiter unten standen auch sein Name und die der drei anderen. Deren Namen konnte man mittlerweile sogar in der Zeitung lesen, wie neulich beim Zahnarzt. In der Klatschspalte, zwischen Madonna und Michael Jackson hatte er Martens entdeckt. Ein paar Seiten weiter Ellen, die wieder einmal durch ihre exzentrische Partnerwahl von sich reden machte. Ein Russe diesmal, junger Kerl mit einem Gesicht wie ein Mädchen. Selbst ihre neuen Namen konnten ihn nicht täuschen. Er würde sie immer und überall wiedererkennen. Mochten sie sich noch so weit in der Welt herumtreiben, sie würden stets diesen Ort mit sich herumtragen, an dem alles angefangen hatte.

Berger schnaufte und zündete sich einen Joint an. Er musste husten. Langsam machte sich das bekannte benommene Gefühl in ihm breit. Vom Kopf ausgehend eroberte es den Körper und warf sich über ihn wie eine Decke. Beim Husten machte seine Lunge ein Geräusch wie ein alter Diesel, aber das kannte er bereits. Wie immer überkam ihn die unerklärliche Gewissheit, dass sich bald alles klären würde. Alles, was vor über zwanzig Jahren hier angefangen hatte und für ihn noch nicht beendet war. Zwanzig Jahre war das alles schon her und doch war es für ihn erst gestern passiert. Zwanzig Jahre, der Jahrtausendwechsel, die Währungsumstellung, sie hatten für ihn nie stattgefunden. Er lebte in einer Blase, in der die Zeit nicht verging. Mit den alten Liedern und den Schatten längst zerplatzter Seifenblasen im Kopf. Ein Radfahrer fuhr vorbei und murmelte ohne hinzuschauen einen Morgengruß, den Berger ebenfalls murmelnd erwiderte. Es wurde Zeit, nach Hause zu gehen. Wieder hatte er eine Nacht mit Grübeln verplempert und nichts getan. Nichts, woran man sich später erinnern würde, wenn er einmal tot wäre. Alles, woran man sich erinnern würde, lag schon viele Jahre zurück und war sicherlich nicht dazu geeignet, ihn in guter Erinnerung zu halten. Ihn, das Monster, den Räuber und Mörder. Immerhin hatten die Leute in Erkelenz aufgehört, ihm angewidert nachzutuscheln, wenn er durch die Stadt ging. Ihre Empörung über seine ruchlose Tat war verflogen, überschattet von den Kleinstadtskandalen, die Erkelenz in der Zwischenzeit teilweise bis ins Fundament erschüttert hatten.

Der Ort hatte ihn wieder aufgesogen und unsichtbar gemacht. Einmal hatte er an der Frittenbude ein paar aufs Maul bekommen, weil jemand nicht wollte, dass sich Mörder wie er unter unbescholtenen Bürgern herumtreiben durften. Da dieser jemand mit drei Freunden unterwegs gewesen war, hatte er den Mut gehabt, es ihm zu zeigen. Wenig später war zuerst dessen Hund erschlagen worden, dann war seine Scheune abgebrannt, in der er seine nicht versicherten Oldtimer untergebracht hatte. Bei dem Gedanken musste Berger grinsen. Das war kurz nach seiner Entlassung gewesen. Seitdem hatten sich die Wogen geglättet. »Sie sollten sich überlegen, ob Sie nicht ganz woanders neu anfangen wollen«, hatte ihm der Anstaltspsychologe Brille bei einem der letzten Besuche geraten. Gewiss hatte er recht gehabt, aber Berger kannte nichts anderes und wollte zurück. Dorthin zurück, wo alles seinen Anfang genommen hatte und er einst glücklich gewesen war, wenigstens für eine kurze und sehr intensive Zeit. Noch einmal diese wunderbare, unverbrauchte Aufbruchsstimmung spüren und die alten Träume träumen. Die gemeinsamen Träume, die sie hatten, bevor es anfing, völlig aus dem Ruder zu laufen. Und hier würde es auch sein Ende finden, ganz sicher.

Ein letzter Zug, der schon nach Pappe schmeckte. Dann schnippte er den Rest des Joints weg und erhob sich. Mit steifen Beinen kletterte er von der Bank – das hatte er schon mal geschmeidiger gekonnt – und machte sich auf den Weg. Die Stadt, die er kannte wie seine Westentasche, war ihm fremd. Trotzdem war es kein Fehler gewesen, hier auszuharren. Das hatte er im Gefühl. Bald würde es für alles eine Erklärung geben, auch wenn sie sehr spät kam.

Erkelenz, 25. Mai 2009, 11 Uhr
Sitzungssaal Altes Rathaus

Dr. Hermann Sonnenschein machte seinem Namen alle Ehre. Er strahlte, als wollte er dem Frühling Konkurrenz machen. Obwohl er noch vor wenigen Minuten sehr nervös gewesen war, war er jetzt rundum zufrieden. Seine Statur verriet, dass er einmal ein sportlicher Mann war, der nun mit den Jahren etwas in die Breite ging. Die Bräune seines Gesichts hatte eine verräterische Röte. Sein grauer Kurzhaarschnitt wirkte dynamisch genug, um von den Zeugnissen des Alters abzulenken.

»Meine Damen und Herren«, begann er förmlich und schaute in die Runde. Dann räusperte er sich. Vor ihm saßen vier Vertreter der lokalen Medien und schauten desinteressiert in die Mappen, die er mitgebracht hatte. Markus Müller von der »Volkszeitung«, Gerlinde Krause von der »Rheinischen Post«, Carsten Frank von einem Werbeblatt und ein Mitarbeiter des privaten Radiosenders 90,1 aus Mönchengladbach hatten sich eingefunden und warteten nun darauf, dass Sonnenschein ihnen das erzählte, was er bereits in dem Pressetext geschrieben hatte.

Eigentlich ein unnötiges Ritual, dachte Müller und blätterte durch den Satz Kopien. Bei ihm zu Hause stapelten sich die Notizen der letzten Tage, die noch zu Artikeln verarbeitet werden wollten. *Das hätte der auch per Mail senden können,* dachte er. Und dann noch im Alten Rathaus. Also hatte er bestimmt etwas besonders Wichtiges mitzuteilen. Denn hier kam man nicht einfach so rein.

»Wenn Sie so weit wären, würde ich gerne anfangen«, setzte Sonnenschein erneut in einem etwas schärferen Ton an. Wie auf Kommando schlossen die vier ihre Mappen und blickten mehr oder weniger interessiert zu ihm auf.

»Sie wissen ja: Zeit ist Geld, sogar bei Staatsdienern«, fügte er schnell in einem versöhnlichen Tonfall hinzu. »Wie Ihnen bekannt sein dürfte, begeht das Cusanus Gymnasium in diesem Jahr seinen hundertfünfzigsten Geburtstag. Das ist natürlich ein Anlass, um zurückzuschauen und ehemalige Schüler unserer Schule einzuladen.«

Müller hatte sich auf seinem Stuhl zurückgelehnt und dachte an seine Zeit auf dem Cusanus. Ihn würde man sicher nicht einladen, obwohl er ein Ehemaliger war. »… haben wir eine ganze Reihe bekannter Personen eingeladen, die einmal am Cusanus die Schulbank gedrückt haben, wenn ich das mal so salopp ausdrücken darf«, sagte Sonnenschein, als sich Müller wieder auf ihn eingenordet hatte. *Na, das werden wohl nicht viele sein,* dachte er.

»Neben unserem lieben Herrn Bürgermeister und dem Landrat werden das vor allem Personen des hiesigen öffentlichen Lebens sein«, führte Sonnenschein weiter aus. Müller legte im Kopf die Zeilenzahl fest, die bestimmt nicht sehr hoch sein würde. *Wen interessiert schon ein weiterer Auftrieb der üblichen Tatverdächtigen,* dachte er und malte Kreise auf seinen Block.

»Darunter drei sehr berühmte Persönlichkeiten, die sicherlich jeder kennt.« Sonnenschein machte eine Kunstpause. »Man muss dazu sagen, dass es nicht leicht ist, eine Verbindung zu unserer Schule herzustellen, wenn man es nicht weiß. Denn alle drei tragen heute andere Namen als zu ihren Schulzeiten hier in Erkelenz am Cusanus.«

Kleine und ineinander verwobene Kreise, kleine und große. Müller begann damit, sie zu schraffieren, als er aufhorchte.

»Gewiss kennen Sie Luc Martens«, begann Sonnenschein und in seiner Stimme schwang eine gehörige Portion Stolz mit. Die vier Presseleute schauten sich verwundert an. Luc Martens war ein bekannter Rockstar, der aus Deutschland stammte und in Amerika Riesenerfolge feierte. Auch in Deutschland hatte er eine treue und große Fangemeinde. Dass der aus Erkelenz stammen sollte, wunderte Müller ein wenig. Das hätte er wissen müssen. In den Gesichtern seiner Kollegen konnte er lesen, dass sie ähnliche Gedanken hatten und ihre Pressemappen durchkramten.

»Ja, Sie haben richtig gehört. *Der* Luc Martens«, fuhr Sonnenschein stolz fort. »Kaum einer weiß, dass er nicht nur aus Erkelenz stammt. Er war auch Schüler am Cusanus und hat bei uns sein Abitur gemacht, 1988 war das, um genau zu sein. Und …«

Müller schaute sich die Fotos an, die Sonnenschein oder seine Sekretärin dem Text beigefügt hatten. Darauf war ein 08/15-Rocker zu sehen. In diversen Posen, rebellisch, verträumt und so weiter. Zwei der Fotos stellten Bruce Springsteen in seinen bekannten Boss-Posen dar. *Zu blöd zum Googeln,* dachte er und grinste.

»... 1988 war anscheinend ein guter Jahrgang für unser Bildungsinstitut«, verkündete der Schulleiter, als sich Müller wieder auf ihn konzentrierte. »Denn zwei weitere waschechte Promis haben sich in dem Jahr bei uns auf den Weg gemacht, um sagenhafte Karrieren zu machen. Wir haben sozusagen dazu beigetragen, dass sie heute sind, was sie sind. Das kann ich voller Stolz sagen.« *Der macht es ja spannend,* dachte Müller und sah, wie Gerlinde neben ihm erneut anfing, in der Pressemappe zu blättern. Als sie innehielt und ungläubig auf das Papier starrte, wurde er ebenfalls neugierig und nahm sein Exemplar vom Tisch auf. Wer konnte das denn sein?

»Sie brauchen nicht zu blättern, sondern es reicht, wenn Sie aufmerksam zuhören«, sagte Sonnenschein und seine Stimme hatte einen scharfen lehrerhaften Unterton. Gehorsam legten die drei Kollegen die Mappen wieder weg. Nach einem kurzen Blickduell zwischen Müller und Sonnenschein fuhr dieser fort. »Bei den anderen beiden handelt es sich um niemand geringeren als Ellen Kamps und Bernd Jacobs!« Dann legte er erneut eine Pause ein, um der Information genügend Raum zu lassen und sich in Gerlinde Krauses ungläubigem Gesichtsausdruck zu baden. Bei beiden Namen klingelte etwas bei Müller. Er warf einen Blick auf die Fotokollage, die ein paar Seiten hinter Springsteen Eindrücke des Lebens von Ellen Kamps geben sollte. Die Kamps in diversen Kleidern im Stil der letzten zwanzig Jahre, in Unterwäsche, im Badeanzug, ihr Gesicht in vielen Versionen. Jeweils anders und doch unverkennbar die Kamps.

»Ellen Kamps, ist das nicht die ...«, setzte er an, wurde aber von Sonnenschein unterbrochen.

»Gut erkannt, mein Lieber! Ellen Kamps, das Gesicht von Chanel und der heimliche Traum einer ganzen Generation von Männern. Ellen Kamps, deren Körper schon auf jedem wichtigen Magazin abgebildet war, die Muse von Lagerfeld. Ellen Kamps, die Moderatorin von ›Face of Tomorrow‹. Ellen Kamps, die ...«

»… magersüchtige Zicke, wegen der sich junge Mädchen in aller Welt den Finger in den Rachen schieben und zu Tode hungern!«, platzte es aus Gerlinde heraus, die sofort überrascht um sich schaute und knallrot wurde. »Verzeihung!«

»Äh, ja … die Ellen Kamps«, knurrte Sonnenschein und verzog das Gesicht zu einer Grimasse.

Müller sprang spontan ein, um seiner Kollegin über diese Peinlichkeit hinwegzuhelfen. »Und wo kann man diesen Jacobs einordnen?«, fragte er und wusste, dass er sich eine unnötige Blöße gab. Denn natürlich war ihm Bernd Jacobs ein Begriff. Bernd Jacobs aus Hamburg, der Erfinder des Web 2.0 sowie des weltweit zweitgrößten Kaufportals hinter eBay und zigfacher Millionär. Er hatte seine Finger überall da im Spiel, wo es nach richtig viel Geld roch. Das Foto sah aus wie ein Bewerbungsfoto und zeigte einen blassen Typen, der in jede Dorffiliale der Sparkasse oder an einen Postschalter gepasst hätte. Selbst der Pferdeschwanz machte sein Gesicht nicht interessanter. Ein weiteres Foto zeigte Jacobs umgeben von knapp bekleideten Hostessen und Bernie Ecclestone in einer Boxengasse. Im Hintergrund sah man ein springendes Pferd auf rotem Grund. Der kleine Mann im roten Overall links von Jacobs hatte ein Kinn wie zusätzlich angeklebt und trug einen großen Schriftzug auf der Brust, auf den Jacobs grinsend deutete, während der Engländer auf der anderen Seite den Daumen hochstreckte.

»Nun, da möchte ich Ihnen mal auf die Sprünge helfen«, nahm Sonnenschein den Ball auf und fuhr fort. »Dreimal Unternehmer des Jahres – 1996, 1998 und 2003 –, Gründer eines der erfolgreichsten börsendotierten Unternehmen Deutschlands – der »ECOCOM« –, Eigentümer einer ganzen Reihe topmoderner Unternehmen und dazu noch enger Berater der Kanzlerin in Internetfragen. Ganz zu schweigen von einer komfortablen Beteiligung bei diesen … diesen … neuen Handys, mit denen man alles kann.« Zur Untermauerung seiner Worte nahm er sein eigenes Handy vom Tisch und deutete damit summend eine Art Start von der Tischplatte an. »Na, klingelt es jetzt bei Ihnen, na? Der Mann ist gut und gerne einige hundert Millionen schwer. Ganz zu schweigen von dem, was noch in seinem Gehirn steckt«, ereiferte er sich. »Dabei hat er dasselbe Hirnfutter bekommen wie Sie, stellen Sie sich das mal vor!«

Arschloch, dachte Müller und grinste breit und schief. »Jaja, jetzt dämmert es tatsächlich«, murmelte er und schaute wieder auf die Pressemappe in seinen Händen.

»Na, sehen Sie«, fuhr Sonnenschein fort. »Da hat der Besuch meiner … äh … unserer Bildungseinrichtung ja auch für Sie etwas gebracht. Diese drei haben genau wie Sie hier in Erkelenz ihr Abitur gemacht, mit dem Unterschied, dass sie es … äh … zu etwas gebracht haben, stimmt's? Und sie werden nächste Woche wiederkommen, um das Jubiläum unserer Schule gemeinsam mit uns zu begehen. Na, ist das eine Titelstory oder ist das eine Titelstory?«

Jetzt wurde auch Carsten wieder hellhörig, der bislang vor sich hin gestarrt und mit offenen Augen scheinbar ganz andere Gedanken verfolgt hatte. »Wann kommen die hier an und ist es sicher, dass sie kommen?«, fragte er und schaute sich um, als ob die Kollegen seine Frage beantworten konnten.

»*Hun-dert-pro-zen-tig* sicher ist das«, sagte Sonnenschein. »Ich habe von allen dreien eine Zusage erhalten, die letzte erst heute Morgen. Sie werden nächste Woche hier sein und an der großen Feier am darauf folgenden Wochenende in der Aula teilnehmen! Zum ersten Mal seit 1988 werden sie an die Stätte ihrer Jugend zurückkehren, hierher, nach Erkelenz, wo sie aufgewachsen und zur Schule gegangen sind. Und sie werden eine Weile bleiben, um mit den Menschen hier in Kontakt zu kommen. Übrigens kann ich Interviewtermine vermitteln, wenn Sie interessiert sind. Ich bitte Sie, dementsprechende Anfragen über mein Büro, und nur über mein Büro, laufen zu lassen. Wir haben Ihnen in der Mappe ein paar Fakten zusammengestellt und würden uns über eine positive Berichterstattung im Vorfeld sehr freuen.«

Dann hatte er es auf einmal eilig und entließ die drei Schreiberlinge, um sich dem Radiomann und seinem Aufnahmegerät zu widmen.

Mediengeiler Depp, dachte Müller, als er den Sitzungssaal verließ. Die drei Promis kamen ihm für seinen bevorstehenden Wahlkampf gerade recht. Schließlich wollte er Bürgermeister von Wassenberg werden, wenn man den Gerüchten glauben konnte, die sich seit Monaten hartnäckig hielten.

»Ich kann nicht glauben, dass mir das rausgerutscht ist«, sagte Gerlinde, als sie aus dem Rathaus auf den Marktplatz traten. »Am liebsten wäre ich im Erdboden versunken.«

»Ach, lass mal, mit deiner Einschätzung von dieser Kamps hast du doch völlig recht«, tröstete Müller sie und klopfte ihr auf die Schulter. »Und wenn du im Erdboden versinken würdest, würde mir was fehlen«, fügte er hinzu.

»Was meint ihr, was das erst für einen Pressewirbel gibt, wenn die echt hier aufschlagen«, mischte sich Carsten Frank ein. Er hatte sich von hinten genähert. »Mit denen kann ich eine ganze Ausgabe füllen.«

»Ja, mit kurzen Texten, die den Abstand zwischen der Werbung voll machen«, bestätigte Müller, der von den kostenlosen Anzeigenblättern nicht viel hielt und mit seiner Meinung nicht hinter dem Berg hielt. Seinen Kollegen Frank mochte er trotzdem, denn er schätzte dessen satirische Auftritte im Karneval sehr. Außerdem konnte er ja nichts dafür.

»Na, schauen wir mal, was wir draus machen können«, sagte Gerlinde und schloss ihr Fahrrad auf. »Wusstest du, dass unser Kuhkaff hier solche Leute hervorgebracht hat?« Ohne eine Antwort abzuwarten, stieg sie auf das Rad und fuhr los. Ja, er hatte es einmal gewusst, fiel ihm ein. Er konnte sich zumindest vage an den Martens erinnern. Der hatte in irgendeiner Coverband gespielt und einen anderen Nachnamen gehabt. Damals waren immer noch ein paar Gestalten mit ihm durch die Gegend gezogen. Wenn die Kamps dabei gewesen wäre, hätte er sich bestimmt wenigstens die gemerkt.

Langsam schlenderte er über den Marktplatz, der bei schönem Wetter durchaus beschaulich war und an die Naherholungsziele in der Eifel jenseits der Grenze in Holland, Belgien oder im Hohen Venn erinnerte, vorbei an dem Glockenspiel und der Bronzestatue der tanzenden Möhn. Sie war ein Wahrzeichen der Stadt, das sich natürlich auf den Karneval bezog. Letztendlich hing in Erkelenz nahezu alles mit dem Karneval zusammen. Der Rest wurde vom Schützenwesen und vorindustriellen Handwerkstraditionen bestimmt. Man dachte noch in althergebrachten Traditionsgeflechten, wie es Großstadtbewohner oder moderne Menschen des 21. Jahrhunderts nicht mehr kannten. Dass hier zu Beginn des 20. Jahrhunderts die Pipeline-Technik und der Diamantbohrkopf entwickelt worden waren, mochte man kaum glauben. Ebenso wenig, dass diese drei Vorzeige-Promis aus Erkelenz stammten, die jederzeit als Jury bei einer Fernsehshow antreten könnten. Jetzt würde er sich erst einmal am Imbisswagen an der Ecke vor dem Finanzamt eine Bratwurst genehmigen, dann nach Hause gehen und Platz auf dem Schreibtisch schaffen.

Am Imbisswagen war für diese Tageszeit schon viel los. Man kam gerne zusammen in Erkelenz und tratschte. Ein Kleintransporter stand im absoluten Halteverbot, die dazugehörenden drei Handwerker drängelten sich um einen runden Stehtisch und verschlangen, was auf ihren Papptellern vor sich hin dampfte. Gleich daneben erkannte er Becker. Knapp eins neunzig, breitschultrig und blond. Das Haar mit höchster Stufe des Schneiders auf Minimalmaß gestutzt. Auf den ersten Blick wirkte er wie ein Kirmesboxer auf Valium. Benjamin Becker, sein Freund aus Jugendtagen und von Beruf Bulle. Obwohl er den Ausdruck nicht sonderlich schätzte, hatte er aufgegeben, sich darüber zu beschweren. Die beiden kannten sich einfach schon zu lange und hatten zu viele brenzlige Situation zusammen gemeistert, um sich an solchen Details noch hochziehen zu können. Seit der Schule waren sie mehr oder weniger gut befreundet, einige Jahre lang durchaus weniger als mehr. Aber am Ende hatten sie gelernt, ihre Vorteile zu schätzen und sich zu vertrauen. Da Becker keine Lederjacke und Kutte seines Motorradclubs »Lucifer's Angels« trug, schloss Müller, dass er wohl im Dienst war.

»He, was steht an? Verdeckte Ermittlungen?«, begrüßte er seinen Freund und baute sich neben ihm auf. »Ihr Bullen seid aber auch immer da, wo es nach Gesetzesverstößen riecht«, fuhr er fort und blickte zu den dreien im Blaumann. Der Älteste gab dem Azubi schnell die Wagenschlüssel und schubste ihn vom Tisch weg. Der Jüngere setzte sich in Bewegung und warf Müller und Becker einen abschätzenden Blick zu.

»Wegen mir könnt ihr euren Schlitten hier stehen lassen, bis der TÜV abgelaufen ist«, beeilte sich Becker in Richtung des Dreiertischs zu bekunden und faltete seine »Bild« zusammen. »Mich interessiert euer Parkverhalten nicht die Bohne. Das ist Sache des Ordnungsamtes.«

»Was darf es sein?«, fragte die Frittendame ungeduldig aus dem Wagen heraus.

»Wie immer«, sagte Becker und wollte sich wieder seinem Freund zuwenden.

»Geht das auch etwas konkreter oder glauben Sie allen Ernstes, ich merke mir jede Bestellung, die mir den lieben langen Tag um die Ohren gehauen wird, Herr Wichtig? Oder sind Sie nur Herrn Wichtig sein kleiner Bruder?«

Müller und die drei am Stehtisch mussten lachen. Ja, dafür war die Gegend berühmt: den unnachahmlichen Charme ihrer Bewohner, die von den Kelten über diverse andere Volksgruppen inklusive der Römer und später der Franzosen und Preußen so ziemlich alles überlebt und gleichzeitig aufgesogen hatten. Immer einen freundlichen Spruch auf den Lippen und ein giftiges Lächeln im Herzen.

»Und das sind echt Erkelenzer?«, fragte Becker ungläubig und stopfte dabei weiter auf unappetitliche Weise seine Bratwurst mit Brötchen und Extra-Senf in den Mund, wobei ein Klecks Senf auf seine Jacke tropfte. Sie hatten die Frittenbude hinter sich gelassen und spazierten durch die Marktgasse. Wortlos reichte Müller ihm eine Serviette. Seit seine Frau Jette ihn auf Diät gesetzt hatte, nutzte Becker jede Gelegenheit, um sich mit zusätzlichen und, wie er meinte, lebenswichtigen Kalorien zu versorgen. Dabei war er weiß Gott nicht dick, eher ordentlich dabei, wie er selbst fand. Außerdem schaute Jette zu viele amerikanische Serien, in denen selbst die Statisten am Hamburger-Stand aussahen wie griechische Götter. Und er musste es ausbaden.

»Ja, sind sie.«

Becker wischte an dem Fleck herum, der dadurch nur noch größer wurde. *Scheiße, jetzt merkt Jette, dass ich mich nicht an die*

Abmachung halte, dachte er und spielte kurz diverse Varianten durch, was er sich im Laufe des Tages über die Jacke schütten könnte, um den Senffleck zu verdecken. Außerdem musste er noch die rohen Paprikascheiben entsorgen, die sie ihm anstelle von Butterbroten mitgegeben hatte.

»Und die kommen echt nach hier?«, fragte er, um abzulenken.

»Jahaa.«

»Geil.«

»Weiß nicht«, sagte Müller nachdenklich und zerbröselte den Rest seines Brötchens für die Tauben.

»Warum nicht? Was hast du gegen sie? Ist es ihr Erfolg, der dich so missmutig sein lässt?« Becker hatte das Problem seines Freundes scheinbar auf den Kopf getroffen und grinste breit. »Du bist neidisch, stimmt's?«

»Ach, Quatsch!«, knurrte Müller ausweichend. »Aber denk mal nach: Die sind jünger als wir und haben alles erreicht, alles! Die schwimmen ganz oben, die furzen mal laut und das bringt auch noch Geld. Und wir? Wir hocken immer noch hier und nichts außer der Sonne und den Wolken bewegt sich wirklich für uns, oder siehst du das anders?«

»Ja, das tue ich sehr wohl«, entgegnete Becker entschieden. Ihm gingen diese Schübe von Selbstmitleid, unter denen sein Freund gelegentlich litt, ziemlich auf die Nerven. Seine eiserne Regel bei Männerfreundschaften hieß in etwa: Du kannst über alles reden, musst es aber nicht. Also lass es! Außerdem konnte er ihn sowieso ohne große Worte verstehen. Aber das würde Müller niemals erfahren. »Ich bin zufrieden mit meinem Leben, meiner Jette, meinen Puten, meinem Beruf und einer ganzen Menge mehr. Im Gegensatz zu dir.« Becker schaute ihn abschätzend von der Seite an. »Und dass ich damit nicht falsch liege, weißt du selber.«

»Ja«, räumte Müller ein. »Aber hast du dir nie vorgestellt, wie dein Leben auch hätte verlaufen können?«

»Nö, was hätte ich davon?«, sagte Becker und wischte weiter an seinem Fleck herum. »Scheiße, soll ich etwa so gleich eine Festnahme vornehmen? Oh Mann, das nervt jetzt.«

»Du hast in Wirklichkeit genauso wenig erreicht wie ich, denk ich mal. Aber mich plagen diese Gedanken eben ab und zu, im Gegensatz zu dir.«

»Ist mir klar, und wenn das so ist, gehst du mir ganz gehörig auf den Sack, weißt du das?«

»Tröste dich. Du brauchst nicht einmal zu denken, um mir auf den Sack zu gehen«, erklärte Müller und blieb stehen, als sie den Marktplatz erreichten. »So, ich muss in die andere Richtung.«

»Hey, du weißt doch gar nicht, in welche Richtung ich muss«, wunderte sich Becker und blieb unschlüssig stehen.

»Egal, ich muss auf jeden Fall in die andere«, beschloss Müller und ging grußlos davon.

»Na prima, hast du wieder deine Tage, Schatz?«, rief Becker ihm genervt nach. »Weißt du, dass ich das echt an dir hasse?« Müller drehte sich nicht um. »Kommst du wenigstens heute Abend zu Walli in die Kneipe?«

»Sicher, wie immer«, hörte er noch, dann drehte er sich um und prallte beinahe gegen eine ältere Frau, die da vorher noch nicht gestanden hatte.

Sie hatte sich unbemerkt von der Seite angeschlichen und Müllers Abgang mit Interesse verfolgt. Jetzt schaute sie Becker offen von unten herauf an und grinste dabei. »Ich denke mal, mit 'ner Frau hättense so Probleme auch, die gehören bei Beziehungen einfach dazu. Aber dat Leben is eben kein Gardetanz, ne?«

Becker musste grinsen. »Ja, seit er weiß, dass wir nie Kinder haben werden, ist er wie verwandelt.«

Die Alte nickte verständnisvoll, dann drehte sie sich um. »Wennse 'ne Frau hätten, könnten 'ses auf die Wechseljahre schieben«, sagte sie und setzte sich in Bewegung. Hier gab es nichts mehr zu sehen.

Um halb eins sollte Zugriff bei dem Dealer an der Roermonder Straße sein, den sie seit Wochen observiert hatten. Vom Markt aus war das bequem zu erreichen. So wäre er vor seinen Kollegen da und konnte sich noch einmal in Ruhe umschauen. Er hatte immer ein besseres Gefühl, wenn er sich im Vorfeld ein Bild von der Situation vor Ort machen konnte.

New York, 25. Mai 2009, 5 Uhr morgens
Luc Martens' Appartement mit Blick auf den Central Park

Er nahm einen großen Schluck von seiner Bionade und erhob sich. Er liebte ruckartige Bewegungen, sie gaben ihm das Gefühl von Dynamik und Jugendlichkeit. Sein Blick wanderte durch das Appartement. Es war geräumig, um nicht zu sagen übertrieben geräumig. Vierhundert Quadratmeter, eingerichtet von dem tonangebenden Innenarchitekten New Yorks. Er ließ seinen Blick aus dem Fenster hinaus auf den Central Park schweifen, der sich vor ihm ausbreitete. *Ein schwacher Ersatz,* dachte er. Wenn er in der Stadt war, wollte er wenigstens das Gefühl von Weite haben. So wie auf seiner Ranch in Oregon. Dorthin hatte er sich nach der Scheidung von Doreen für einige Monate zurückgezogen und an neuen Songs gearbeitet.

Seit seiner Ankunft in Seattle vor neunzehn Jahren war es steil bergauf gegangen mit seiner Karriere. Und das, obwohl sein Vorspielen bei Nirvana damals katastrophal in einer Schlägerei mit dem Sänger geendet hatte und auch die ersten Gehversuche bei anderen Bands zu nichts geführt hatten außer zu handgreiflichen Auseinandersetzungen mit Konzertbesuchern, die völlig andere Vorstellungen von Rock'n'Roll hatten. Erst als er den Bopsters in einer Kneipe an einem Highway begegnet war, hatte der Erfolg eingesetzt. Sie hatten gerade ihren Frontmann rausgeworfen und dringend Ersatz für einen Gig in einem entlegenen Nest gebraucht. Überzeugt waren sie zwar nicht von dem deutschen Jungen, aber sein Akzent hatte ihm Zutritt zur Band verschafft. Vor allem die weiblichen Fans hatten ihn schnell ins Herz geschlossen. So wurden sie Luc Martens and the Bopsters und dieser Name war Programm. Er war der Boss und um ihn kreisten die anderen vier. Natürlich hatte das anfangs zu Problemen mit den Jungs geführt, doch nachdem die ersten Schecks eingetrudelt waren, hatten sie seine Rolle als Alphatier akzeptiert und gut damit gelebt. Nach der Trennung vor neun Jahren war es zuerst auch solo erfolgreich weitergegangen. Seine Popularität hatte ihm immerhin einen Gastauftritt über mehrere Folgen als Lover in der Erfolgsserie »Manhattan Romance« beschert. Zeitweise hatte er gleichauf mit Robbie Williams gelegen und zwei Alben auf den Markt gebracht, von denen er noch lange gut leben würde. Jetzt war er sogar für eine Rolle in einem neuen Western im Gespräch, bei dem niemand geringerer als Clint persönlich Regie führen sollte. Es lief wieder gut für ihn, nachdem ihn der »Rolling Stone« vor zwei Jahren vorschnell als »Auslaufmodell« und »Salonrocker« bezeichnet hatte. Er hatte auf dem Höhepunkt seiner Drogen- und Alkoholexzesse ein paar peinliche Auftritte hingelegt, die ihm den Ruf eingebracht hatten, kurz vor dem Durchdrehen zu stehen. Überall hieß es, er hätte die besten Zeiten hinter sich, er sollte abtreten und sich zurückziehen. Aber er würde sich mit einem Thema wieder zurückmelden, das man nicht ignorieren konnte. Eine schonungslose Enthüllung, bei der er nicht davor zurückschreckte, sich selbst bloßzustellen und zu seiner eigenen Schuld zu stehen. Er würde es allen zeigen.

Er ging ins Bad und schaute sich im Spiegel an. Was er sah, gefiel ihm immer noch. Auch wenn John Bon Jovi heute frischer aussah, hatte er sich gut gehalten. Dabei hatte er nichts anbrennen lassen. Vor allem bei der zweijährigen Welttournee kurz vor der Auflösung der Band hatte er Monate am Stück im Vollrausch verbracht und noch heute teilweise Schwierigkeiten, die einzelnen Erinnerungsfetzen konkret zuzuordnen. Trotzdem waren die Aufnahmen von den Konzerten mit das Beste, was er je auf der Bühne von sich gegeben hatte. In den nächsten Monaten würde ein Tribute-Album mit Mitschnitten von der Tour auf den Markt kommen. Es war schon lange fertig abgemischt für den Fall, dass es ihn doch noch erwischen würde. Er jedoch war dem Absturz durch Alkohol, Speed und Koks entkommen. Knapp, aber er hatte es geschafft.

Da war es schon ein Wink des Schicksals, dass sich dieser verfluchte Sonnenschein aus längst vergangenen Tagen zur richtigen Zeit gemeldet hatte. Denn es gab eine alte Rechnung zu begleichen in Erkelenz, und jetzt war der beste Zeitpunkt dafür. Ein neues Album mit neuen Songs war fast fertig. Es passte wie ein Geschenk des Himmels. Er würde in Deutschland für ordentlich Presse sorgen. *»Ein Rockstar rechnet ab« könnte es heißen,* überlegte er und streifte die verschwitzte Trainingskleidung ab. Er hatte ab Mitternacht drei Stunden in seinem favorisierten Gym verbracht und seinen Körper auf Trab gehalten. Immerhin hatten ihn ein paar Fotografen gesehen und Fotos gemacht. Sollte es ruhig die Runde machen. »*Totgesagte leben länger!*«

Er ließ das Wasser an und genoss den lauwarmen Strahl auf seinem Kopf. *Erkelenz,* dachte er nach einer Weile. *Verdammtes Kaff, seit Jahren habe ich einen Bogen um dich gemacht und jetzt komme ich dich freiwillig besuchen.* Früher hatte er regelmäßig in Interviews damit kokettiert, dass er niemals zurückschaue und seit seiner Abreise, die er übrigens auch in mehreren Songs weitab von der Wahrheit verarbeitet hatte, nie wieder einen Fuß in seine Heimatstadt gesetzt und deren Namen lange nicht einmal in den Mund genommen habe. Auch in seiner Biografie hatte er das Thema umschifft. Er hatte eine fiktive Erzählpassage eingebaut, die so universell und austauschbar gewesen war, dass sich Leser überall auf der Welt damit identifizieren konnten. Sein Freund Stephen hatte ihn dabei beraten. Der kannte sich nicht nur mit Grusel und Wahnsinn in allen Varianten aus, sondern war einer der besten Erzähler des menschlichen Alltags. Gefühlvoll und sehr nachvollziehbar hatten sie damals eine Geschichte erfunden, die sich gut las und die sehr ironisch mit dem Thema Realismus umging. Erkelenz hatte er mit keinem Wort erwähnt. Nach über zwanzig Jahren würde er wieder zurückkommen. Dorthin, wo es geschehen war. Der Schuldige musste bestraft werden. Die Wahrheit musste ans Licht. Und jetzt war er, Luc Martens, stark genug, um zu tun, was Lukas Martin nicht gekonnt hatte. *Vielleicht widme ich ihm das Album,* dachte er, als er sich abtrocknete.

Der Lockruf seines iPhone holte ihn aus seinen Gedanken. Hank Myers, sein Manager und persönlicher Berater seit der Trennung von den Bopsters.

»Hallo, Luc. Sag mal, wieso erfahr ich das denn über drei Ecken? Da ist ja jeder schwule Fitnesstrainer in der Stadt besser informiert als ich.« Die Stimme klang nicht allzu vorwurfsvoll. Myers hatte viel an dem Rockstar auf Sturzflug verdient und schon früh die ganz große Vermarktungsstrategie für den Fall seines selbstverschuldeten Ablebens in der Hinterhand gehabt. Nun musste er sich umstellen, denn Luc war wieder da.

»Ich hab mich ziemlich spontan entschlossen, die Einladung nach Deutschland anzunehmen«, sagte Martens und zog sich mit einer Hand Boxershorts an.

»Soll ich mitkommen?«

»Nein, lass nur, ich hab ja nichts Weltbewegendes vor. Ein paar Sätze über meine Schulzeit in Mikros sprechen und Werbung für mein Gesicht machen. Das bekomm ich alleine hin.«

»Wie lange wirst du weg sein?«

»Eine Woche. Die Aufnahmen sind so weit fertig, beim Abmischen werd ich sowieso nicht gebraucht, also passt es ganz gut.«

»Wie lange warst du nicht mehr in diesem … äh … E… Arkilence?«

»Rund zwanzig Jahre. Mal schauen, ob ich überhaupt noch was wiedererkenne.«

»Wenn du in Deutschland bist, setzt du dich bitte mit Mel in Verbindung. Wenn was ist, kann er dir helfen«, sagte Myers, bevor er auflegte, weil angeblich jemand auf der anderen Leitung auf ihn wartete.

Mel war der Europarepräsentant der Agentur und schob die meiste Zeit eine ruhige Kugel. Martens hatte nicht vor, daran etwas zu ändern. Irgendwie freute er sich auf seinen Auftritt »zu Hause«. Sollten die ruhig staunen, wenn er die Bombe platzen ließ. Er stellte sich die Gesichter der beiden anderen vor. Ellen hatte er in den letzten Jahren ein paarmal gesehen, weil er mit ihrer besten Freundin Naomi verheiratet gewesen war. Aber das war nun auch schon wieder einige Zeit her. Ob er Bernd noch wiedererkennen würde? Die Aussicht, ihm zu begegnen, empfand er als wenig verlockend. Trotzdem wollte er ihn sehen. Und wie hieß noch einmal der andere? Er konnte sich nicht an den Namen erinnern, irgendwas mit »B«. Ob der wohl wieder auf freiem Fuß war? Damals hatten sie ihn ja gekriegt. Verdient hatte er es. Das Thema hatte ihn jahrelang nicht mehr wirklich beschäftigt. Auf einmal war es irgendwie wichtig. Vielleicht würde er es ja herausfinden, was aus dem Kerl, dessen Name mit »B« anfing, geworden war. Wenn er sich richtig erinnerte, hatte er ihn nicht leiden können.

Paris, 25. Mai 2009, 12 Uhr
Ellen Kamps' Wohnung an der Rue de Rivoli

Sie kniete vor der Toilettenschüssel und würgte. Obwohl es ein altes Ritual war, konnte oder wollte sich ihr Körper nicht daran gewöhnen. Aber es musste sein. Dabei hatte sie bei dem Arbeitsessen mit Michèle kaum einen Bissen angerührt und sowohl das Steak als auch den Salat immer weiter zerkleinert und auf dem Teller hin und her geschoben, um Aktivität vorzutäuschen. Irgendwas musste sie ja auch mal essen. Und das beförderte sie jetzt erbarmungslos wieder aus sich heraus. Seit sie die Dreißig überschritten hatte, reichten die täglichen Workouts nicht mehr aus. Regelmäßige Fastenkuren und noch regelmäßigeres Kotzen halfen ihr dabei, die Illusion der eigenen Perfektion weiter aufrechtzuerhalten.

Sie erhob sich und spülte runter. Im Spiegel über dem Waschbecken achtete sie peinlich genau auf Spuren ihrer Tätigkeit und untersuchte zugleich die Fältchen an den Augen. Waren sie tiefer geworden? Das konnte sie sich gerade jetzt überhaupt nicht leisten, wo sie doch mit der dritten Staffel von »Face of Tomorrow« beginnen sollte. Sie studierte ihr Spiegelbild. Mittelblond, große, grüne Augen und ein Gesicht, aus dem man alles machen konnte und das zu allem passte. Im klassischen Sinne schön war sie allerdings nicht, fand sie. Trotzdem hatte sie es auf die Titel nahezu aller wichtigen Magazine gebracht und die Invasion der russischen Magermodels unbeschadet überstanden. Auf dem Weg ins Schlafzimmer dachte sie auf einmal an Erkelenz. Ja, sie hätte sicher weiterhin einen Bogen um den Ort gemacht, wenn nicht dieser Sonnenschein angerufen und sie zu der Jubiläumsfeier des Cusanus' eingeladen hätte. Er hatte ausführlich geschildert, was er alles unternommen hatte, um an ihre Nummer zu kommen. Natürlich hatte sie sich um den Finger wickeln lassen, obwohl eine innere Stimme die ganze Zeit »Alarm« gerufen hatte. So viele Jahre waren seit ihrer überstürzten Flucht vergangen. Ihr Leben hatte eigentlich erst begonnen, als sie sich am Bahnhof in Düsseldorf von Lukas und Bernd getrennt hatte und in die andere Richtung davongegangen war, ohne sich umzuschauen. Vom Bahnhof aus war sie ziellos durch die Stadt gewandert und hatte dann in der Altstadt diesen Typen kennen gelernt, der sie in seinem Wagen mit nach München genommen hatte. An seinen Namen konnte sie sich nicht mehr erinnern, aber daran, dass er erbärmlich gestunken hatte, als er auf dem Rastplatz bei Frankfurt zudringlich geworden war. Sie hatte es über sich ergehen lassen, als Bezahlung für die Fahrt. Sie hatte Ähnliches noch oft über sich ergehen lassen, als Bezahlung für dies und das oder nur dafür, dass ihre Bewerbungsmappe auf dem Stapel ganz oben liegen würde. Dass es in Paris so schnell geklappt hatte, hatte sie vor allem Karl zu verdanken. Er hatte sehr an sie geglaubt und ihr geholfen. Sicher wäre das so noch weitergegangen, wenn sie nicht in einer Sektlaune eine unpassende Äußerung über Karls neuen Liebhaber gemacht hätte. Daraufhin hatte er sie fallen gelassen wie eine heiße Kartoffel. Aber sie hatte durchgehalten und sich wieder ganz nach oben gearbeitet, ohne Karl oder einen anderen Patron seiner Preisklasse. Heute waren ihr Name und ihr Gesicht aus dem Business nicht mehr wegzudenken. Sie war zu einer Marke geworden.

Was wohl aus dem anderen geworden ist?, fragte sie sich, als sie mit einem Schwamm die Farbe in ihrem Gesicht auffrischte. Wie hieß er noch? Berger, der seltsame Kerl mit seiner süßen alten Oma, die schon tot war. Sie hatte einen kleinen Laden in einem Kaff bei Erkelenz gehabt. Man sagte, er hätte sie umgebracht, und dafür hatte man ihn auch bestraft. Doch sie wusste es besser. Was wäre wohl passiert, wenn sie damals zusammen erfolgreich gewesen und abgehauen wären? Hätte sie tatsächlich einen anderen Weg genommen oder wäre alles so gekommen, wie es nun gekommen war? An Bernd und an diesen Berger hatte sie so gut wie keine Erinnerung mehr, die sie zulassen wollte. Verdrängung zum Selbstschutz hatte ihr Psychologe Monsieur Delacre das genannt und vierhundert Euro pro Sitzung kassiert. Lukas hatte sie noch ab und zu getroffen, schließlich war sie Trauzeugin, als er ihre Freundin Naomi in Palm Beach am Strand nach buddhistischem Ritual geheiratet hatte. Für mehr als Small Talk hatte es bei ihnen aber nicht mehr gereicht. Die Vertrautheit der Zeit in Erkelenz hatte sich nie wieder eingestellt. Die war ihnen verloren gegangen, als sie sich in der Bahnhofshalle in Düsseldorf getrennt hatten. Beladen mit einem gemeinsamen

Geheimnis und der Gewissheit, dass sie alle Brücken hinter sich abgebrochen hatten. Ihre wenigen Zusammentreffen in den letzten beiden Jahrzehnten hatten immer etwas Schüchternes und Ängstliches gehabt. Wegen ihm hatte sie eine Nebenrolle in »Manhattan Romance« abgelehnt, obwohl sie es sich damals nicht leisten konnte, eine solche Chance abzulehnen. *Vielleicht ist es gut so, wie es gekommen ist,* dachte sie. Sie hatte in den ersten Monaten noch eine Riesenangst gehabt, man würde ihr auf die Spur kommen. Von dem Prozess gegen Berger hatte sie am Rande mitbekommen, bevor sie zu einer Kreuzfahrt in die Karibik eingecheckt hatte. Vielleicht war nun die Zeit gekommen, um reinen Tisch zu machen und sich den Gespenstern der Vergangenheit zu stellen. Damit würde sie sicher am besten fahren.

Sie war müde und legte sich auf das Bett. Wie sie es bei Monsieur Delacre gelernt hatte, konzentrierte sie sich darauf, die Gedanken an Erkelenz greifbar zu machen und in kleine Kartons zu verpacken, die sie in ihrem Traumhaus ganz unten im Keller verstaute. Der Keller war voller Erkelenz und Bernd und Lukas und Berger und dessen Oma. In einer kleinen Ecke gab es Kisten für zwei Menschen, die einmal ihre Eltern gewesen waren. Doch das meiste drehte sich um die Ereignisse vor ihrer Abreise und die damit verbundene schreckliche Gewissheit. Es klappte auch diesmal.

Hamburg, Speicherstadt, 25. Mai 2009, 12.30 Uhr
Bernd Jacobs' Büro in der ECO-COM-Zentrale

Das Schreiben lag vor ihm auf dem Teakholztisch. Es würde Schneiders Schicksal besiegeln und ihm selbst absolute Handlungsfreiheit verschaffen. Schneider hatte ihm lange genug im Weg gestanden. Nun hatten seine Detektive alles zusammenbekommen und zusätzlich das ein oder andere frisiert, um die Bombe platzen zu lassen. Er ließ den Blick schweifen und sah hinter der Milchglaswand, die sein Büro vom Flur trennte, verschwommene Silhouetten hin und her huschen. Er liebte die Hintergrundgeräusche, die Geschäftigkeit und Aktivität zu ihm hereinspülten. Seine Fahrstuhlmusik. Hauptsache, die Anzeichen von Leben waren nicht mit Gesichtern verbunden. Das wussten seine Leute nur zu gut und behelligten ihn nicht mit ihren Geschichten. Das verschaffte ihm Freiraum und spornte die Mitarbeiter zugleich zum selbstständigen Problemlösen an. Wer es bis hierher in seine Etage geschafft hatte, hatte sich vorher im Konzern bewiesen und war aufgefallen, gehörte zur Elite und hatte seine Arbeit verdammt noch mal im Griff zu haben.

Er schaute wieder auf das Schreiben, das er einem Umschlag entnommen hatte. Die Ergebnisse wochenlanger Arbeit. Eine eidesstattliche Erklärung, dass Schneider bei der Vergabe der Maut-Software mit einer stattlichen Summe bestochen hatte. Auf sein Geheiß hin, aber darüber gab es nichts Schriftliches und keine Zeugen. Dazu ein paar unschöne Ereignisse aus den Anfangsjahren des Unternehmens und Fotos aus seinem Privatleben. Zudem der alkoholkranke Rechte aus Schneiders ostdeutscher Heimat, der sogar dessen Mitgliedsnummer bei der rechtsradikalen Splitterpartei aufbewahrt hatte. Schneider würde es als Jugendsünde abtun, aber er würde am Ende keine Wahl haben. Nach dem Skandal könnte er vom Dach des Firmensitzes springen, wozu ihm bestimmt der Mut fehlte, oder die Abfindung annehmen und sich nach der öffentlichen Schelte aufs Altenteil zurückziehen. Damit hätte er es sogar noch gut getroffen. Dass er, Jacobs, das Ding angeleiert hatte, würde Schneider sicher erst spät oder gar nicht verstehen. Und dann wäre es zu spät. Zufrieden lehnte er sich zurück und schaute auf die Notizen für seine Rede in Erkelenz. Ja, das würde ihm Spaß machen: in der Aula des Cusanus auf der Bühne stehen, seinen Vortrag so faszinierend und inspirierend wie möglich unters Volk bringen und die ganze Zeit wissen, dass über Schneider in Hamburg ein tödliches Unwetter aufzog. Jacobs lächelte vor sich hin und ließ seinen Blick über die Dächer der Speicherstadt gleiten. Er würde ankündigen, dass er die gesamte Schule verkabeln und mit neuen Computern ausstatten würde, alles nur vom Feinsten. Da würde dieser Sonnenschein sicher vor Freude anfangen zu heulen. Er dachte an Lukas oder Luc, wie sich der Clown heute nannte. Er mochte ja nicht einmal seine Musik. Ellen, ja, auf die freute er sich sogar wirklich. Ihre Karriere hatte er gerne verfolgt und eine Zeit lang Bilder von ihr gesammelt. Noch heute überraschte er sich häufiger dabei, dass er ihren Namen googelte und sich auf dem Laufenden hielt. Ihren Neuen, diesen Tänzer, konnte er zwar nicht leiden, hatte aber dafür gesorgt, dass er die tragende Rolle bei einer Neuinszenierung des »Parzivals« bekommen hatte. Schließlich sollte Ellen nicht mit einem Loser zusammen sein, der von ihrem Geld lebte und nichts hermachte.

Oft fragte er sich, was wohl geworden wäre, wenn er damals mehr Mut gehabt und ihr seine Gefühle gestanden hätte. Sicher wäre nichts daraus geworden, denn er war ein eher unscheinbarer Kerl. War er heute noch, aber Geld – viel Geld – machte einen Mann sehr attraktiv. Auch für seine Katrin, die er gewählt hatte, weil sie ihn an Ellen erinnerte. Ellen. Die Erwähnung ihres Namens durch diesen Herrn Sonnenschein hatte letztendlich den Ausschlag für seine Zusage gegeben.

Der Vierte im Bunde war Berger, vor dem er sich in Acht nehmen musste. Berger war seit geraumer Zeit wieder draußen und wohl nach Erkelenz zurückgekehrt, wie man ihm berichtet hatte. Seitdem hatte er nur einmal von sich reden gemacht, aber die Sache war im Sande verlaufen. Seine regelmäßigen Checks ergaben keine neuen Erkenntnisse über ihn. Berger war vielleicht die einzige Unbekannte in seiner Rechnung. Dem wollte er nicht unbedingt begegnen. Aber vor Berger würde er sich zu schützen wissen. Er hatte bereits etwas in die Wege geleitet, das ihm den persönlichen Sicherheitsservice der Polizei vor Ort sichern würde. Ein anonymer Hinweis an die Sicherheitsabteilung seines Unternehmens sowie eine Mail an die Hamburger Polizei würden ausreichen, um ihm die besondere Aufmerksamkeit der Sicherheitsorgane zu verschaffen. Hauptsache, sie hielten ihm Berger für die Dauer seines Besuchs vom Halse. Hatte er sich etwas vorzuwerfen? Lange und oft hatte er darüber nachgedacht und war immer zu demselben Ergebnis gekommen. Er hatte nur die richtigen Schlüsse gezogen und den besten Weg eingeschlagen. Die Scheiße hatten andere gebaut.

Erkelenz, 13. Juni 1988, 16.30 Uhr
Am Ziegelweiher

Ellen und Lukas saßen seit einer Weile auf ihrer Parkbank. Sie warteten auf die beiden anderen und konnten nicht verstehen, dass sie noch immer nicht aufgetaucht waren. Schließlich gab es eine Menge zu besprechen.

»Waren wir nicht für vier Uhr verabredet?«, fragte Ellen, obwohl sie die Antwort kannte. Lukas drehte sich eine Zigarette, sagte nichts, schaute aber ständig in beide Richtungen den Weg entlang.

»Ich glaube, Bernd muss noch wegen des Referates mit diesem Sonnenschein reden, der für die Kurth-Merzbach übernommen hat. Die kommt nach dem Nervenzusammenbruch so schnell nicht wieder. Ich denke, wir werden sie zumindest als Schüler nicht mehr zu Gesicht bekommen«, murmelte er schließlich.

»Ist mir egal, ich komme mit dem Sonnenschein gut aus, den hab ich in Pädagogik«, erwiderte Ellen. »Wenn der mir ernsthaft eine Eins gibt, hab ich einen Notendurchschnitt, der würde sogar für Medizin reichen.«

»Du hast es gut, ich bin froh, wenn ich überhaupt die Kurve kriege«, brummte Lukas und zündete seine Zigarette an.

»Na, hör mal, dich kann der Sonnenschein doch auch gut leiden.«

Lukas schüttelte den Kopf und brummte ablehnend. »Der geht mir so was von auf den Zeiger, das kannst du dir nicht vorstellen.«

»Doch, kann ich. Aber das ist egal, wenn er dir zu der benötigten Punktzahl verhilft. Und außerdem spielst du mit deiner Band auf der Abschlussparty.«

»Die Band spielt, ich nicht.«

»Warum?«

»Na, die haben mich rausgeworfen. Gestern bei der Probe. Weil ich nicht ›Highway to Hell‹ spielen wollte, daran hat sich das hochgeschaukelt.« Lukas schaute betrübt in Richtung Burg. Ellen legte ihren Arm um seine Schulter.

Lukas lächelte, dann fiel sein Blick auf die blau-gelbe Aldi-Tüte, in der zwischen ihnen auf der Bank vier breit grinsende Karnevalsmasken verstaut waren. Gorbatschow, Kohl, Brandt und Gottschalk warteten auf ihren Einsatz. Außerhalb der Karnevalszeit war es äußerst schwierig gewesen, solche Dinger aufzutreiben. In Düsseldorf hatten sie schließlich einen Laden für Scherzartikel gefunden, der sie das ganze Jahr über führte.

»Bist du sicher, dass wir das durchziehen sollten?«, fragte Lukas unvermittelt und vermied es dabei, Ellen direkt anzuschauen. »Ich meine, dem Berger kann man nicht wirklich trauen. Der ist so … anders als wir.« Er war von Anfang an skeptisch gewesen, hatte sich aber von den beiden anderen überzeugen lassen. Dass er sich überhaupt auf die Sache eingelassen hatte, wunderte ihn selbst. Aber er wollte nicht der Angsthase sein, der nicht das Zeug dazu hatte, seine Zukunft selbst in die Hände zu nehmen. So hatte es Bernd genannt: Die Zukunft selbst in die Hand nehmen. Wie er es erklärt hatte, war es ja auch ein Kinderspiel. Trotzdem hatte Lukas die Hosen gestrichen voll. Und dann dieser Berger, der all das verkörperte, was ihm fehlte. Dafür hasste er ihn. Doch Bernd bestand darauf, dass er dabei sein sollte.

Ellen gab sich unbekümmert, eine Rolle, die sie beherrschte und die alle an ihr liebten. Ellen, die Strahlende, immer gut drauf und immer ausgeglichen. Aber sie hatte ja auch am wenigsten zu befürchten. Wenn es schiefginge, ließe man sie sicher laufen, weil ihr niemand so etwas zutrauen würde. Während Lukas grübelte, streckte Ellen ihr Gesicht den Sonnenstrahlen entgegen und genoss es sichtlich. *Als ob sie sich keine Gedanken macht über das, was wir vorhaben,* dachte Lukas. *Für sie ist alles leicht und einfach, nur ein Spiel.*

»Hi, Leute! Wartet ihr schon lange?«

Berger war unbemerkt bei ihnen angekommen und ließ sein altes Damenrad neben die Bank in die Hecke fallen. Dann ließ er sich zwischen ihnen auf der Bank nieder. Berger war ein ganz anderes Kaliber als die beiden. Stämmig und für sein Alter gut entwickelt. Braunes und unordentliches Haar umspielte seinen Kopf. Das Gesicht noch jugendlich, aber schon abgeklärter als bei den beiden.

»Hast du die …?«, begann Lukas nervös.

»Pistole? Klar, Mann, schau her!« Mit einer schnellen Bewegung zog er seine abgewetzte Lederjacke ein wenig nach hinten und gab den Blick frei auf den Griff einer Pistole, die in seinem Hosenbund steckte.

»Geputzt, geladen und dienstbereit«, erklärte er fröhlich. Lukas schaute sich nervös um, während Ellen mit einem »Zeig mal!« danach greifen wollte.

»He, nicht in aller Öffentlichkeit«, zischte Lukas und schaute sich erneut um. »Wie kannst du sie denn so einfach mit dir herumschleppen?«

Berger grinste nur.

»Du bist wirklich ein kleiner Angeber«, schaltete sich Ellen mit gespieltem Tadel ein.

»Was soll die Aufregung?«, entgegnete Berger. »Wollen wir eine rauchen? Und wo ist eigentlich Bernd, wollte der nicht auch kommen?« Berger war auf eine naive Art gefährlich, fand Lukas. Für ihn schien es keine Konsequenzen zu geben, über die er nachdenken könnte. Für ihn war alles jetzt und hier. Darum beneidete er ihn. In solchen Momenten der Erkenntnis zweifelte er noch mehr daran, dass es eine gute Idee gewesen war, sich mit Berger und Bernd einzulassen.

»Da kommt er.« Berger zeigte mit den Blättchen, die er für den Joint zusammengeklebt hatte, in Bernds Richtung. »Na, dann kann es ja losgehen.«

Justizvollzugsanstalt Siegburg, 14. September 1990, 22.30 Uhr

Er lag auf seiner Pritsche und starrte in die Dunkelheit. Wie jede Nacht kreisten seine Gedanken nur um diesen einen Tag vor zwei Jahren, an dem sich sein ganzes Leben verändert hatte. Was war da schiefgelaufen, und warum? Wieso meldete sich keiner von denen? Sollten sie ihn wirklich vergessen haben? Vielleicht hatte es ja schon Befreiungsversuche gegeben, von denen er nichts mitbekommen hatte. Vielleicht, vielleicht auch nicht. Zu viel vielleicht in seinem Denken, zu wenig Klarheit. Ein klarer Gedanke kam immer wieder in ihm auf, und er hatte seine liebe Mühe, ihn zu verdrängen. Was, wenn sie ihn nie befreien würden? Was, wenn sie ihn ausgetrickst hatten, um nicht teilen zu müssen? Aber diesen Gedanken wollte er nicht denken. Noch nicht. Es würde sicher eine Erklärung geben. Sie hatten es sich geschworen. Sie hatten es sich verdammt noch mal geschworen. Einer musste ja daran glauben, dass es stimmte.

Seit dem Prozess vor einem Jahr hatte er keinen persönlichen Kontakt mehr zur Außenwelt, keinen Besuch und keine Telefonate. Seine Tante und ihr versoffener Mann hatten sich völlig von ihm losgesagt und gegenüber dem »Stern« zu Protokoll gegeben, sie wünschten ihm eine schreckliche Zeit im Knast und dass er diesen nicht mehr lebend verlassen dürfte, nach allem, was er ihnen angetan hatte. Am schlimmsten fanden sie wahrscheinlich, dass er Omas Haus behalten durfte und dass sie es ihm nicht streitig machen konnten. Denn schon mit dem Tod seines Großvaters dreizehn Jahre zuvor hatte er das Haus geerbt, seine Großmutter hatte lebenslanges Wohnrecht besessen. Nun konnte ihm keiner sein Eigentum nehmen, obwohl sie es mehrmals versucht hatten. Sein Anwalt, der sich um seine Angelegenheiten draußen kümmerte, meldete sich sporadisch mit kurzen Briefen, in denen es um diese oder jene Mitteilung ging.

Er war abgeschoben, gefangen wie ein Kaninchen im Käfig und hatte viel Zeit, um nachzudenken. Die wenigen Stunden nach dem Ding in der Sparkasse und vor ihrer geplanten Abreise hatte er tausendmal Minute für Minute durchlebt. Nachdem er die Beute bei seiner Oma versteckt hatte, war er mit dem Rad in die Stadt gefahren und hatte die vielen Polizeiwagen bemerkt, er hatte bei der Volksbank sein Sparbuch aufgelöst und die paar Hunderter in seine Hosentasche gestopft. Auf der Straße hatte er auf das Getuschel der Leute geachtet, aber er wusste ja, worüber sie sprachen. Danach war er in einer Drogerie gewesen und hatte sich Duschgel gekauft und ein paar Stunden in die Kneipe gesetzt, bevor er sich ein letztes Mal auf den Heimweg nach Venrath gemacht hatte. Das Kaff würde ihm sicher fehlen. Genau wie seine Großmutter. Er würde noch die Pistole in die Sickerkuhle werfen müssen und die Masken im Garten verbrennen. Immer wieder waren ihm diese Gedanken durch den

Kopf gegangen, als ob es noch getan werden könnte. Wenn er die Augen schloss, sah er die Oma in der Küche liegen, die Kittelschürze blutverschmiert und die Augen starr auf den Klebestreifen über dem Küchentisch gerichtet. Als er sie auf dem Küchenboden fand, war für ihn die Zeit stehen geblieben. *So eine Scheiße,* war sein erster Gedanke gewesen, *das darf nicht wahr sein. Alles, nur das nicht!* Die Straße zum Glück war jäh unterbrochen worden und endete im Nichts. Mechanisch hatte er die Pistole aufgehoben, die neben ihr auf dem Boden gelegen hatte, und auf den Tisch getan. Dort waren auch die Masken fein säuberlich nebeneinander aufgereiht und grinsten ihn an, als wollten sie ihn verhöhnen. Hatte sie sie gefunden? Warum war sie tot? Wer hatte sie getötet? Dann war er in schmerzhafter Stille versunken und erst wieder erwacht, als eine Hand ihn grob an der Schulter packte und nach hinten riss, bis er der Länge nach umfiel. Er wurde auf den Bauch gedreht und seine Hände auf dem Rücken gefesselt, während ein schwerer Mann ihn mit dem Knie im Rücken auf den Boden drückte. Sehr langsam hatte er begonnen, die Hektik um ihn herum und die vielen Uniformierten wahrzunehmen, die den bis dahin zeit- und geräuschlosen Raum überfluteten. Endgültig zu Bewusstsein kam er durch den Schmerz, den ein Faustschlag in seinen Magen auslöste, bevor er auf dem Weg aus dem Haus gegen den Türrahmen geknallt wurde. »Mensch, Becker, lassen Sie das doch«, hörte er noch verschwommen. Dann klingelte das Telefon. Sofort erstarb jedes Leben im Raum. Becker schaute den älteren Beamten fragend an, der machte eine Bewegung mit dem Kopf in Richtung Telefon und zog ungeduldig die Augenbrauen hoch. Der Jüngere nahm eilig den Hörer ab.

»Ja?«

Alle starrten ihn erwartungsvoll an, auch Berger. »Hallo? Wer ist denn da? Hallo! Hier spricht die …« Weiter kam er nicht, da hatte der Ältere ihn schon erreicht und den Hörer aus der Hand gerissen. Er presste ihn an sein Ohr und zeigte seinem Gegenüber gleichzeitig den Vogel. Wieder Stille.

»Nichts.«

»Wie, nichts?«

»Na, aufgelegt hat er.«

»Was meinst du, wer war das?«

»Was weiß ich denn«, fauchte der Ältere und stierte Becker böse an. »Aber ich bin mir sicher, unser Spezialist hier wird es uns erzählen.« Er deutete auf Berger. »So, und nun ab mit ihm.«

Später im halbdunklen Vernehmungsraum wurde Berger klar, dass das Spiel aus war. Sie wussten längst, dass er bei der Sache mit der Sparkasse die Finger im Spiel gehabt hatte. Was sie ihm jedoch wirklich übel nahmen, war der Mord an seiner Großmutter. Den konnte er leugnen, so viel er wollte. Schließlich war er mit der Waffe über dem Opfer am Tatort überrascht worden. »Junge, damit hast du dir dein Leben verpfuscht, war es das wert?«, hatte der ältere der beiden Polizisten gesagt, die ihn stundenlang abwechselnd oder gemeinsam in die Zange genommen hatten. Sie hatten auch schon einen Vorschlag parat, wie er seine Lage eindeutig verbessern könnte: Er sollte sagen, wo die Beute sei und vor allem, wer noch an dem Ding mit der Sparkasse beteiligt gewesen sei. Nachträglich fragte er sich immer wieder, ob er durch ein Geständnis seine Lage wirklich hätte verbessern können. Nun war es jedoch zu spät. Er hatte geschwiegen und kein überflüssiges Wort war über seine Lippen gekommen. Was denn auch? Den Mord an seiner Großmutter hatte er entschieden abgestritten. Warum hätte er sie umbringen sollen? Sie hatte ihn doch aufgezogen, war seine Familie gewesen. Woher er die Pistole hatte, eine Luger aus dem Zweiten Weltkrieg, wollten die beiden wissen. »Familienerbstück«, hatte er nur gesagt. Was er sich davon erhoffte, für seine Komplizen den Kopf hinzuhalten. »Welche Komplizen?« Wo die Beute sei. »Ich weiß nicht, wovon Sie reden.« Ob er nicht langsam das Gefühl hätte, dass er reingelegt worden sei. »Ich weiß nicht, was Sie meinen.« War er reingelegt worden? Er konnte es nicht glauben, waren die drei doch seine Freunde – immer noch. Bestimmt suchten sie nach einem Weg, sich mit ihm in Verbindung zu setzen. Sicher taten sie das.

Beim Prozess in Mönchengladbach war allen Beteiligten außer ihm selbst die Sachlage klar. Und ebenso klar war das Urteil. Zehn Jahre, wobei das volle Strafmaß ausgeschöpft worden war, das das

Jugendstrafrecht vorsah, wie der Richter bei der Urteilsverkündung betonte. Zehn Jahre, das waren 315 360 000 Sekunden, endlos lange Sekunden. Trotzdem hatte er eisern geschwiegen, denn sie hatten sich ein Versprechen gegeben. Einer für alle, alle für einen. Wie in diesem Film mit den Musketieren. Deshalb würden sie kommen. Und wenn nicht? Hatte er etwa als einziger den ganzen Quatsch geglaubt? Er würde noch viel Zeit haben, dieser Frage nachzugehen.

Erkelenz, 25. Mai 2009, 23.30 Uhr
Aachener Straße, »Sokrates«

Becker hatte schon das dritte Bier vor sich stehen und drehte sich eine Zigarette, als Müller eintrat. Der brummte etwas und ließ sich auf dem Barhocker neben seinem Freund nieder. Außer den beiden war nur noch ein Pärchen in der Kneipe, das sich aber in einer lauschigen Ecke ausschließlich um sich selbst kümmerte.

»Und? Hast du dich beruhigt?«, fragte er Müller und gab Walli, dem Wirt, ein Zeichen für ein weiteres Bier. Der hatte schon damit begonnen, als er Müller im Türrahmen stehen gesehen hatte.

»Ach, rutsch mir doch den Buckel runter«, entgegnete Müller und schaute Becker grimmig an.

Becker straffte sich. »Hör mal, Sportsfreund, wenn du meinst …«

Weiter kam er nicht, denn Walli hatte sich mit dem Kölsch genähert und unterbrach ihn. »Ihr zwei seid wie Katze und wie Maus im Fernsehen … äh … diese Tom und diese Jerry. Immer am Ärgern, immer Dynamit gegenseitig in den Hintern schieben oder auf Kopf hauen, immer bäng bäng bäng. Und was ist Jerry ohne die Katze? Na? Eine kleine dicke Maus mit zu großen Kopf und macht immer blinkblink mit die zu große Augen.« Die beiden starrten ihn an. Obwohl der Perser schon seit rund dreißig Jahren in Erkelenz lebte, hatte er sein spezielles kauderwelschartiges Pidgin behalten. Er war in den späten Fünfzigern und hatte graues Haar, doch seine Augen leuchteten immer noch spitzbübisch und hatten sich das Feuer der Jugend bewahrt. »Und was ist die Kater ohne Maus?«, fuhr er fort.

»Auch nur langweiliges Tier, das man nicht kucken möchte. Nur zusammen sind die beiden lustig und schön zu kucken, wenn sie sich bekämpfen. Verstehst? Und ihr seid auch so. Immer bäbäbä und schimpfen, aber seid ihr auch langweilige Patrone ohne die andere.«

Sie schauten sich an, Müller hob seine Augenbrauen und gleichzeitig sein Kölschglas und prostete Becker grinsend zu.

»Hast ja recht, Walli«, sagte er und nahm einen tiefen Schluck. »Aber eins sag mir: Wer ist die Katze und wer die Maus?«

»Ist mir egal, ich bin der dicke Hund, wo immer mit die Baseballschläger kommt und dann kuckt ihr Sternchen«, erwiderte der Wirt und drehte sich um. Mit einem Schritt war er in der Küche verschwunden, die im Raum gleich hinter dem Tresen lag. Sie schwiegen einen Moment lang.

»Da kommt jetzt einiges auf uns zu, wenn diese drei Superstars hier aufschlagen«, sagte Müller und stellte das leere Glas ab. »Ich habe in den nächsten Tagen kaum was anderes, worüber ich schreiben kann. Wenigstens lohnt es sich dann für mich, wenn ich meinen Neid überwinde und mich mit denen beschäftige.«

»Du hast es gut«, setzte Becker ein, nachdem er ebenfalls sein Glas wieder abgestellt hatte. Die Spitze zuvor ignorierte er. »Auf mich kommt nur zusätzliche Arbeit zu, die sich garantiert nicht lohnt.«

»Warum?«

»Na, heute kam Köhler ins Büro«, begann er zu erzählen. »Tat ziemlich wichtig. Er hatte die Info schon bekommen, dass hier Promiauftrieb sein wird. Und weißte was? Irgendwelche radikalen Ökos oder Globalisierungsgegner oder weiß der Geier was für Gestalten haben Drohungen in Richtung dieses Vorzeigeunternehmers abgelassen.«

»Jacobs?«

»Genau der. Seine Sicherheitsleute haben sich mit uns in Verbindung gesetzt, und die Kollegen aus Hamburg haben es bestätigt«, erzählte er verärgert. »Wir sollen ein Auge auf ihn werfen und darauf, ob sich hier verdächtige Personen einstellen. Wie bitteschön sollen wir das machen?«

»Und worum geht es dabei?«, erwiderte Müller eher aus Höflichkeit.

»Darum, dass Jacobs ein Spaßkapitalist sei und man ihn für seine menschenverachtenden Taten zur Rechenschaft ziehen werde, so was in der Art. Nichts Konkretes, aber konkret genug, um uns hier in Alarmbereitschaft zu versetzen.«

»Aha. Und was ist an Spaß auszusetzen?«

»Frag mich nicht, ich hab keine Ahnung von deren ideologischen Vorstellungen. Aber ich weiß, was das für uns heißt. Für uns heißt das: Wochenendplanung über Bord werfen und noch mehr Überstunden produzieren, die wir im Leben nicht abgegolten bekommen. Und das wahrscheinlich für nichts, weil sich irgendwo in Hamburg ein paar Wichtigtuer im Halbsuff einen Scherz erlaubt haben. Ich könnt kotzen.«

»Also kein Grillen am Wohnwagen«, stellte Müller fest und schaute in Richtung der Tür, hinter der Walli verschwunden war.

»Scheint so. Jette wird mich hassen und wieder zetern, dass ich mir einen anderen Job suchen sollte.«

»Na, Prost Mahlzeit«, brummte Müller und gab dem Wirt ein Zeichen, der gerade seinen Kopf durch die Tür streckte. »Aber wo sie recht hat, da hat sie recht.«

»Jetzt fang du nicht auch damit an. Sag mal, trefft ihr euch etwa heimlich und sprecht euch ab?«

»Bestimmt, aber dabei sprechen wir selten über dich, weißt du.«

Becker rang sich zu einem tonlosen »Ha-ha« durch und hob sein leeres Glas, damit Walli auf dessen Platz auf dem Deckel ein frisches stellen konnte. Dass Müller noch heute Gefühle für Jette hegte, war ihm schon lange klar. Es war eine unausgesprochene Tatsache zwischen den beiden, die aber ihrer Freundschaft keinen Abbruch tat. Da funktionierte das Prinzip Männerfreundschaft sehr gut: Status Quo aufrechterhalten und sich nicht auf eine Fahrt mit ungewissem Ausgang einlassen. Und überhaupt: Was interessierte ihn Müllers Gefühlsleben, solange er ihm nicht in die Quere kam, sollte er selbst schauen, wie er mit dieser Sache fertig wurde. Punkt. Wenn er an Müllers Stelle wäre, würde er sich nicht anders verhalten und hoffen, dass es damit gut wäre.

»Runde Tuppen«, brummte Walli mehr feststellend denn als Frage und griff nach einem abgenutzten Satz Spielkarten, der am Tresen bereit lag.

»Klar, da bin ich dabei«, nahm Becker die willkommene Ablenkung auf.

»Jepp, ich auch«, stimmte Müller zu. Walli legte ein Blöckchen und einen Bleistift auf die Theke und begann, die Karten zu mischen. Es würde noch ein langer Abend werden.

Erkelenz, 28. Mai 2009, 7.30 Uhr
Kreuzherrenstraße in Venrath

Berger nahm einen großen Schluck von seinem Kaffee, zündete sich eine Zigarette an und schaute in die Tageszeitung, die er bei Lehmanns nebenan aus dem Briefkasten gefischt hatte. Irgendwann im Laufe des Vormittages würde er sie wieder zurückbringen, so war es wenigstens kein Diebstahl. Was die Lehmanns über ihn dachten, war ihm ebenso egal wie die Meinung der anderen. Meinungen interessierten ihn schon lange nicht mehr, das hatte er hinter sich gelassen.

Vor allem der Lokalteil interessierte ihn diesmal besonders. Er musste wissen, ob die Gerüchte stimmten, die er seit Tagen überall hörte. Sie kamen zurück nach Erkelenz! Zwanzig Jahre zu spät und nicht wegen ihm. Gestern Abend war es in den Nachrichten gewesen. Er hatte die ganze Nacht nicht schlafen können. Es war so weit! Jetzt würde sich alles aufklären, nach all den Jahren, die er gewartet hatte. Die Zeit war reif und er war es auch. Viel zu lange hatte er diesen Moment herbeigesehnt und nicht mehr daran geglaubt, dass er noch kommen würde. Das Wiedersehen würde nicht einfach werden, das war ihm klar. Doch er würde es schaffen, würde ihnen in die Augen schauen und eine Erklärung verlangen. Am Ende würde jemand die Hosen runterlassen und Farbe bekennen müssen, sodass Frieden in seinen Kopf einkehren konnte. Das Geld war ihm längst scheißegal. Damit konnte er die verlorenen Jahre nicht zurückkaufen.

Justizvollzugsanstalt Siegburg, 26. Juni 1992, 20.45 Uhr

Der Aufenthaltsraum war voll. Es würde einen Krimi im Fernsehen geben. Berger saß weiter hinten, neben ihm Jupp, mit dem er seit einem Jahr die Zelle teilte. Jupp saß wegen politischer Sachen, wie er betonte. Er hatte mit einem Baseballschläger auf einen Türken eingedroschen. Was das mit Politik zu tun haben sollte, war Berger nicht ganz klar, aber da er mit dem bulligen Kerl auf engstem Raum zusammenleben musste, hatte er beschlossen, dass er ihn das nie fragen würde. Sie gingen sich aus dem Weg und gleichzeitig so gut miteinander um, wie sie nur konnten. Schließlich hatte es auch seine Vorteile, wenn man ein Paar Augen und Ohren mehr hatte. In vier Jahren würde Jupp entlassen und er würde bleiben.

Er hatte gelernt, allem Streit aus dem Weg zu gehen. Er hatte sich für eine Ausbildung im handwerklichen Bereich gemeldet und hoffte, dass es etwas mit Holz sein würde. Das lag ihm mehr als der allgegenwärtige verputzte Beton. Jupp hatte ein ziemliches Veilchen, weil er einem Araber nach ein paar ziemlich dämlichen Bemerkungen über Ölaugen und deren Sexualität in die Faust gelaufen war. Mit langem Gesicht saß er am Tisch und hatte eine Zigarette in der Hand, während sein Blick den Raum abscannte, ob jemand auf sein geschwollenes Auge starrte. Durch die Blessur war er angreifbar und musste erst recht den Harten geben. Sicherlich würde er es dem Araber heimzahlen. Auch Bergers Position war nicht so gefestigt wie sonst, denn er saß mit dem Angeschlagenen in einer Zelle und war dadurch ebenfalls irgendwie angezählt. Er hatte diese spezielle Knastlogik nie wirklich verstanden. Er hatte ja nicht einmal die Regeln verstanden, die draußen herrschten. Trotzdem war er auf der Hut und bemühte sich um den Dreihundertsechzig-Grad-Blick.

Er hatte rund dreitausendsechshundert Tage abzusitzen, knapp tausend hatte er geschafft. Um nicht durchzudrehen, hatte er sich angewöhnt, nur nach hinten zu denken, um nicht zu sehen, was noch unausweichlich vor ihm lag. Die Hoffnung auf Rettung durch seine Freunde war nur noch ein Traum. Im vorigen Winter hatte er begonnen zu zweifeln und aufgehört zu hoffen. Jetzt hatte er nur noch das Universum in seinem Kopf. Und Ellen. Mit der er fast alle

Nächte verbrachte. Mit ihr durchlebte er so viele verschiedene Leben, von gutbürgerlich bis Seefahrer in der Karibik. Er hatte Zeit und den wunderbaren Vorteil gegenüber anderen Wichsern, dass er sich an ihren Geruch erinnern konnte, und daran, wie sich ihr Haar auf der Haut oder in den Fingern anfühlte. Er wusste, wie sie den Mund bewegte, wenn sie kaute. Er hatte Zeit gehabt, sie zu beobachten und sich alles einzuprägen. Nun hatte er Zeit, seine Romanze mit ihr zu genießen. Wenn die Zellentür hinter ihnen ins Schloss fiel, beherrschte sie komplett sein Denken und Fühlen. Auch Jupp war nachtaktiv, aber er bevorzugte die drallen Dunklen in Leder und Stiefeln. Er hatte ihm mal ein Heft ausgeliehen, aber Berger war sich vorgekommen, als ob er fremdgegangen wäre. Er hatte sich vor sich selbst und der Ellen in seinem Kopf geschämt. Er wusste, dass das bescheuert war. Aber es war auf jeden Fall besser, als sich auf das Leben im Knast auch geistig einzulassen. Letzte Nacht hatte er mit Ellen ein schönes Leben in einem sehr amerikanisch wirkenden Vorort erlebt. Den hatte er wohl mal in einem Film gesehen. Sie hatten drei Kinder großgezogen, zwei Jungs, ein Mädchen. Ellen war neben ihm zu einer älteren Dame geworden und er war mit ihr gealtert. Irgendwann kam das Ende seines Traums, wie immer, er wusch sich die Hand, wie immer, und begann zu schreiben, während er demselben Gedanken nachging, bis er geweckt wurde. *Wer hat das warum getan? Warum ich? Was ist passiert? Warum meine Oma? Warum hat mich keiner befreit?* Brille, sein Psychologe, hatte von einem Schließer einen Block aus Bergers Zelle bekommen, der mit derselben Fragenfolge von vorne bis hinten zugeschrieben war. Ein paar Wochen lang hatte Brille daraufhin versucht, ihn von der fixen Vorstellung zu befreien, irgendjemand hätte etwas gegen ihn. »Das kann zum Verfolgungswahn werden, wissen Sie das?«, hatte er gefragt und dabei den Block wie ein Kartenspiel durch die Finger surren lassen. »Sie müssen zu Ihrer Schuld stehen. Suchen Sie nicht den Heiligen, der Sie erlöst. Erlösen Sie sich selbst, Mann. Stehen Sie zu dem, was Sie getan haben. Dass Sie es getan haben, ist klar, sonst wären Sie nicht hier, stimmt's? Stellen Sie sich endlich Ihrer Verantwortung!« Dann war Brille aufgesprungen und hatte sich mitten im Raum aufgebaut. »Sagen Sie: Ja, ich habe es getan und stehe dazu! Na, los, dann geht es Ihnen gleich besser.« Um Brille eine Freude zu machen, hatte Berger sich tatsächlich erhoben, neben ihn gestellt und halblaut das Gewünschte gemurmelt. »Lauter, Mann! Lauter!«, hatte Brille losgebrüllt und ihm sein freudenverzerrtes Gesicht entgegengestreckt. Berger hatte es laut hinausgebrüllt. Warum auch nicht? Er hatte längst verstanden, dass alle eine andere Wahrheit kannten als er. Und er hatte sich gebeugt. So hatte er eine Viertelstunde lang lauthals geschrien, was ihm gerade einfiel und Brille beobachtet, der sich vor Freude fast in die Hosen gemacht hatte. Am Ende der Sitzung hatte Brille ihm auf die Schulter geklopft und ihm bescheinigt, endlich auf dem richtigen Weg zu sein. Nachts in der Zelle hatte er beschlossen, seine vollgekritzelten Zettel im Klo runterzuspülen.

Jupp stieß ihn an und zeigte auf den Fernsehapparat. »Ku'ma die, ey«, sagte er übertrieben laut und starrte weiter auf den Fernseher. »Scharfes Gerät, wa?« Berger folgte seinem Blick und sah Ellen. Sie räkelte sich lustvoll in fast weißem Sand und hielt eine Hand schützend vor ihre Muschi. Ihre Augen sagten alles, was der Mund nicht tat. Dieser göttliche Mund. Dann erschien eine rechteckige Flasche mit einigen Buchstaben darauf und ein Seidenschal umwehte sie. Ellen war weg.

»Und? Ist die geil?«, fragte Jupp und erwartete scheinbar Lob für diese messerscharfe Feststellung.

»Stimmt, Jupp, hast recht«, murmelte Berger und wünschte sich augenblicklich in seine Zelle zurück, um mit Ellen allein zu sein. Er war der glücklichste Insasse dieses Zellenblocks. Diese drei Sekunden hatten ihm Stoff für mindestens einen Monat gegeben. Danach kam Schimanski.

Erkelenz, 16. Juni 1988, 19.30 Uhr
Bahnhof, Gleis 2

Ihr Blick ruhte auf den Grasbüscheln, die aus den aufgeplatzten Stellen im Teerbelag des Bahnsteigs wuchsen. Halb sieben hatten sie gesagt, und jetzt war auch nach einer Stunde niemand da. Ellen war nervös und betastete den Rucksack, der neben ihr stand. Er enthielt alles, was sie für ihr zukünftiges Leben brauchte. Zum Glück hatten ihre Eltern nicht darauf bestanden, sie zum Bahnhof zu begleiten. Ihre Mutter hatte sie in der Parkbucht vor dem Eingang aussteigen lassen und sich von ihr verabschiedet. Zuvor hatte sie ihr noch einmal aufgetragen, sich alle zwei Tage wenigstens kurz zu melden. Ein wenig leid tat es Ellen schon, dass sie sie nie mehr sehen würde. Sie hatte sich im Laufe der Jahre an ihre Pflegeeltern gewöhnt und sah sie tatsächlich als ihre Eltern an. Doch das Gefühl dazuzugehören, hatte sich bei ihr nie eingestellt. Daher hatte sie wenig zu verlieren. Nun war es sowieso egal, denn nach der Sache am Nachmittag gab es kein Zurück mehr. Das empfand sie sogar als befreiend. Immerhin hatte sie ja noch ihre Jungs, die ihr als Ersatzfamilie dienten. Aber wo blieben sie? Suchend schaute sie sich um. Der Bahnsteig zwei in Richtung Düsseldorf war leer, er würde sich aber noch füllen. Gegenüber an Gleis eins standen ein paar müde Pendler, die auf ihren Anschluss nach Aachen warteten, aber der hatte Verspätung. Sie blickte auf die Dächer hinter dem maroden Bahnhofsgebäude und ging im Geiste über die Straße, bog in die Theodor-Körner-Straße ein, sah die wenigen erhaltenen prachtvollen Fassaden aus dem 19. Jahrhundert auf der rechten und den schattigen, kühlen Stadtpark auf der linken Seite. Wie gerne würde sie einfach hinübergehen und sich in das kühle Gras unter die alten Bäume legen und träumen. Ob sie das vermissen würde?

»Fräulein Lobberichs, so alleine unterwegs?«, fragte eine Stimme neben ihr. Bernd. Unbemerkt hatte er sich angeschlichen und saß nun neben ihr auf der Bank. Auf seinen Wangen waren rote Flecken. Die bekam er immer, wenn er aufgeregt war.

»Die anderen sind noch nicht gekommen?«, fragte er überflüssigerweise und schaute sich um, als ob sich Lukas und Berger irgendwo in den Sträuchern versteckten.

»Nein, Herr Halcour, ich bin nicht alleine. Ich habe eine Verabredung mit meiner Zukunft, wissen Sie?«, entgegnete sie. Sie wollte wie immer unbekümmert und optimistisch wirken. Er wich ihrem Blick aus, wie so oft, und kramte eine Filterzigarette aus seiner

Jeansjacke. »Auch eine?«, fragte er. Sie nickte. Er puhlte eine weitere Zigarette aus der Brusttasche und hielt sie ihr hin.

»Sag mal, hatten wir uns nicht für halb verabredet?«, fragte sie mit zusammengekniffenen Lippen, während sie sich über seine Hand mit dem Feuerzeug beugte und gleichzeitig ihre Haare aus der Gefahrenzone hielt.

»Ja, ich weiß«, antwortete Bernd beschwichtigend. »Meine Alten haben mich aufgehalten. Sie wollen unbedingt zusammen eine Fete zum Abitur schmeißen, wenn ich vom Interrail wieder da bin – bevor sie sich trennen.« Er zündete auch seine Camel an und blies den Rauch aus. »Wenn die wüssten …«

Sie schwiegen und rauchten eine Weile.

»Da kommt Lukas«, sagte Ellen und deutete auf die Unterführung, aus der die bekannte Gestalt herauskam. Eine Baseballkappe hatte er auf und einen Rucksack auf dem Rücken. Als er die beiden erkannte, winkte er ihnen zu.

»Hi, Leute. Alles in Ordnung bei euch?«, begrüßte Lukas sie und stellte seinen Rucksack neben ihre. Er ließ sich neben Ellen nieder und schaute sie nacheinander an. »Was?«, fragte er entgeistert, denn er spürte, dass sie sauer waren.

»Hatten wir nicht halb gesagt?«, fragte Bernd mit vorwurfsvoller Stimme. Ellen nickte.

»Ja, nu ist mal gut«, begann Lukas beschwichtigend. »Wie ich sehe, ist Berger auch noch nicht da. Und der ist ja wohl der Wichtigste. Wenn der nicht kommt, brauchen wir gar nicht erst in den Zug zu steigen, oder?«

»Der wird schon kommen«, beeilte sich Bernd zu sagen, als wollte er Berger wieder einmal vor Lukas in Schutz nehmen. »Der hat bestimmt noch eine Abschiedsarie mit seiner Oma, die hat doch sonst keinen.« Wieder nickte Ellen. Sie hielt es für ratsamer, nichts zu sagen. Bergers Auftreten in der Kasse hatte sie stark beeindruckt, das war ihr viel zu weit gegangen. Zuerst der Schuss und wie er die ganze Zeit mit dem Ding rumgefuchtelt hatte. Ihre eigene nutzlose Plastikwaffe hatte sie, fast verschämt, eng am Körper gehalten.

»Jaja, aber was ist, wenn er uns sitzen lässt«, setzte Lukas erneut an. »Hey, das ist ein ganz schöner Batzen Geld. Vielleicht denkt er sich: Warum teilen, wenn ich doch alles haben kann?« Er grinste breit, um die Wirkung seiner Worte zu unterstützen, während sein rechter Fuß nervös wie ein Presslufthammer auf und ab wippte. Ellen sah ihn wie versteinert an. Seine Worte verunsicherten sie. Was, wenn es stimmte?

»Was soll der Scheiß?«, blaffte Bernd ihn an. Augenblicklich zuckte Lukas zurück und versteifte sich. »Natürlich wird der kommen, Berger ist eine treue Seele«, fuhr Bernd fort. »Der würde uns nie hängen lassen und basta.«

Lukas zog sich mit beiden Händen die Baseballkappe vom Kopf. »Ach, verdammt, ich weiß auch nicht. Ich hab kein gutes Gefühl«, begann er leise. »Ich hab kein gutes Gefühl, weil wir unsere Zukunft in die Hände dieses … Proleten … legen.«

»Dafür können wir uns jetzt nichts kaufen«, konterte Bernd. »Wir haben das zusammen begonnen und werden es zusammen bis zum Ende durchziehen. Ich geh den jetzt anrufen. Oh, und das mit dem Proleten musst du ihm unbedingt ins Gesicht sagen, wenn ich dabei bin, versprochen?«

»Ich komme mit«, sagte Ellen schnell und stand auf.

»Du wartest hier, falls dein Prolet zwischenzeitlich auftaucht«, sagte Bernd zu Lukas, der sie beide erstaunt anschaute.

»Aber ihr kommt wieder, oder?«

Ohne eine Antwort drehten sich Ellen und Bernd um und setzten sich in Richtung der Unterführung in Bewegung. Draußen vor dem Eingang gab es zwei Telefonzellen, von denen eine sicherlich funktionsbereit sein würde.

Ein lauter Knall ließ sie aufhorchen. Der Mann hatte den Hörer wuchtig auf die Gabel geschlagen und stapfte mit einem »Scheiße!« auf den Lippen davon. Der Telefonzellentür hatte er so viel Schwung gegeben, dass sie krachend in den Rahmen fiel. Als er an ihnen vorbei kam, rempelte er Bernd an und schnauzte ihm ein »Pass doch auf, Penner!« entgegen. Dann steuerte er das Bierbüdchen am Busbahnhof an.

»Hast du mal drei Groschen?«, fragte Bernd seine Begleiterin, als sie sich in die Telefonzelle schoben. Ellen kramte in ihrer Hosentasche und zog ein paar Münzen heraus. »Hier.«

Bernd warf die Münzen ein, eine fiel durch. Er rieb sie am Telefonkasten, warf sie erneut ein und wählte drei-acht-eins-drei. Die Wählscheibe surrte, es knackte in der Leitung, Stille, der ein dumpfes Freizeichen folgte. Tut-tuut, jemand meldete sich. Bernd wusste nicht, wen er erwartet hatte, aber nicht diese Männerstimme. »Hallo?« Das war nicht Berger. Bernd schaute Ellen mit großen Augen an. Sie drückte ihren Kopf nah an den Hörer in Bernds Hand.

»Hallo? Wer ist denn da?«, hörte sie eine dumpfe Stimme fragen »Hallo! Hier spricht die …« Bernds Hand schlug auf die Telefongabel. »P-Polizei!«, stieß Bernd aus. Ellen starrte ihn mit großen ungläubigen Augen an. »Was sollen wir …«, begann sie, doch Bernd unterbrach sie. »Abhauen, sofort! Komm mit!« Er zog sie aus der Zelle und lief mit ihr um das Bahnhofsgebäude zur Unterführung.

»Aber wir können Berger nicht im Stich lassen!«, rief Ellen, während Bernd sie mitriss. Er blieb abrupt stehen und starrte sie an.

»Was sollen wir denn tun«, fragte er. »Sag es mir! Sollen wir hinfahren und sagen ›Hallo, wir waren das mit der B-Bank, nichts für ungut war nur ein Sch-Scherz‹ und dann ist alles wieder gut?«

»Ich weiß nicht, ich …«

»Eben! Jetzt müssen wir unsere Haut r-retten. Ab in den nächsten Zug und nichts wie weg, verstanden?«

»Und was ist mit Berger?«

»Verdammt, der ist jetzt auf sich allein gestellt! Wir können nichts für ihn tun! Los jetzt!« Sie liefen weiter, durch den Gang und die Treppe hinauf, auf Lukas zu. Der spürte augenblicklich, dass etwas nicht stimmte. »Was ist los?«, fragte er aufgeregt, als sie ihn erreicht hatten.

»Polizei!«, presste Bernd heraus. Lukas starrte ihn ungläubig an.

»Was machen wir jetzt?«

»Wir hauen ab, was denn sonst? Weißt du, ob er das Maul hält oder ob er uns bereits in die Pfanne gehauen hat?«

»Oder ob er uns ausgetrickst hat«, konterte Lukas. »Vielleicht ist das mit der Polizei nur ein Trick, um uns vom Hals zu haben. Wenn wir erst weg sind, kann er in aller Ruhe mit der Kohle verduften.«

»Du spinnst ja«, platzte es aus Ellen heraus.

»Ach, meinst du? Und wie kann es dann sein, dass die ausgerechnet bei dem auftauchen, der die Kohle hat? Wie kann das sein?«, schrie Lukas plötzlich aufgebracht. Ein paar Köpfe drehten sich zu ihnen um.

»Nicht so laut, verdammt!«, zischte Bernd. »Wir hauen ab und damit basta!«

Betreten standen die drei neben ihrem Reisegepäck und starrten auf den Boden.

»Vielleicht hast du recht«, begann Ellen. »Zurück können wir nicht, das ist zu gefährlich.«

»Ja, wahrscheinlich«, murmelte Lukas und schaute auf seine Schuhspitzen. Dann schwiegen sie wieder. Jacobs zog Bergers Interrail-Heft aus der Tasche und zerriss es. Er warf die Fetzen in den Papierkorb. »Das wird er wohl nicht mehr brauchen«, murmelte er betreten.

Eine Stimme aus dem Lautsprecher riss sie aus ihren Gedanken. »Auf Gleis zwei fährt ein: Regionalbahn von Aachen nach Wuppertal, über Mönchengladbach, Neuss und Düsseldorf. Bitte Vorsicht bei der Einfahrt.« In der Ferne hörten sie ein Martinshorn und wünschten sich in den Zug hinein, der in einiger Entfernung und viel zu langsam auf den Gleisen erschien.

Erkelenz, 1. Juni 2009 (Pfingstmontag), 19.30 Uhr
Aachener Straße, »Sokrates«

»Morgen ist hier die Hölle los«, murmelte Becker missmutig und nahm einen Zug an seiner Zigarette, während er weiter auf die Flaschen starrte, die auf dem Regal hinter dem Tresen aufgereiht standen.

»Wegen deine drei berühmte Leute?«, fragte Walli, während er einem Jungen mit langen Haaren zwei Biergläser reichte. »Machste Deckel?«, fragte der und grinste. »Mach ich Deckel«, antwortete Walli resigniert. Es würde Monate dauern, bis er das Geld bekommen würde, das wusste er.

»Du bist zu gutmütig, Alter«, brummte Becker grinsend.

»Und du bist eine Spießer«, kam es postwendend zurück. »Willst du noch ein Bier, Spießer?«

»Klar, machste Deckel?«

»Für dich nicht, ich trau dir nicht.«

»Würde ich auch nicht«, schaltete sich Müller von hinten ein, der gerade schwungvoll durch die Tür gekommen war.

»Und? Für morgen schon alles klar?«, begann Müller.

»Ach, lass mich bloß damit in Ruhe. Da will ich nicht drüber sprechen, verstanden?«, warf er den Köder aus. Sprang Müller drauf an, war es gut, wenn nicht, würde er nichts erzählen. So waren die Regeln.

»Verstanden, fang an.«

»Heute war Sicherheitsbesprechung. Da tauchte so ein Muskelmann auf, Claude Irgendwas, Sicherheitsberater von diesem Jacobs. Hat sich aufgespielt wie der Chef vom Laden und meinte, dass wir Provinzbullen ja in der Lage sein sollten, die Aufgabe abzuwickeln. Provinzbullen! Stell dir das mal vor. Köhler war innerlich auf hundertachtzig. Ich hab mich dann mal erkundigt, was es über diesen Herrn so alles gibt bei uns.« Er schaute Müller an.

»Und?«, beeilte sich dieser zu fragen.

»Ich sag es dir. Der hat es faustdick hinter den Ohren. Wo der schon alles war und was der gemacht hat, boah. Söldner im Balkankrieg und in Afrika, dann mal eine Zeit im Kanzleramt und jetzt bei Jacobs. Ich sag dir, der hat aus seiner Jugend Vorstrafen noch und nöcher, alles wegen Körperverletzung.«

»Also magst du ihn nicht, oder wie hab ich dich zu verstehen?«

»Ich muss ihn mögen, denn der ist für die nächsten Tage mein Ansprechpartner oder besser ich seiner. Ich bin die Schnittstelle zwischen den öffentlichen und privaten Verantwortlichen in Sicherheitsfragen. Meinte Köhler. Ich glaub, der will sich nur raushalten, dem ist das zu viel Aufheben um die ganze Sache.«

»Haben die anderen beiden keine Bodyguards?«, fragte Müller und drehte sich eine Zigarette.

»Nee, die sind einfach so gekommen, quasi inkognito. Von der Kamps hab ich die Telefonnummer ihrer Pressesprecherin und von diesem Martens eine seltsame Nummer aus Frankfurt, wohl ein Vertreter der Plattenfirma. Die sind anscheinend weniger unbeliebt. Sind ja auch keine Spaßkapitalisten.«

»Die Nummer von der Kamps kannst du mir geben«, sagte Müller nach einer Pause.

»Mir auch«, schaltete sich Walli von der Seite her ein.

»Ihrer Pressetante«, korrigierte ihn Becker.

»Mein ich ja, ich hab nur die aus dem Büro, und da geht keiner ran.«

»Klar.« Becker kramte sein Mobiltelefon heraus und drückte mehrmals darauf herum. »Kommt sofort.«

In Müllers Tasche piepte es dreimal kurz. »Danke.«

»Und was hast du so rausgefunden?«, fragte Becker und bestellte mit einer Geste zwei Bier.

»Eigentlich nur das, was man überall über sie liest. Wusstest du, dass alle drei ihre Namen geändert haben?«

»Ach.«

»Ja. Jacobs hieß vorher Halcour, wohl nach seinem Vater. Nach seinem Abitur und der Scheidung der Eltern hat er den Mädchennamen seiner Mutter angenommen. Gekümmert hat er sich aber nie um sie. So groß war die Liebe anscheinend doch nicht.«

»Und die anderen beiden?«

»Martens hieß vorher Martin, sein Vater hatte mal das Vermessungsbüro in der Brückstraße, ist aber früh gestorben. Und die Kamps hieß vorher Lobberichs.«

»Lobberichs? Der Name ist ja völlig unsexy«, entschied Becker.

»Deshalb hat sie wohl sofort den Namen ihres ersten Ehemannes angenommen. Ganz am Anfang ihrer Karriere. Die waren kein Jahr verheiratet, glaub ich. Die Lobberichs waren aber nur ihre Pflegeeltern. Die sind Anfang der Neunziger in Richtung Schwäbisch Hall verzogen, wo sie wohl kurz hintereinander verstorben sind.«

»Klingt nicht so spektakulär. Stimmt es eigentlich, dass sie alle drei im selben Sommer hier gestartet sind? Hab ich irgendwo gelesen.«

»Ja, da beginnen alle offiziellen Biografien. Erkelenz haben die alle drei bisher völlig ausgeklammert. Seltsam, oder?«

»Na, so schlimm ist es hier ja auch wieder nicht«, brummte Becker. »Oder meinste, die haben was ausgefressen?«

»Ausgefressen?«

»Ja, und deshalb mussten sie so schnell hier verduften, ihre Namen ändern und einen Bogen um Erkelenz machen. Was meinst du?«

»Ich meine, dass du mal abschalten solltest, Herr Kommissar«, entgegnete Müller. »Vermute nicht hinter allem ein Verbrechen.«

»Na, an deiner Stelle würde ich mal nachforschen, vielleicht hängt da ja eine richtig große Geschichte dran.« Dann schwiegen beide und hingen ihren Gedanken nach. Müller ärgerte sich, weil Becker ihm eine Laus ins Ohr gesetzt hatte. Dieser vage Gedanke beschäftigte ihn und so sehr er sich bemühte, ihn zu verscheuchen, kehrte er doch immer wieder zurück. Was, wenn da wirklich mehr dahintersteckte? Was, wenn er wirklich der Erste sein würde, der die Nase da dran kriegen könnte? Er würde den Gedanken im Hinterkopf behalten und schauen, was sich daraus ergeben würde. Nach einer Weile legte er einen Zehner auf seinen Deckel und machte Anstalten zu gehen.

»Wenn du was rausfindest, lass es mich wissen«, sagte Becker zum Abschied und gab Walli ein Zeichen, dass er ein weiteres Bier vertragen könnte. Müller trat hinaus auf die Straße. Nach Hause wollte er nicht, also bog er nach rechts ab und ging in Richtung Franziskanermarkt. Dort saßen drei Lieferfahrer der Pizzeria auf Plastikstühlen und schauten ein paar Jungs auf dem gegenüber liegenden Platz beim Bolzen zu. Müller strebte den Markt an, wo um diese Zeit noch eine Menge los war. Er ging an den Tischgruppen vorbei, die vor den Kneipen und Cafés standen. Der eine oder andere grüßte ihn flüchtig. Doch in seinem Kopf kreiste weiterhin der Gedanke, den Becker ihm eingepflanzt hatte. Stimmt, es war wirklich ein seltsamer Zufall, dass sich ihre Flucht aus der Provinz so gleich gestaltet hatte. Gekannt hatten sie sich auf jeden Fall, das stand für ihn fest. Er steuerte über den Markt und bog in die Brückstraße ein, folgte ihr bis zum Burgplatz und erreichte den Ziegelweiher. Er spürte, dass eine Nacht vor ihm lag, in der er an Schlaf nicht zu denken brauchte. Seine Ruhe würde er erst wieder finden, wenn es langsam dämmerte und die Vögel zum Morgenkonzert ansetzten. Dann war er zeitlos, weder im Gestern noch im Heute. Und alterslos, nicht alleine und unzufrieden. Deshalb war die Beschäftigung mit einem externen Thema wichtig, mochte es fiktiv sein oder real, Gerücht oder Gewissheit. Hauptsache, es war da und in seinem Kopf. Die Erkenntnisse in den frühen Morgenstunden saßen meistens auf den Punkt. Er war sich sicher, dass er die Beharrlichkeit auf der Spur der Wahrheit seiner latenten Depression verdankte. Ein Grund mehr, sie immer weiter zu hegen und zu pflegen und ihr regelmäßiges Auftreten als eine Art »Grippe« abzutun, der nicht zu viel Beachtung eingeräumt werden sollte.

Er passierte den Weg entlang des Ziegelweihers und folgte der alten Bundesstraße 57, um aus dem Ort zu kommen. Strecke machen, nachdenken.

»He, Müller, wart mal«, riss ihn eine Stimme aus seinen Überlegungen. Als er sich umdrehte, schaute er in Marcos Gesicht. Marco Drechsler, ein in Würde ergrauter Ex-Punk, der heute für einen Energieriesen arbeitete und mithalf, die umgepflügten ehemaligen Abbaugebiete zu rekultivieren und in irgendetwas zu verwandeln, das einer rheinischen Landschaft ähnelte. Auffällig war er durch sein mittlerweile langes Haar, das ihm fast bis an den Hintern reichte und das er zu einem dicken Zopf geflochten trug. Marco saß auf einer Bank und rauchte, während seine beiden Kinder mit Stöcken auf das Gebüsch dahinter einprügelten. Sein Exploited-Shirt spannte über dem Bauch, der Zeichen des jahrelangen und ungehemmten Bierkonsums war. Er machte eine einladende Geste neben sich. *Warum nicht?*, dachte Müller und setzte sich zu ihm.

»Und sonst?«, fragte Marco.

»Und selbst?«, antwortete Müller.

»Muss ja«, war logischerweise Marcos Antwort. »Sag mal, stimmt das?«

»Was?«

»Na, das mit dem Martens. Kommt der echt?«

»Scheint so. Der Sonnenschein vom Cusanus ist sich auf jeden Fall sicher«, erwiderte Müller und verzog das Gesicht zu einem

Grinsen, als er wieder an Springsteens Bild in der Pressemappe denken musste.

»Was für ein Spinner«, murmelte Marco vor sich hin und zog an seiner Zigarette.

»Wer, Sonnenschein?«

»Nee, der Martens.«

»Wieso? Kennst du ihn?«

»Na klar, Mann. Hatten damals im Bunker denselben Proberaum. Ich kann dir sagen, der war ziemlich weggeknallt. Immer auf Pille und gekifft hat der, als gäb's morgen nix mehr zu kaufen.«

»Haben wir das nicht alle?«, entgegnete Müller und schaute seinen alten Freund von der Seite an. In Marcos Gesicht konnte er ablesen, wie er selbst gealtert sein musste. Etwas aufgedunsen, faltig und die Bartstoppeln nicht mehr ganz so farbig.

»Mann, der war schon ein Kaliber für sich«, fuhr Marco fort und schaute auf die Zigarette in seiner Hand. »Einmal kam er an und wollte, dass ich ihm eine Knarre besorge.«

»Du?«

»Na klar, Mann. Ich war doch damals in Gladbach im HQ bei den Tommies. Und der dachte allen Ernstes, ich könnte ihm eben mal so eine Pistole besorgen. Dachte, die liegen da rum wie Bonbons beim Kinderazt – Mensch, Sid! Lass die Scheißente endlich in Ruhe!«, unterbrach er sich selbst und wandte sich seinem Sohn zu.

Ein ungefähr siebenjähriger Junge hinter ihm im Gebüsch hörte auf, mit seiner Rute auf eine tote Ente einzuschlagen und sagte: »Oh menno, Spießer.«

»Ich geb dir gleich Spießer, Freundchen.« Dann nahm er den Faden wieder auf. »Hab ich ihn natürlich gefragt, wofür er denn so eine Puste bräuchte, klar, ne?«

»Klar, und was hat er gesagt?«

»Hat gesagt, er wollte seine Zukunft selbst in die Hand nehmen, der kaputte Spinner. Naja, ich hab ihn ausgelacht, alle haben ihn ausgelacht. Wir haben gedacht, der wollte sich bei Kerzenschein erschießen, so ein Grufti-Ding, weißte? Aber dann hat er wieder sein wirres Zeug erzählt. Er hielt sich für was Besseres, glaub ich. Meinte, wenn man dafür was Linkes anstellen müsste, wäre das in

Ordnung, wenn man es wert ist. Wenn der den Kopf voller Pillen hatte, hat der immer so ein Zeugs vom Stapel gelassen. Dann hat er den Harten gegeben, aber in Wirklichkeit war das ein Spinner. Genau wie seine seltsamen Freunde, auch ein Haufen Spinner.«

»Seine Freunde? Erzähl mal.«

»Hab sie ein- oder zweimal im Proberaum getroffen. Einer war dabei, ein Proll, der hat auf Skinhead gemacht oder so was. Mit Glatze und Bomberjacke. Seltsamer Typ, hat später wohl was ausgefressen. Ich glaub sogar, er hat einen umgebracht. Naja, ich weiß nicht mehr, schon lange her. Und dann war da noch ein langer, der lief meist mit einem Gestapo-Mantel rum, wie später in Matrix, so einer. Ich glaub, ohne die Einflüsterungen von dem hätte der Martens so einen Quatsch nicht erzählt. Der kam mir immer vor wie ein Kassettenrekorder, verstehst du? Was für ein Clown.«

»Aber anscheinend ein erfolgreicher Clown«, erwiderte Müller. »Hast du je mehr rausgebracht als die Demotapes damals?«

Marcos Blick sagte ihm, dass er seinen wunden Punkt getroffen hatte. »Dafür haben wir keine Stücke von anderen nachgespielt, wie er und seine Vögelchentruppe.«

»Und? Hat er je seine Knarre bekommen?«, lenkte Müller ab.

»Keine Ahnung, ein paar Wochen später war er weg. Das nächste Mal, als ich ihn gesehen hab, stand er beim »Monsters of Rock« auf der Bühne und ich bis zu den Knien im Schlamm. Dreiundneunzig war das, mit diesen Bopsters oder wie die hießen. Kerl, haben die sich einen Hagel an Bierdosen eingefangen, so scheiße waren die. Ich dachte, der fängt an zu heulen. Nachher kamen Motörhead, die haben den Schlamm zum Kochen gebracht, das kann ich dir sagen.« Er lächelte abwesend vor sich hin und schnippte seine Kippe weg.

»Na, ich muss mal weiter«, beendete Müller das Gespräch, schlug sich auf den Oberschenkel und stand auf.

»Ja, mach's gut. Und ruf mal an, dann machen wir mal wieder was«, erwiderte Marco und drehte sich ohne eine Antwort abzuwarten zu seinen Kindern um. »Sid und Nancy, ich reiß euch gleich die Köpfe ab, lasst das tote Vieh doch endlich in Ruhe.«

»Wieso, die ist tot, die merkt eh nix mehr!«, krächzte Nancy zurück und trat noch einmal wie zur Bestätigung gegen den Kadaver.

»Und du gleich auch nicht, hast du gehört, was ich gesagt habe?«

Der sich daraus ergebende, antiautoritär geprägte Dialog zwischen Vater und Tochter bestand hauptsächlich aus gegenseitigen Drohungen. Müller hörte ihn dezent wie Fahrstuhlmusik hinter sich leiser werden, während er seine Runde fortsetzte. *Seltsame Geschichte,* dachte er. Vielleicht würde er Martens beim Interview einen Gruß von Marco bestellen. Ob er sich noch erinnern würde?

Erkelenz, 2. Juni 2009, 17.30 Uhr
Haus Hohenbusch

Bereits Stunden vor der genannten Ankunftszeit waren Wagen mit Kamerateams aus ganz Deutschland angekommen und hatten die beschauliche Ruhe in dem Landhotel gestört, das für sein Gestüt und seinen Golfplatz bekannt war. Müller kam sich fehl am Platz vor, als er durch das Gartentor links neben der großen Toreinfahrt geschleust wurde. Er hatte tatsächlich die ganze Nacht gearbeitet. Irgendwann vormittags war er auf dem Sofa eingeschlafen, nachdem er seine Hausaufgaben gemacht und alles über die drei zusammengetragen hatte, was er finden konnte. Nun war er auf dem Weg, um die Schlange der Kollegen zu umgehen, die am Haupttor auf den Check warteten. Zum Glück kannte er den Gärtner aus gemeinsamen Jugendtagen. So konnte er den Andrang am Haupteingang umgehen. Kaum war er drinnen, wurde er aufgehalten.

»Können Sie sich bitte ausweisen?«, fragte eine dunkle Stimme, die zu einem Mann gehörte, mit dem Müller keinen Ärger bekommen wollte.

»Müller, ›Heinsberger Zeitung‹«, erwiderte er knapp und dachte, damit sei es gut. Schließlich kannte man ihn hier. Alle außer seinem Gegenüber.

»Sie haben sicher einen Presseausweis dabei?« Tatsächlich hatte Müller beim Verlassen der Wohnung daran gedacht, sein Portemonnaie mit dem Presseausweis einzustecken.

»Darf ich auch Ihren Personalausweis sehen, Herr Müller?« Nachdem die Formalitäten geklärt waren, musste kurz ausdiskutiert werden, weshalb er nicht den offiziellen Weg gewählt hatte. Sein Gärtnerfreund erklärte halbherzig etwas von privatem Gespräch, wollte sich aber nicht zu weit aus dem Fenster hängen. Schließlich schaltete sich Müller ein und erklärte, dass das hier sein Revier sei, wenn der Herr Personenschützer anderswo Leute drangsaliere. Er kam sich ziemlich mutig vor.

Zehn Minuten später passierte er den offiziellen Eingang und wurde unter dem Torbogen erneut nach seinem Ausweis gefragt, bevor er endlich mit den Kollegen in Richtung des Konferenzzentrums eilen konnte. Sein Oberarm tat noch immer etwas weh von dem Griff, mit dem Mr. Security ihn zur Pforte zurück begleitet hatte. Das Konferenzzentrum befand sich im ehemaligen Laienbrüderhaus des Klosters Haus Hohenbusch. Er war schon mehrmals zu politischen Veranstaltungen oder Produktpräsentationen eingeladen worden und musste zugeben, dass es einen ziemlich modernen und teuren Eindruck machte. Er kannte es noch als miefigen und feuchten ehemaligen Stall, der immer aussah, als ob er jeden Moment zusammenbrechen würde. Als Kind und Jugendlicher hatte er sich oft dort herumgetrieben und war vor zehn Jahren einer der schärfsten Kritiker des Verkaufs an diese japanische Firma gewesen. Mittlerweile war er sich nicht mehr sicher, ob es wirklich so schlimm für das denkmalgeschützte Gemäuer gewesen war, in die finanzkräftigen Hände von Menschen zu gelangen, die ihre Ziele mit dem nötigen Kleingeld umsetzen konnten. Heute war Hohenbusch als Ressort mit internationalem Rang bekannt, in dem alle möglichen reichen Leute abstiegen, um es sich gut gehen zu lassen. So würden es auch die drei Promis halten, auf deren Ankunft alle sehnsüchtig warteten. Ein paar junge Mädchen in modischen Klamotten fläzten sich auf den Stühlen direkt am Eingang und redeten in einem Gemisch aus englischen Floskeln und seltsamen Kürzeln über ihre Arbeit. Dabei sprachen sie keinen Satz wirklich flüssig von

Anfang bis Ende, sondern flochten nach jedem zweiten Wort ein gedehntes »ähm« ein. Begleitet wurde das Ganze von seltsamen Verrenkungen der Hände, die sie unnatürlich vor ihren Schultern in die Luft hielten. Weiter hinten lungerten junge Männer in frech zerknitterten Anzügen herum, die bei genauem Hinhören nichts anderes erzählten als die Mädels, aber die Hände währenddessen in den Hosentaschen vergruben oder selbstverliebt durch die Haare gleiten ließen. Die dritte Gruppe waren die Zeitungsleute, die von den »echten« und wichtigen Zeitungen. Älter, im Kleidungsstil nachlässiger und gleichzeitig einen Hauch konservativ. Sie tuschelten mit todernsten Gesichtern und verzogen ab und zu die Mundwinkel zu einem spöttischen Ausdruck. Müller schaute sich um und wusste, weshalb er solche Veranstaltungen hasste. Aus Neid. Blankem und demütigendem Neid. Mochten sie noch so oberflächlich, dumm oder selbstgefällig sein, sie hatten etwas, das ihm fehlte. Natürlich wusste er es nicht, aber er unterstellte diesen Gestalten, dass sie allesamt glücklicher waren als er. Zufriedener und begehrter sowieso. Er mochte diese Gedanken nicht und kämpfte gegen sie an, wenn sie sich in seinen Kopf einschlichen, aber bei einer solchen Ballung an Neidobjekten wurde es schwer. Dann sah er zum Glück Gerlinde, die sich eine ruhige Ecke gesucht hatte. Er steuerte auf sie zu. Auf halbem Weg erkannte sie ihn und lächelte.

»Weißt du, ob die drei schon da sind? Hier ist einfach nichts rauszubekommen. Vorne liegen nur diese bekloppten Pressemappen herum, die der Sonnenschein uns neulich gegeben hat«, erläuterte Gerlinde, während sie sich umschaute. Er wollte sich gerade seiner missgelaunten Kollegin zuwenden, als er im Augenwinkel eine Bewegung wahrnahm. Jemand kam auf ihn zu, und diesen Jemand kannte er. Er baute sich vor ihm auf und strahlte ihn breit an.

»Mensch, Müller, alte Rakete! Was machst du hier?«

Julius Schmidt, eines der größten Arschlöcher, die jemals in Düsseldorf studiert haben. Damals schon ein übler Schleimer, dann zur selben Zeit beim WDR und zu allem Überfluss in derselben Sendeschiene unterwegs, wenn er sich nicht in den Enddärmen der zuständigen Redakteure herumgetrieben hatte. Der fehlte ihm gerade noch. »Na, sag mal, ich denke, du bist in die Werbung eingestiegen«, fuhr Schmidt fort, nachdem er seine Hand nach einem warnendem Blick hastig von Müllers Schulter genommen hatte. »Zurück bei den Medien, wie ich sehe. War wohl eine Nummer zu groß für dich, wie? Für welchen Sender bist du hier?«

»Ich schreibe für die Zeitung«, antwortete er knapp und hoffte, sein Schweigen würde Schmidt vertreiben. Die Sekunden dehnten sich, Schmidt lächelte ihn auffordernd an und auch Gerlinde tat ganz interessiert. Aber Müller schwieg und schaute Schmidt mit leeren Augen an.

»Aah! SZ? FAZ? Welt? Oder Boulevard, Sex and Crime?«, versuchte es Schmidt weiter, wobei er jede Silbe seiner Worte durch ein abwechselndes Vorschieben der linken und rechten Schulter unterstrich.

»›Heinsberger Zeitung‹, Lokalteil«, brummte Müller endlich. Schmidts Gesichtszüge froren ein.

»So«, brachte er dann heraus. »Na, das ist doch was, oder? Die schönsten Geschichten liegen ja meist vor der eigenen Haustür, sag ich immer. Bis später mal.« Er drehte sich um und ging wieder zu den tuschelnden grauen Männern zurück.

Müller beobachtete ihn und sah, wie er seinen Kollegen etwas zuflüsterte und mit dem Kopf eine Bewegung in seine Richtung machte, der ein paar Augenpaare sofort folgten. Müller drückte die Schultern durch und straffte sich. *Es gibt Tage, die kann man sich nicht schönsaufen,* dachte er und seufzte.

Dann kam Bewegung in den Saal und alle Köpfe drehten sich in Richtung der Tische, die am Kopfende auf einem kleinen Podest standen. Sonnenschein trat ein. Sein Gesicht war rotgefleckt und verriet seine Aufregung. Er stellte sich mittig hinter den Tischen auf und stützte sich mit ausgestreckten Armen ab, um sich zum Mikrofon hinunterzubeugen. Auf seiner Stirn glitzerten Schweißperlen.

»Meine Damen und Herren, ich darf Sie alle recht herzlich willkommen heißen hier im schönen Erkelenz, genauer auf Haus Hohenbusch, das …«

»Wann kommen die drei?«, rief eine der jungen Frauen, die augenblicklich ihren Smalltalk unterbrochen hatten.

»… auf eine jahrhundertealte Tradition als …«, fuhr Sonnenschein fort, gewillt die Unterbrechung zu überhören.

»Geschenkt! Sind sie jetzt da oder wie lange will man uns noch warten lassen?«, kam es aus einer anderen Ecke.

»Äh … ja, also«, begann Sonnenschein erneut. »Sie werden in wenigen Minuten eintreffen, hat man mir eben telefonisch mitgeteilt. Sie befinden sich bereits im Stadtgebiet. Zurück zu ein paar wissenswerten Fakten über Hohenbusch, das …« Doch dann schwieg er, denn niemand hörte ihm mehr zu.

»Da kommen sie!«, rief jemand von der Tür aus. Die Musikkanal-Mädchen drängten als Erste zum Ausgang, ihnen folgten die jungen Anzugträger und selbst die seriösen Herren in Grau setzten sich in Bewegung. Gerlinde und Müller grinsten sich an und rührten sich nicht von der Stelle. Was gleich ablaufen würde, konnten sie sich genauso gut von ihrer sicheren Position aus anschauen. Irgendwie hatte es Sonnenschein geschafft, sich an die Spitze der Wartenden zu schummeln. Ein paar Sicherheitsleute sorgten dafür, dass es gesittet zuging. Von hinten konnten sie nicht erkennen, um wen es sich handelte. Sie sahen Sonnenschein, der sich vornüber beugte und Hände schüttelte, sie sahen Blitzlichter und nacheinander zwei weitere Personen mit Sonnenbrillen aus dem Lexus aussteigen. Müller erkannte Robert Kaiser, den Fotografen der »Heinsberger Zeitung«, der ihm vorher noch nicht aufgefallen war. Kaiser besaß die besondere Eigenschaft, immer rechtzeitig dort aufzutauchen, wo er gebraucht wurde. Diesmal musste er sich mit einer Reihe jüngerer Fotografen und Kameramänner herumschubsen, bevor er seine Fotos im Kasten hatte. Dabei bewies er einige Durchsetzungskraft, einer der Boulevard-Männer aus Düsseldorf geriet sogar ins Straucheln und hätte fast eine der Musikkanal-Zippen umgerissen. Sonnenschein machte eine einladende Geste und deutete auf das Konferenzzentrum.

»Mein Gott, die sieht noch genauso aus wie früher«, hörte Müller Gerlinde neben sich aufstöhnen. Er sah, dass sie die Kamps mit Blicken förmlich auffraß.

»Du kennst sie?«, fragte er und beobachtete weiter das Schauspiel, das sich auf den Eingang des Konferenzzentrums zubewegte.

»Wir waren damals im selben Tutorkurs, die Lobberichs und ich«, murmelte Gerlinde nachdenklich. »Findelkind haben wir sie damals immer genannt.« Sie schaute Müller an. »Na, sie gehörte halt nicht zu uns.« Einen Moment lang hielt sie seinem Blick weiter stand. »Vielleicht waren wir auch eifersüchtig, weil sie so ...«

»Schon gut«, unterbrach er sie. Einen Augenblick später ergoss sich der Tross in den Raum.

Nach einer halben Stunde waren die meisten wieder verschwunden. Die drei Promis hatten sich zurückgezogen, eine Einladung ins Rathaus hatten sie auf den nächsten Tag verschoben. Auch Gerlinde war schnell weg. Die letzten Kamerateams packten ein und keiner kümmerte sich mehr um Sonnenschein, der immer noch auf dem Podest saß und seine Pressemappen ein ums andere Mal ordnete. Müller ging grinsend auf ihn zu. Sonnenschein schaute zu ihm auf und lächelte schräg.

»Was war das eben?«, fragte Müller. »Wissen Sie, worum es geht?«

»Nein, mein Lieber, das weiß ich nicht«, entgegnete der Schulleiter spitz. »Und wenn ich es wüsste, würde ich es bestimmt nicht ausgerechnet Ihnen erzählen. Herr Martens wird die Katze früh genug aus dem Sack lassen.« Mit diesen Worten wollte er sich wieder seinen Pressemappen zuwenden.

»Und was vermuten Sie, so ganz unter uns Pfarrerstöchtern, was für eine Katze da aus welchem Sack gelassen werden soll? Wir können ja mal zusammen spekulieren.«

»Wissen Sie, ich vermute natürlich etwas, aber das muss unter uns bleiben«, begann er und blickte sich nach allen Seiten um. »Ich denke, dass Herr Martens auf diese Weise für Aufmerksamkeit sorgen will. Sie wissen sicherlich ebenso wie ich, dass er in den letzten Jahren ausgiebig mit Rauschmitteln hantiert hat und dass das Spuren im Gehirn hinterlässt, nicht wahr?« Sonnenschein schaute ihn mit demselben Blick an wie damals, als er wegen der Sache mit dem Gras in seinem Büro gesessen hatte. »Kurz gesagt: Ich bin mir jetzt schon nicht mehr sicher, dass es eine gute Idee war, ihn einzuladen. Ich hoffe nur, dass er keinen Ärger macht, solange er hier ist.«

»Wem sollte er denn Ärger machen? Ihnen?« Müllers Frage führte dazu, dass Sonnenschein aufstand und grußlos den Raum verließ. Müller war nach einem Bier und einer sinnfreien Unterhaltung mit Walli.

Erkelenz-Venrath, 2. Juni 2009, 21.30 Uhr
Bergers Wohnzimmer

Er saß auf seinem Sofa im dunklen Wohnzimmer, hatte eine Bierflasche in der Hand und starrte gebannt auf den Fernseher, aus dem heraus ihn eine junge Frau mit zu breitem Mund, zu dürren Oberarmen und versteinertem Lächeln anschaute und ihren Text sprach.

»Die Geschichte mutet an, als ob sie direkt aus der Feder eines Hollywood-Drehbuchschreibers stammte. Drei junge Leute aus der Provinz steigen in den Zug, um jeder für sich der miefigen Enge ihrer Kleinstadt zu entfliehen. Keiner von ihnen kommt zurück nach … Erkelenz … sie machen alle eine außergewöhnliche Karriere. Jetzt sind das Model, der Rockstar und der Topmanager nach über zwanzig Jahren wieder heimgekehrt. Sandra Meisterberg war bei ihrer Ankunft in ihrer Heimatstadt dabei …« Die brisante Nachrichtensendung zeigte drei Gesichter, die ihm noch sehr bekannt waren. Anscheinend hatten sie nicht so in die Fresse bekommen wie er. Bernd schaute selbstbewusst in das Blitzlichtgewitter. »Bernd Jacobs, Topmanager und Medienprophet« war unter dem Bild eingeblendet.

»… wir alle sind dem Ruf unserer Schule nur zu gerne gefolgt, denn wir wissen, was wir ihr zu verdanken haben«, erklärte er und schaute auf die Person neben sich. Die Kamera fuhr weiter und Berger erkannte sie. Ellen. Seine wunderbare Ellen, die ihm viele Jahre treu zur Seite gestanden hatte und mit der er mehr Leben erlebt hatte, als einem Menschen normalerweise zur Verfügung stehen. Ihre Augen hatten nach wie vor denselben wunderbaren Glanz und ihre Wangen waren errötet, wie sie es in seinen Träumen immer gewesen waren. Er stellte das Bier ab und griff nach seinem Tabak. »Ellen Kamps, schönste Frau der Welt« hatte ein Mitarbeiter des Senders in ihren Kasten hineingetextet. »Frau Kamps, wie ist es, nach so langer Zeit wieder in der Heimat zu sein?«, fragte eine Stimme. Sie beugte sich leicht nach vorne und schob mit einer unnachahmlichen Geste eine Haarsträhne hinter das Ohr, an dem er in seinen Träumen oft lustvoll geknabbert hatte. »Ich habe Erkelenz immer in meinem Herzen getragen, das können Sie mir glauben. Und da war auch Platz für all die lieben Menschen, die ich damals hier zurücklassen musste, als ich …« Sie sprach von lieben Menschen, meinte sie ihn? Er zündete seine Zigarette an und nahm einen tiefen Zug. Was würde er jetzt dafür geben, wenn er dort bei ihr sein könnte. »Rätsel gab der dritte Heimkehrer, der bekannte Rockstar Luc Martens, mit seiner Ankündigung auf«, kommentierte der Sprecher und nach einem Schnitt sah Berger Lukas auf dem Bildschirm. Jung und frisch sah er aus und kaum älter als damals, bemerkte Berger und legte die Zigarette auf einen Teller neben abgeknabberte Pizzareste. »Luc Martens, Rocklegende«, stand in dem Kasten, als Lukas zu sprechen begann. »Ja, auch ich bin gerne hierher gekommen. Aber nicht nur aus Sentimentalität, sondern aus einem sehr ernsten Grund.« Die Kamera fuhr näher auf sein Gesicht zu. »Es muss endlich mit einer Sache abgeschlossen werden, die seit über zwanzig Jahren ungesühnt ist. Nicht nur ich habe viel zu lange darüber geschwiegen. Nun ist es an der Zeit, das Schweigen zu brechen. In den nächsten Tagen werde ich etwas enthüllen, das für einige nicht sehr angenehm sein wird und …« Der Rest ging in Geschrei unter. Dann sah er Jacobs' Gesicht, der Lukas überrascht und grimmig anstarrte. Auch Ellen war kurz zu sehen, die die Augen niederschlug und der es allem Anschein nach auf einmal unangenehm war, neben Lukas auf der Bühne zu stehen, bevor die Moderatorin wieder ins Bild kam. »In Fachkreisen wird vermutet, dass Martens seinen Deutschlandaufenthalt nutzen will, um für sein neues Album, das in einem Monat erscheinen soll, die Werbetrommel zu rühren. Brandaktuell können wir Ihnen in einer exklusiven Deutschlandpremiere das Video zu seiner neuen Single ›Yesterday's Nightmare‹ präsentieren.« Es folgte Lukas, der auf einem Felsvorsprung stand, in eine Schlucht schaute und dem Wind entgegensang. Mit flatterndem weißem Hemd sang er etwas von »Love, Big Mistakes« und »Revenge«. Bis auf »Love« nur Zeug, das Berger nicht verstand. Die Gitarren jaulten dazu und er schaltete um. Er stopfte die Kippe in seine leere Bierflasche, wo sie zischend erlosch.

Sollte Lukas, ausgerechnet der kleine Lukas, ihm den Frieden bringen, nach dem er sich jahrelang sehnte? Er rieb sich die müden, brennenden Augen und lehnte sich zurück. Endlich würde Bewegung in die Sache kommen. Und er war bereit. Noch ein Bier und er würde sich mal rund um Hohenbusch umschauen, wenn sein Moped ansprang. Anscheinend war die Zeit reif für die Wahrheit. Das hatte Lukas gesagt. Ausgerechnet Lukas.

Erkelenz, 2. Juni 2009, 22.15 Uhr
Aachener Straße, »Sokrates«

»Sachma, ihr zwei wohnt aber hier, oder wie hab ich das zu verstehen?« Die große Hand des Mannes ruhte auf Beckers Schulter, der neben Müller am Tresen saß.

»Wie kommste jetzt da drauf?«, murmelte Becker eher desinteressiert, aber nicht zu antworten empfand er als unhöflich und angesichts der Pranken, die der Kerl hatte, auch als nicht ratsam.

»Na, immer wenn ich hier bin, seid ihr auch hier!«, platzte der Störenfried heraus und begann lauthals zu lachen. »Verstehste? Immer wenn *ich* hier bin, seid *ihr* auch hier. Deshalb wohnt ihr hier, gut, ne?« Er kriegte sich nicht mehr ein und lachte fröhlich weiter, während seine Hand nach wie vor schwer auf Beckers Schulter ruhte. »Nix für ungut, ich bin halt ein lustiger Kerl«, brummte er nach einer Weile kleinlaut, als er bemerkte, dass die beiden nicht reagierten. »Na, bis dann mal.« Am anderen Ende der Theke saß ein weiterer Gast, der bestimmt auf seinen Gag abfuhr.

»Ist schon seltsam«, bemerkte Müller. Becker hob fragend die Augenbrauen. »Was denn?«

»Das mit den drei Promis da draußen in Hohenbusch. Da hast du mir gestern aber einen Floh ins Ohr gesetzt, mit deinen Sprüchen. Ich muss die ganze Zeit daran denken, ob es irgendwo etwas gibt, das man übersehen haben könnte. Dabei weiß ich nicht einmal genau, was es sein könnte.«

»Warum? Was meinst du? Schütte dein Herz aus«, sagte Becker und wusste, dass er es in Wirklichkeit nicht hören wollte, weil er Feierabend hatte. Auf dem Tisch lagen ein paar Euromünzen, denn eigentlich wollten sie längst am Billardtisch stehen und in trauter Zweisamkeit nichts mehr sagen. Aber da lungerten ein paar Jugendliche herum, die versuchten, möglichst gelangweilt dreinzuschauen.

»Na, wer nutzt denn schon Interrail, um sich ganz abzusetzen?«, fragte Müller den Aschenbecher vor sich.

»Wie jetzt?« Becker war nicht ganz bei der Sache, da er die Billardspezialisten im hinteren Raum beobachtete, die ihm langsam ziemlich auf den Zeiger gingen.

»Na, überleg mal: Warum macht man Interrail? Weil man ein paar Wochen so richtig abfeiern will. Und das mit allen möglichen Leuten, die man trifft und in allen Ländern des europäischen Schienennetzes sowie Marokko, wo man sich mit Dope zukifft bis zum Pupillenstillstand.«

»Ja, und?« Becker verfolgte weiterhin das Stillleben am Billardtisch und wartete.

»Na, ist doch seltsam«, fuhr Müller fort. »Wenn ich mich absetzen will, dann plane ich das schon eine Weile vorher, mache Sachen zu Geld und schaue, dass ich alles erledigt und ordentlich abgewickelt habe. Da nehm ich nicht einen Rucksack, in den quasi nichts reingeht außer ein paar Lümmeltüten und einer Zahnbürste, und lande am Ende zufällig in Amerika, oder? Und das gleich dreimal im selben Jahr, und die kennen sich auch noch zufällig alle drei, sind zusammen zur Schule gegangen, merkwürdig, oder?«

»Weiß nicht«, erwiderte Becker mechanisch und beugte sich über die Theke. »Hört mal, wenn ihr sowieso nur rumstehen wollt, warum stellt ihr euch nicht an den Kicker, sieht auch cool aus! Dann können mein Freund, der Judo-Champion hier, und ich mal eine Kugel stoßen! Entschuldige.« Das Letzte galt Müller, der erst jetzt bemerkte, dass sein Freund ihm überhaupt nicht zugehört hatte. Aufgrund der Ansage kam Bewegung in die Gruppe am Billardtisch. Die Jungs tuschelten, Mädchen regten sich kurz auf, um schließlich ihre Gläser auf einen freien Tisch zu stellen und sich hinzusetzen. Die Jungs folgten ihnen.

»Sollen wir?«, fragte Becker und nahm seine Münzen von der Theke. Ohne auf eine Antwort zu warten, ging er los. Am Tisch der Vertriebenen gab es halblautes Gemurmel, das er durch einen polizeilich-strengen Blick sofort absterben ließ. Er trat auf das Podest, auf dem der Billardtisch stand, und begann die Kugeln aufzubauen.

Müller lief ihm in Gedanken vertieft hinter. *Was war damals passiert? Das hätten sie anders gemacht, wenn sie es geplant hätten. Irgendwie kam das wie eine gemeinsame Flucht rüber,* dachte er, als er Becker zusah, wie der eine volle Kugel versenkte. Der Erfolg wurde von den Jungs am Tisch überschwänglich beklatscht. Die nächste Kugel ging daneben, was ein »Oooooh« am Tisch auslöste. Müller setzte an und versenkte gleich drei Halbe in Folge, bevor er verfehlte. Da schwiegen die Jungs. Während er wartete, stellte er sich vor, wie die drei Heimkehrer irgendwo in Europa an einem Bahnhof beschließen, dass sie mit ein paar Mark in der Tasche jeder für sich ein neues Leben beginnen wollen. Becker arbeitete sich ab und hatte nur noch eine Kugel auf dem Feld.

»Und was hast du da eben gesagt?«, fragte er Müller, um von einem völlig versiebten Stoß abzulenken. Gleichzeitig fischte er mit der linken Hand die Schwarze aus dem Loch, bevor sie im Inneren des Billardtischs verschwinden konnte. »Du hast doch eben angefangen, etwas zu erzählen. Ich hab nur mit einem halben Ohr zugehört.«

»Macht nichts. Wie ich das sehe, habe ich gewonnen oder was sollte die Nummer eben mit der Schwarzen?«

»Da bin ich mit dem Ärmel drangekommen, das gilt nicht, finde ich«, verteidigte sich Becker und begann trotzdem gleichzeitig, die verbliebenen Kugeln zusammenzuschieben. »Was war das noch mal? Es ging um die drei Superpromis und um Interrail, oder?«

»Vergiss es«, entschied Müller und rieb Kreide auf die Spitze seines Queues.

»Nein, ehrlich, ich …« Weiter kam Becker nicht, denn Walli, der Wirt, kam durch den Raum auf ihn zu und hielt sein Telefon hoch.

»Herr Kommissar, wenn ich bitten dürfte«, begann er in geschäftigem Tonfall. »Dein Chef ist sauer, dass du dein Handy abgeschaltet hast. Aber deine Frau hat ihm gesagt, dass du hier bist und wahrscheinlich mit dem da Billard spielst. Bitte.«

Becker nahm das Telefon und hielt es ans Ohr. »Ja, Becker.«

Dann schwieg er und kniff die Augen zusammen. Müller schaute ihn interessiert an, denn wenn es so spät für seinen Freund klingelte, steckte meistens eine Geschichte dahinter, die es wert war. So auch diesmal. Becker senkte mit erschrockener Miene das Telefon und schaute ihn irritiert an.

»Ach du Scheiße!«

Müller stellte automatisch den Queue zur Seite und machte einen Schritt auf ihn zu. »Was ist los?«

»Martens ist tot«, sagte Becker trocken. »Da waren es nur noch zwei.« Sofort wurde er geschäftsmäßig. »Ich muss nach Hohenbusch.«

»Nimm dir ein Taxi, wir haben beide zu viel getankt.«

»Ach was«, wischte Becker den Einwand weg. »Walli! Kannst du mich fahren?«

»Uns!«, verbesserte Müller, nahm noch einen Schluck von seinem Bier und folgte Becker zum Ausgang.

Erkelenz, 2. Juni 2009, 22.45 Uhr
Haus Hohenbusch

Auf den ersten Blick konnte man nicht erkennen, dass drinnen ein Aufmarsch an Polizei stattfand. Walli lenkte seinen alten Peugeot an einem Zivilauto vorbei und wollte durch die Toreinfahrt auf den Hof des Anwesens fahren, als sich ihm ein Uniformierter in den Weg stellte. Als er zu seinem »Sie können hier nicht durch« ansetzte, lehnte sich Becker aus dem Beifahrerfenster.

»Ist schon gut, Schorsch, kannst uns reinlassen. Die gehören zu mir«, sagte er und warf einen Blick auf das Gelände.

»Dich gerne, Becker, aber deine Spezis müssen draußen bleiben. Hier ist heute Abend geschlossene Gesellschaft«, entgegnete

Schorsch. »Anordnung von oben. Keine Unbefugten auf dem Gelände. Und vor allem keine Presse.« Dabei beugte er sich etwas vor und schaute in den Fond des Wagens, wo er Müller mit einer Handbewegung grüßte.

»Bis später.« Becker stieg aus, ging neben Schorsch durch das Tor und schaute auf eine Reihe offizieller Fahrzeuge, die vor dem Hauptgästehaus, dem ehemaligen Herrenhaus des Gutshofes, standen.

»Ist Köhler auch da?«, fragte er den Beamten neben sich, der anscheinend Probleme hatte, bei seinem Tempo mitzuhalten.

»Klar, und eine Mordslaune hat der, kann ich dir sagen. Als der gehört hat, dass du …«

»Becker!«, unterbrach Köhlers laute und polternde Stimme den Mann. »Na, ist ja ganz super, dass Sie noch Zeit gefunden haben, hier aufzutauchen. Hoffentlich habe ich Sie nicht bei Ihren Freizeitvergnügungen gestört.«

»Doch, haben Sie, aber ich verzeihe Ihnen«, entgegnete Becker, der wusste, was ihn erwarten würde. »Die Sache ist es hoffentlich wert, oder?« Er wollte an seinem Chef vorbei ins Haus gehen, wo sich augenscheinlich das Wichtigste abspielte und er die Leiche vermutete, als Köhler ihn am Arm festhielt.

»Mann, Sie sind doch nicht etwa betrunken?«, herrschte er Becker an.

»Leider nicht, Chef. Sie haben das verhindert. Soll ich einen Blick auf die Leiche werfen oder lieber da weitermachen, wo Sie mich unterbrochen haben?« In solchen Momenten zeigte der Alte, der an sich ganz umgänglich war, seine finstere Seite. Was er hier aufbaute, sollte nur dazu dienen, ihn als Notsündenbock schon einmal vorzubereiten. Als ob dieser Martens noch leben würde, wenn er den Abend über nur Cola getrunken hätte.

»Also scheinbar keine Einwände«, fuhr Becker fort. »Meine Fahne wird den Herrn Toten sicher nicht mehr stören.« Dann setzte er seinen Weg fort und schnitt seinem Chef das Wort ab.

Köhler schluckte seine Wut hinunter und folgte Becker ins Haus. »Mann, wir haben verschärften Personenschutz angeordnet und Sie besaufen sich in aller Seelenruhe zusammen mit diesem Schmierfinken von der … von der … ach egal, woher. Darüber sprechen wir morgen in meinem Büro, das kann ich Ihnen aber versprechen, mein Freund. Falls ich mich so lange zurückhalten kann.«

Becker hatte das Hotel bis auf das Konferenzzentrum nebenan bislang nie von innen gesehen. Er drehte sich zu Köhler um. Dieser machte eine Geste mit der Hand und ging vor. An der Treppe, die zu den Suiten führte, trat ihnen ein geschniegelter Mittvierziger in den Weg.

»Herr Köhler, wenn es das ist, was Sie unter wenig Aufsehen verstehen, dann gute Nacht«, empörte er sich und wich zwei Sanitätern aus, die von oben kamen. Becker machte einen eleganten Bogen um ihn und erklomm die Treppe.

»Herr von Sutter«, hörte er Köhler. »Falls es Ihnen entgangen sein sollte: Hier wurde ein Toter gefunden, und wir würden gerne wissen, warum er tot ist. Können Sie mir so weit folgen?«

»Kann ich, aber die Leitung in Tokio …«

»Die kann mich mal! Das ist mein Revier und hier sage ich, was richtig und falsch ist, und nicht Ihre Erbsenzähler in sonstwo!«

»Tokio.«

»Von mir aus auch in Takatukaland. Jetzt lassen Sie uns unsere Arbeit machen. Bis die Todesursache nicht eindeutig geklärt ist, ist das hier mein persönliches Hoheitsgebiet!« Dann ging auch er die Treppe hinauf. »Becker, verdammt, warten Sie wenigstens auf mich. Was sind das überhaupt für Manieren?«

»Jaja«, murmelte Becker und schaute sich interessiert um. Hier sah jeder Quadratmeter Wand aus, als kostete er ein normales Monatseinkommen.

»Sie wissen, was ›jaja‹ heißt«, kam es keuchend von hinten. »›Jaja‹ heißt …«,

»… leck mich am Arsch«, beendete Becker den Satz. »Wo ist er?«, fragte er einen Sanitäter, der in die Richtung einer geöffneten Tür zeigte. Becker trat ein. Er sah den Kollegen von der Gerichtsmedizin, der sich über Martens beugte.

»Und?«, fragte er.

»Tot«, meinte der Mann im weißen Overall lakonisch und grinste schief.

»Ach nee. Geht das auch genauer?« Becker ging neben ihm in die Hocke und betrachtete Martens. Der lag ausgestreckt auf dem Rücken und hatte die Augen halb geöffnet. Er trug ein weißes Feinrippunterhemd, das an einem normalen Menschen prollig ausgesehen hätte. Seine Hose war geöffnet und der Gürtel lag lose neben dem Oberkörper des Toten. Die Füße waren nackt. Ein schöner Toter, fand Becker. Eine beneidenswerte Hautfarbe, keine Falte, keine dicke Pore auf der Nase. Durch den halb geöffneten Mund waren strahlend weiße Zähne zu erkennen. Das verrutschte Unterhemd gab den Blick frei auf einen schlanken Bauch. *Der hätte Jette bestimmt gefallen,* dachte er. *Sogar sein Haar sieht klasse aus. Trotzdem ist er mausetot und hat nichts mehr davon, so geil auszusehen.* Wie ein Junkie, der aus Gier die Portionierung seines Zauberpulvers aus den Augen verloren hat, sah er auf jeden Fall nicht aus. Diese Tatsache war es, die Becker an dem an sich nur allzu bekannten Bild sofort störte.

»Auf den ersten Blick keine Fremdeinwirkung zu erkennen«, kam die Antwort, der er erst seine längst vergessene Frage zuordnen musste. »Wenn man von der hier absieht.« Eine Hand in Gummihandschuhen streckte ihm von der Seite eine Einwegspritze entgegen. »Überdosis.«

Dann macht das mit dem Gürtel keinen Sinn, dachte Becker. Der müsste doch als Schlaufe um den Oberarm liegen.

»Das werden wir zu Hause herausbekommen, wenn wir in ihn hineingeschaut haben. Sobald die mit ihren Fotos und so weiter fertig sind, nehmen wir ihn mit zur Hausparty. Autogramme kann er ja keine mehr geben.«

»Wer hat ihn gefunden?«, fragte Becker in die Runde und stand auf.

»Das Model ... ich meine Frau Kamps«, meldete sich ein junger Kollege, der bisher mit den Fotos beschäftigt gewesen war. »Sie hat um viertel vor zehn Alarm geschlagen. Der Einsatzwagen war um kurz nach zehn da. Unter den Hotelgästen ist ein Arzt, Doktor Hoffmann heißt der, der hatte schon vorher den Tod festgestellt. Die Kollegen haben das dann bestätigt.«

»Wo finde ich ... das Model, ich meine, die Dame?«, fragte Becker seufzend und schaute sich um. Seine Augen brannten. Der

Anblick von Toten war ihm nicht wirklich geheuer, trotz der vielen Jahre im Dienst. Jetzt wollte er erst einmal raus.

»In der Bar im Wintergarten. Sie wollen doch nicht etwa … so … zu Frau Kamps«, schaltete sich Köhler ein und machte bedeutungsvoll große Augen.

»Wie sonst?«, fragte Becker und machte sich auf den Weg. »Soll ich erst noch zum Frisör?« Im Flur sah er eine junge Frau in roter Weste und weißem Hemd. »Hallo, Sie können mich sicher zum Wintergarten begleiten, wenn ich mich nicht irre.«

Die wunderschöne Frau saß an der Bar, im Profil zu ihm. *Wenn das ein Film wäre, würde ich Geigen hören,* dachte er. Er sah ihren makellosen Körper, der sich scharf gegen die Glaswand im Hintergrund abzeichnete. Ihr Gesicht schwebte in einem hellen Kegel, der von der Barlampe über ihr herrührte und an einen Heiligenschein erinnerte. Er genoss das Bild für einen Moment. Dann fuhr er sich schnell mit beiden Händen durch die Haare, hauchte in seine hohle Hand und zupfte am Hemdskragen, bevor er sich der Erscheinung näherte.

»Frau Kamps?«

»Ja, und mit wem habe ich das Vergnügen?« Ihre Stimme klang so, wie sie aussah.

Er merkte, wie seine Ohren anfingen zu prickeln. *Oh nein, bitte nicht das,* dachte er und schluckte. »Becker, Benjamin Becker von der hiesigen Kriminalpolizei«, sagte er mit fester Stimme.

»Ben Becker?«, wiederholte sie und lächelte.

»Ja, so wie der … der … Schauspieler, also, der heißt auch …«, stammelte er. Sein Gehirn hatte von einem Moment zum anderen auf Notversorgung umgeschaltet.

»Ich weiß, ich kenne ihn«, sagte sie und ihre Stimme schmeichelte sich in seine Ohren und von dort direkt unter die Kopfhaut. »Sehr gut sogar.« Die Stimme war angenehm, ruhig und tief.

»Oh, ja?« Mehr fiel ihm nicht ein. Sie hatte seinen Begrüßungsstandardspruch ausgehebelt, mit einem Lächeln und ihrer Stimme. *Junge, bleib cool und vor allem bei der Sache.*

»Sie haben sicher Fragen wegen Lukas. Setzen Sie sich doch. Soll ich Ihnen noch etwas zu trinken bestellen?«

Ich habe eine Fahne, ich Idiot, schoss es ihm durch den Kopf und er errötete. »Ich ... äh ... ich hatte Feierabend, als das mit Herrn Martens passiert ist«, sagte er und kam sich vor wie ein Schuljunge, der sich in seine Lehrerin verliebt hat.

»Ich habe das zwar bereits alles einem Ihrer Kollegen erzählt, aber ich erzähle es Ihnen gerne erneut.« Sie warf einen Blick auf das Päckchen Tabak, das er aus der Hosentasche gezogen hatte und unschlüssig in den Händen hielt. »Würden Sie mir eine drehen?«

»Äh ... was, ich ...« Er war völlig aus dem Konzept und verspürte gleichzeitig eine prächtige Erektion in seiner Hose.

»Eine Zigarette, mit dem Tabak, den Sie da in Ihrer Hand zerquetschen«, fuhr sie mit amüsiertem Unterton fort. »Ich rauche zwar schon seit Jahren nicht mehr, aber jetzt würde ich es gerne. Also, würden Sie mir eine Zigarette drehen, ich bin etwas aus der Übung. Während Sie drehen, kann ich ja erzählen.«

Becker begann automatisch, das Päckchen in seiner Hand zu entknüllen und nach den Blättchen zu suchen. Beim zweiten Anlauf gelang es ihm, eines aus dem Briefchen zu ziehen, ohne es zu zerreißen. Seine Hände waren feucht und seine Ohren brannten schon, während seinen Schädel der Gedanke nach dem Warum ausfüllte. *Warum benimmst du dich gerade wie ein Volltrottel? Konzentrier dich! Wie schafft man es, cool auszusehen, wenn man eine Zigarette dreht?*

»Wir haben gemeinsam zu Abend gegessen, hier im Restaurant«, begann sie. »Wir hatten uns eine Menge zu erzählen, wie Sie sich vorstellen können.« Er nickte. »Es ist ja schon über zwanzig Jahre her, dass wir hier losgefahren sind.«

»Hatten Sie zwischenzeitlich nie Kontakt zu den beiden?« Er fragte eigentlich nur, um wieder irgendwie ins Spiel zu kommen und sich nicht völlig zum Deppen zu machen. Endlich hatte er die Zigarette zusammen. »Hier, sie ist ein wenig ... naja«, sagte er, als er ihr das Ding entgegen hielt.

»Das haben Sie doch gut gemacht, danke«, sagte sie und ihre Stimme ließ ihn weiter erglühen. *Was für eine Frau!* »Haben Sie auch noch Feuer?«

Während er umständlich nach seinem Feuerzeug kramte, zupfte sie ein paar Tabakfäden aus dem Mundstück und fuhr fort. »Mit Lukas hatte ich vor einigen Jahren zu tun, als er mit Naomi zusammen war.« *Naomi? Die meint doch sicher nicht DIE Naomi,* schoss es ihm durch den Kopf. »Aber wir lebten auf verschiedenen Kontinenten und jeder hatte seine Karriere. Bernd habe ich seit damals nicht mehr gesehen.« Sie zog an der Zigarette und legte gleichzeitig sanft ihre Hand auf seine Hand, die leicht vor ihrem Gesicht zitterte. Dann verbrannte er sich den Daumen und zuckte zurück. Ellen nahm die Zigarette aus dem Mund und hustete ein wenig. »Ich hatte ganz vergessen, wie stark die sind«, sagte sie lächelnd und nahm einen Schluck Wein aus dem Glas, das vor ihr auf der Theke stand.

»Sie waren also zusammen im Restaurant. Bis wann, wenn ich fragen darf?«

»Wir haben bis zwanzig Uhr gegessen, dann sind wir in die Bar gekommen und haben bis einundzwanzig Uhr zusammen gesessen und über alte Zeiten geredet. Anschließend bin ich in meine Suite gegangen. Ich weiß nicht, warum, aber Lukas hatte mich angerufen und gebeten, noch einmal zu ihm zu kommen. Als ich klopfte und niemand aufmachte, habe ich meinen Kopf durch die Tür gesteckt und ihn dort liegen gesehen. Ich wusste sofort, dass er tot war. Ich weiß auch nicht, wie ich darauf kam.« Ihre Stimme stockte und ihre Augen bekamen einen feuchten Glanz.

Becker hätte sie am liebsten in den Arm genommen. »Mein herzliches Beileid«, sagte er stattdessen und legte seine Hand auf ihre, genauer gesagt auf die Zigarette in ihrer Hand. »Au, verdammt!«, entfuhr es ihm und beide zuckten mit den Händen zurück.

»Entschuldigung!«

»Kein Problem, wo habe ich denn meine Augen, war mein Fehler.«

Sie musste lachen, als sie die nunmehr völlig ramponierte Zigarette hochhielt. »Moment, ich drehe Ihnen eine neue«, begann er und packte sein Tabakpäckchen wieder aus.

»Lassen Sie es gut sein, Rauchen schadet der Gesundheit, wie wir eben gesehen haben.«.

In diesem Moment betrat Köhler die Bar. Im Schlepptau hatte er einen großen, schlanken Mann von Anfang Vierzig, der einen dunklen Anzug trug und ihn mit kalten Augen durch zu kleine Brillengläser anpeilte. *Noch einer von diesen Spinnern, die aussehen wollen wie der junge Hesse,* dachte Becker.

»Frau Kamps«, setzte Köhler an. »Ich bitte, die Unannehmlichkeiten zu entschuldigen, die wir Ihnen bereiten mussten.« Dabei warf er Becker einen grimmigen Seitenblick zu.

Der Große neben Köhler streckte seine Hand in Beckers Richtung aus und sagte: »Angenehm, Jacobs.« Becker nahm die Hand automatisch und antwortete mit seinem Namen und einem leichten Kopfnicken.

Jacobs wandte sich Ellen zu, die ihn kurz anschaute, bevor sie den Blick senkte. »Wie geht es dir, meine Liebe?«, fragte er in fürsorglichem Ton und legte seinen Arm um sie.

Ellen versteifte sich merklich, als sei ihr die Berührung nicht sehr angenehm., und stammelte ein »Schon gut«.

Daraufhin richtete Jacobs seine Worte an die beiden Polizisten. »Glauben Sie nicht auch, dass wir alles Weitere morgen klären können. Wir laufen Ihnen ja nicht weg. Aber ich glaube, dass Frau Kamps vielleicht etwas Ruhe braucht.«

»Natürlich, Herr Jacobs«, sagte Köhler sofort, doch Becker unterbrach ihn. »Herr Jacobs, wie haben Sie vom Ableben Ihres Freundes erfahren?«

»Freund«, murmelte Jacobs für einen Augenblick. »Das wäre übertrieben. Wir hatten ja seit Jahrzehnten nichts mehr miteinander zu tun. Zu Ihrer Frage: Ellen kam auf dem Weg zur Rezeption bei mir vorbei und erzählte mir, was passiert war. Ich bin umgehend zu seinem Zimmer geeilt, aber dort war bereits ein weiterer Gast, der sich seiner angenommen hatte. Er konnte leider nur seinen Tod feststellen, wie Ihre Kollegen übrigens wenig später ebenfalls.« Der letzte Satz hatte etwas Süffisantes, fand Becker, der Jacobs auf Anhieb nicht leiden konnte. Seine Gegenwart war ihm unangenehm.

»Wenn Sie uns entschuldigen würden«, beendete Jacobs die Situation und zog Ellen sanft vom Hocker. »Komm, ich begleite dich in deine Räume. Ruh dich ein wenig aus.«

Bevor sie gehen konnten, setzte Becker noch nach. »Herr Jacobs, was haben Sie gedacht, als Sie Herrn Martens dort liegen sahen?«

Jacobs hielt in der Bewegung inne und drehte sich um. Er fixierte Becker und lächelte spöttisch. »Was habe ich wohl gedacht? Neben ihm lag diese Spritze. Auf mich wirkte es eindeutig. Wenn man eins und eins zusammenzählt, kommt man drauf. Ich hoffe darüber hinaus, dass Sie uns wenigstens die Presse ein wenig länger vom Hals halten können. Gute Nacht, meine Herren.« Anschließen verließ er mit Ellen den Raum.

Becker und Köhler schauten ihnen wortlos nach. Für einen Moment empfanden sie dasselbe.

»So, und wir beide müssen uns auch mal unter vier Augen unterhalten. Am besten oben im Zimmer des Toten, das müsste jetzt geräumt sein. Wenn ich bitten darf.« Köhler machte ein böses Gesicht und eine einladende Armbewegung in Richtung Tür.

Erkelenz, 2. Juni 2009, 23 Uhr
Auf dem Gelände um Hohenbusch

Müller stand in der kühlen Abendluft und atmete tief durch. Walli hatte ihn abgesetzt und war wieder gefahren. Müller wollte sich lieber noch umschauen. Zu gerne hätte er gewusst, was da drinnen vor sich geht. Doch diesmal ließ man ihn nicht einmal durch das Haupttor. Deshalb drehte er sich um und ging langsam außen am Hof des Hotels entlang zu den hinteren Parkplätzen.

Er hatte den ganzen Abend an diese drei gedacht, und nun war einer tot. Einer, der vorher vor laufenden Kameras mit Enthüllungen gedroht hatte. War das der Grund? Oder war es ein Unglück? Im Internet hatte er das Forum »whoisnext.com« gefunden, wo über tote und quasi tote Rocker spekuliert wurde. Überwiegende Meinung der Schreiber war, dass Martens sich die Birne weichgekifft hatte und es für ihn und alle Rockfans besser gewesen wäre, wenn er den anderen Helden dieser Seite ins Jenseits gefolgt wäre. Genau das hatte er nun getan. Wenn die Meldung erst die Runde gemacht hätte, würde es auf der und vielen anderen Seiten nur so von Besserwissern wimmeln, die es geahnt, vorausgesagt und erwartet hatten. Das Übliche. Er drehte sich eine Zigarette und kramte nach seinem Feuerzeug, während er das hintere Ende der hoteleigenen Stallungen erreicht hatte. Die Luft war frisch und angenehm und würde ihm helfen, seine Gedanken zu ordnen. Er hoffte, von hinten aus einen Blick auf den Innenhof des Hotels werfen zu können, das einmal das Hauptquartier der Kreuzherren, eines im Mittelalter sehr einflussreichen Ordens, gewesen war. Zerschlagen wurde diese klerikale Macht im Erkelenzer Land erst durch die Besetzung unter Napoleon. Danach war das ehemalige Kloster zu einem Gutshof umgebaut worden, bevor es in den Siebzigern leer stand und zu verfallen drohte. Er hatte manches amouröse Abenteuer im verwilderten Garten des Anwesens erlebt, den man früher von der Straße aus über die halb verfallene Mauer erreichen konnte. Letztendlich war der Kauf des Anwesens durch die japanische Hotelkette die Rettung des historisch wertvollen Gebäudes vor dem totalen Untergang gewesen, das wie kaum ein anderes die wechselhafte Geschichte des Erkelenzer Landes widerspiegelte. Natürlich hatte der Verkauf damals für einige Aufregung im Stadtrat gesorgt. Mit der Zeit hatte man sich aber daran gewöhnt, dass Hohenbusch jetzt »den Japanern« gehörte, und nutzte das Café des Hotels und das angegliederte Restaurant gerne als Ausflugsziel. Die Architekten hatten einen auf den ersten Blick gewöhnungsbedürftigen Spagat zwischen Denkmalschutz und Moderne gewagt und es ganz eindrucksvoll hinbekommen, wie er zugeben musste. Müller sah das flackernde Blaulicht eines Krankenwagens auf dem Hof und schemenhafte Gestalten umherrennen. In seine Gedanken vertieft schaute er dem Treiben zu und vergaß für eine Weile ganz, dass er eigentlich rauchen wollte.

Zum wiederholten Male kramte er seine Jackentaschen durch. *Mist, jetzt hab ich das Feuerzeug bei Walli liegen gelassen,* dachte er und schaute sich um. Obwohl er nicht damit gerechnet hatte, hier um diese Uhrzeit jemanden anzutreffen, sah er die Silhouette eines Mannes zwischen zwei Autos, die etwas abseits standen. *Meine Rettung,* dachte er und steuerte die Gestalt an. Anscheinend war der Mann vertieft in der Beobachtung dessen, was da im

Innenhof des Hotels vor sich ging und hatte ihn nicht kommen gesehen.

Auf sein »Entschuldigung, hätten Sie mal Feuer?« flog der Mann förmlich herum und schaute ihn mit erschrockenen, großen Augen an. Müller kannte das Gesicht. »Hätten Sie vielleicht ...« *Irgendwo hatte er es schon einmal gesehen,* dachte er, als der Faustschlag ihn mitten im Gesicht traf. Betäubt taumelte er zurück und schlug hart gegen einen geparkten Volvo. Sofort ging die Alarmanlage an und hinderte den Angreifer daran, ihm noch eine reinzuhauen. Obwohl er schon ausgeholt hatte, drehte er sich schnell um, tauchte zwischen den Autos ab und war verschwunden. Müller rutschte langsam an dem Auto herunter und saß einen Augenblick später auf dem Boden. *Oh, Scheiße,* dachte er und versuchte, irgendwie wieder auf die Beine zu kommen. *Wenn das nur nicht immer so verdammt wehtun würde.* Dann wurde ihm für einen Moment schwarz vor Augen.

Er kam mit einem prickelnden Gefühl zu sich, weil jemand grob an seiner Schulter rüttelte.

»He, was machen Sie an meinem Wagen?«, hörte er eine empörte Stimme und roch Bier und Braten über sich. Als er aufschaute, blickte er in die fragenden Augen eines korpulenten Mannes, der sich über ihn beugte.

»Was meinen Sie wohl, was ich hier mache?«, brummte Müller und wollte sich aufrappeln, aber der Autobesitzer drückte ihn unsanft auf den Boden zurück.

»Moment mal, Freundchen, so einfach kommst du nicht davon«, knurrte er und machte Anstalten, ihm ebenfalls eine reinzuhauen. »Dir werde ich's zeigen!« Müller versuchte, sich auf das einzustellen, was unweigerlich kommen würde, und die Hände abwehrend hochzuziehen, aber es kam anders.

»Wem wollen Sie was zeigen, wenn ich fragen darf?«, hörte er aus dem Off eine Stimme, die ihm wohl bekannt war. Becker. *Wenigstens mal da, wenn man ihn braucht.* Der über ihn gebeugte Autobeschützer wurde abrupt nach hinten gezogen und verschwand aus seinem Blickfeld.

»He, was soll das denn?«, begann der erneut, doch Becker ließ es erst gar nicht zur Empörung kommen.

»Das frag ich Sie, mein Freund! Haben Sie ihn so zugerichtet?«, fragte Becker und fuchtelte mit seinem Dienstausweis herum, was sein Gegenüber schlagartig kooperativer machte.

»Aber nein, wie käme ich dazu? Ich hab nur ... der Wagen ... Alarm ...«, stammelte er und half Müller gleichzeitig auf die Beine. Dieser ließ sich dankbar besonders kräftig gegen den Wagen plumpsen, was seinen Helfer zu einer schmerzverzerrten Grimasse trieb.

»Und jetzt machen Sie mal den Krach aus, wie soll man sich denn da konzentrieren«, sagte Becker und zog Müller vom Auto weg.

»Was hast du denn schon wieder angestellt?«, fragte er seinen Freund halblaut und reichte ihm ein Tempo.

»Ich hab anscheinend einen militanten Nichtraucher nach Feuer gefragt«, murmelte Müller und tupfte an seiner Oberlippe herum, die nach Blut schmecke und sich taub anfühlte. »Nee, mal im Ernst. Da stand einer zwischen den Autos und hat euch auf dem Hof beobachtet. Ich hab tatsächlich nur nach Feuer gefragt, woraufhin der mir eine reingehauen hat. Haste mal Feuer?«

Becker kramte in seiner Tasche und zog ein Feuerzeug hervor. »Konntest du sein Gesicht erkennen?«

»Ja«, sagte Müller mit zusammengepressten Lippen und zog an seiner Zigarette. »Und auch nein.«

»Aha?« Becker steckte sein Feuerzeug wieder ein und schaute seinen Freund aufmunternd an.

»Ich weiß, dass ich sein Gesicht kenne, habe es sofort wiedererkannt. Aber ich komme beim besten Willen nicht drauf, wer das ist. Normalerweise kann ich mir Gesichter und Namen besser merken«, murmelte er verdrossen.

Im Hintergrund erstarb endlich die Alarmanlage.

»Jaja, gut«, wiegelte Becker ab. Er hatte etwas anderes im Kopf. Ein engelsgleiches Gesicht mit Augen, so tief und schön, dass man sich darin verlieren könnte. »Sag mir, wenn es dir wieder einfällt, okay?«

»Klar, aber jetzt erzähl du lieber. Was ist da drinnen los?«, fragte Müller. Sie gingen am Haupteingang vorbei in Richtung der Landstraße.

»He, wo gehen wir hin? Hast du keine Mitfahrgelegenheit auftun können? Sind doch genug Kollegen von dir da.« Er war irritiert, folgte seinem Freund aber dennoch.

»Ach, wer braucht das?«, entgegnete Becker und legte einen Zahn zu. »Ist heute nicht ein besonders schöner Abend? Ich glaube, dass wir solche Momente viel zu wenig bewusst wahrnehmen. Lass uns bis Erkelenz laufen, schlendern, flanieren. Über die Felder sind wir in knapp einer Stunde da.« Dabei grinste er zufrieden.

»Sag mal, was haben die euch da drinnen zu rauchen gegeben? Dir ist schon klar, dass ich eben eins in die Fresse gekriegt hab und mich wahrscheinlich besser schonen sollte«, setzte Müller an.

»Na, da ist frische Luft viel besser. Und auf dem Weg erzählst du mir alles, was du über die drei ... oh, jetzt nur noch zwei ... Spezialisten da drinnen weißt, okay? Die Kamps und diesen ... diesen Jacobs. Lass uns gehen. Die Kollegen schauen sich jetzt hier überall um.«

»Was suchen sie?«

»Hinweise, irgendwelche«, murmelte Becker. »So lange der Tod nicht eindeutig geklärt ist, sollen wir von allem ausgehen und auf alles vorbereitet sein, meint Köhler.«

»Fremdeinwirkung?«

»Weiß der Geier. Hier, willst du auch einen?« Er hielt ihm eine Whiskyflasche hin.

»Woher hast du den denn?«, fragte Müller verwundert und nahm sie ihm aus der Hand. »Du hast doch nicht etwa die Hotelbar des Toten geplündert!«

»Glaubst du etwa, ich lasse mir so eine Gelegenheit entgehen? Außerdem hab ich einen Schluck nötig nach dem Anschiss von Köhler.« An den hatte er bisher überhaupt nicht gedacht, so selig war er. Aber es war eine gute Ausrede seinem Freund gegenüber, zumal er so nicht viel von der Kamps zu erzählen brauchte. Köhlers Drohung, ihn von der Sache abzuziehen, würde ihm erst morgen Unbehagen bereiten, nicht heute.

Ein Auto näherte sich über die Allee. Es stoppte auf ihrer Höhe und das Fahrerfenster surrte automatisch herunter.

»Sagen Sie, ist das hier Hohenbusch?«, fragte eine Stimme von innen. Müller erkannte das dazugehörende Gesicht, Hübner vom »Express«. Also hatten die Kollegen bereits einen Tipp bekommen. »Hier ist grad die Polizei im Einsatz, kann das sein?«

»Kann es, und das ist mein Dienstausweis. Ich muss Sie bitten, wieder zu fahren und die Ermittlungen nicht zu behindern, verstehen Sie?«

Hübner schaute auf Müller und die Flasche Whisky in seiner Hand. Im Hintergrund tauchten die ersten Uniformierten auf und begannen, in beide Richtungen auszuschwärmen.

»Aber …«

»Aber ist nicht. Umkehren und Abflug. Morgen früh gibt es brandheiße Informationen, bis dahin lassen Sie uns unsere Arbeit machen, damit wir Ihnen auch was erzählen können.«

»Es hat einen Toten gegeben?«, setzte Hübner nach.

»Die gibt es täglich überall, so ist es auf der Welt«, antwortete Becker. »Und nun auf Wiedersehen, um eins hängt die Hose kalt am Bett.« Sein Tonfall und seine Körpersprache sowie sein Klopfen auf das Autodach waren für den Journalisten eindeutig genug. Er betätigte den Fensterknopf und drückte dabei gleichzeitig die Stop-Taste seines kleinen Aufnahmegerätes, das er verdeckt auf dem Schoß liegen hatte.

Hübner setzte zurück und fuhr das Stück bis zur Landstraße mit jaulendem Motor. Er würde sich natürlich sofort auf die Feldwege rund um das Hotel begeben und versuchen, von hinten möglichst nah heranzukommen. Mit Köhler und der Hotelleitung sowie dem Sicherheitsmann von Jacobs war abgesprochen, dass Hohenbusch vorerst für jeden tabu ist, der dort nicht logierte oder arbeitete. Folglich würde der Reporter auf jeden Fall abblitzen, auch bei seinem vorherigen Informanten.

Die Kollegen grüßten Becker und nickten Müller zu, als sie an ihnen vorbeigingen und mit ihren Taschenlampen in die Dunkelheit neben dem Weg leuchteten. Die beiden setzten ihren Weg fort. Sie hatten die Landstraße erreicht, überquerten sie und gingen auf dem Wirtschaftsweg weiter in Richtung Erkelenz, über sich die Sterne und einen wunderbaren Mond, zur Linken hinter einem Feld und einer Reihe Büsche die Autobahn, hinter sich einen toten Rockstar und einen schäumenden Vorgesetzten. Und die wunderbarsten Augen, die Becker je gesehen hatte.

»Prost«, sagte Müller.

»Du mich auch«, antwortete Becker.

Mönchengladbach, 21. April 1989, 10.15 Uhr
Landgericht

Er hatte ihn die ganze Zeit über beobachtet. Der Junge hatte regungslos neben seinem Anwalt gesessen und versucht, niemanden anzuschauen. Alles, was ihn zu interessieren schien, stand scheinbar unsichtbar für Dritte vor ihm auf der hellbraunen Tischplatte. Heute wurde über die Beweggründe spekuliert, die ihn dazu verleitet hatten, seine Großmutter zu töten. Der Staatsanwalt hatte betont, dass er mit dem geraubten Geld einfach hätte abhauen können und seine Großmutter unversehrt geblieben wäre. Er hatte laut darüber nachgedacht, was ihn dazu getrieben haben mochte, die alte Frau zu töten, wo sie ihn doch aufgezogen und versorgt hatte. Das, so schloss er, könnte nur an seiner boshaften Art liegen. Aus reinem Vergnügen habe er sie umgebracht, fasste der Staatsanwalt zusammen. Dem hatte der Anwalt Bergers natürlich widersprochen und darauf hingewiesen, dass das Geld ebenfalls fehlte, weshalb es wohl wahrscheinlicher wäre, dass er von seinen Kumpanen reingelegt worden wäre. »Weshalb nennt dieses Unschuldslamm dann nicht Ross und Reiter? Warum schweigt er anstatt uns reinen Wein einzuschenken? Was soll diese völlig sinnlose Nummer? Haben Sie dafür eine Erklärung, Herr Kollege?« Mit diesen Fragen hatte der Anklagevertreter das auf den Punkt gebracht, was so ziemlich jeder im Saal dachte. Warum schwieg Berger so beharrlich? Was wollte er damit erreichen? Dass er kein mildes Urteil zu erwarten hatte, war allen klar. Sicher auch dem Angeklagten, der trotzdem nichts unternahm, um seine Situation zu verbessern. Lieber starrte er endlos lange auf den Tisch oder sehnsüchtig zum Fenster hin, hinter dem die Freiheit lag, die er lange nicht mehr spüren sollte.

Der wirkt, als ob er ernsthaft darauf wartet, dass ihn seine Kumpels befreien und wie Indianer Jones durch die Fenster reinkommen. So ein armer Irrer!, dachte Müller. Er hasste die Tage im Gericht, zumal er längst beschlossen hatte, den Journalistenberuf an den Nagel zu hängen, bevor er sich überhaupt Journalist nennen durfte. Die Probleme, die sich ihm hier präsentierten, ekelten ihn an. Er wollte sich nicht mehr mit Kinderschändern, Hooligans oder Mördern wie Berger beschäftigen. Ein Bekannter von der Uni hatte ihm eine Stelle in einer Düsseldorfer Werbeagentur vermittelt, in der er als Texter anfangen konnte. Dafür würde er sein Studium und das Volontariat bei der Zeitung nur zu gerne drangeben. Den Gedanken, sich den schönen Seiten des Lebens zu widmen und die Probleme wie dieses den anderen zu überlassen, fand er sehr beruhigend.

Berger hob den Kopf und ließ den Blick durch den Saal gleiten. Ihre Blicke trafen sich. Müller sah nichts in diesen Augen, weder Furcht noch Stolz noch irgendeine Regung, die er hätte zuordnen können. Er versuchte, sich in Bergers Situation zu versetzen, doch was er da an Gefühlen vorfand, schreckte ihn ab. Der Job war wirklich nichts für ihn.

Beim Rausgehen traf er Becker, der in seiner grünen Uniform nach wie vor unsicher wirkte und später noch eine Aussage machen sollte. Schließlich hatte er zu den ersten Polizisten gehört, die am Tatort eingetroffen waren. Daher war seine Schilderung von großer Bedeutung für die Entscheidungsfindung, wie er Müller nicht ohne Stolz mitteilte. Zudem hatte er die Stimme des anonymen Anrufers gehört, der vielleicht zu der Bande gehörte.

Eigentlich konnte Müller seinen alten Schulkameraden nicht leiden. Seit der Sache mit Jette, die Becker ihm ausgespannt hatte. Obwohl zum Ausspannen ja immer zwei gehören, wie Becker meinte. Deshalb hatte sich ihr Verhältnis deutlich abgekühlt, aber in letzter Zeit war wieder Tauwetter.

»Bestell Jette einen schönen Gruß«, sagte er, als es drinnen weiterging.

»Wie komm ich denn dazu?«, erwiderte Becker und grinste breit. Er freute sich diebisch darüber, dass sie ihn erwählt hatte und nicht Müller. Die Sache würde sicherlich für immer und ewig zwischen ihnen stehen.

Nach der Pause ging Müller nicht wieder mit den anderen hinein. Er hatte genug von der Sache. Heute war ein guter Tag, um in der Redaktion Bescheid zu sagen, dass sie sich den Job an den Hut stecken könnten. Diesen Berger konnte er nicht vergessen. Sein Anblick hatte ihn tatsächlich berührt. Warum hatte dieser Idiot nichts zu seiner Verteidigung vorgebracht außer »Ich weiß nicht, was Sie meinen« und »Nein, ich habe meine Großmutter nicht getötet«? Er hatte beschlossen, dass er in seinem Leben nichts mehr mit solchen Themen zu tun haben wollte. Er wollte lustige Dinge schreiben, sich verlieben, Jette vergessen und es allen zeigen. Und solche hoffnungslosen Augen wollte er auch nie wieder sehen. Vielleicht konnte man sich bei der Beschäftigung mit solchen Sachen anstecken, das Leid solcher Menschen aufsaugen. Also lieber Werbung.

Erkelenz, 3. Juni 2009, 9.30 Uhr
Müllers Arbeitszimmer

Müller hatte die erste Story abgeliefert und ein wenig mit den Kollegen telefoniert. Seine Informationen, die er von seinem Freund bekommen hatte, waren nur so lange wertvoll, bis es erste offizielle Stellungnahmen geben würde. Der Europavertreter der Plattenfirma hatte auf einen Pressetermin hingewiesen, der kurzfristig auf Hohenbusch anberaumt würde. Um elf Uhr würde man mehr erfahren. Das hatte auch Sonnenschein gesagt, mit dem er ebenfalls telefoniert hatte. Auch in Erkelenz war die Meldung vom Ableben des berühmten Gastes langsam durchgesickert. Erneut war ein für provinzielle Verhältnisse ungeheurer Medienrummel zu erwarten, obwohl Polizei, Hotelleitung und eine Reihe wichtiger Entscheider alles versuchen würden, um die Sache so lange wie möglich unter dem Teppich zu halten, und daher mit verwertbaren Aussagen geizten. Aber zwei Reporter waren in der Nacht schon vor Ort gewesen, er und Hübner. Der hatte tatsächlich noch versucht, auf das Hotelgelände zu gelangen, war aber von den Sicherheitsleuten aufgegriffen und anscheinend sehr unsanft vertrieben worden. Beim zweiten Versuch war er letztendlich in Erkelenz in einer Zelle gelandet, wie Becker unter anderem zu berichten wusste. Immerhin hatte ihm das einen kleinen Vorsprung verschafft, ohne dass er sich dieser Tatsache bewusst gewesen wäre. Jetzt hatte er einen verkaterten Becker in der Leitung.

»Was meinst du, was ich heute Morgen zu hören bekommen habe. Köhler ist immer noch auf hundertachtzig. Er wird mich von der Sache abziehen, das wäre eine Nummer zu groß für mich, hat er gesagt«, empörte sich Becker.

Im Hintergrund waren gedämpfte Autogeräusche zu hören. *Also macht er wieder eine Runde, um sich abzuregen,* folgerte Müller.

»Jetzt soll ich klären, woher der den Stoff hatte. Als ob das noch eine Rolle spielen würde. Tot ist tot, oder?«

Müller saß am Schreibtisch, hatte den Hörer zwischen Ohr und Schulter eingeklemmt und drehte sich eine Zigarette. Ein gelegentliches »Hm-hm« hatte gereicht, um seinen Freund am Sprechen zu halten und selbst nichts sagen zu müssen. Da er mit einem unerbittlichen Kater aufgewacht war, konnte er sich ausmalen, wie es seinem Freund ging. Sie hatten auf dem nächtlichen Weg nach Erkelenz die ganze Flasche Whisky geleert und an der ersten Tanke zusätzlich ein paar Absacker gekauft.

»Und weißt du, was das Schlimmste ist?«, fuhr Becker in seinem Monolog fort. »Sobald geklärt ist, ob die beiden da bleiben, wird Köhler die Sache selbst in die Hand nehmen. Mir hat er geraten, ich solle mich mit einem Psychologen über meinen Alkoholkonsum unterhalten! Stell dir das bitte mal vor!«

»Und?«

»Was und? Glaubst du etwa, ich bin ein Säufer?«

»Nicht mehr als ich, aber auch nicht weniger«, antwortete Müller, ohne zu überlegen, und zündete seine Zigarette an.

»Ach du Scheiße, so schlimm ist es also mit mir?«, kam Beckers erschrockene Stimme durch den Hörer.

»Scheint so.«

»Mal was anderes«, lenkte Becker vom Thema ab. »Glaubst du, wir können die Sache noch eine Weile zurückhalten?«

Das war also der Grund seines frühen Anrufs. Köhler hatte ihm einen Extra-Einlauf verpasst, weil er zusammen mit dem Zeitungsfuzzi auf Hohenbusch angerückt war, und hatte ihm den Schwarzen Peter zugeschoben, nach dem Motto: Wenn was rauskommt, bist du schuld! Da etwas rauskommen würde, fürchtete sein Freund nun um das Fassungsvermögen seines Darms, denn der nächste Einlauf war gewiss.

»Zu spät«, brummte Müller und drückte die Zigarette aus, die seine Übelkeit nur steigerte. »In Heinsberg liegt schon ein ausführlicher Text vor. Den wird Köhler vielleicht mit einem Telefonat einfrieren können. Aber auch sonst war ich nicht untätig. Davon abgesehen, werden sich die Kollegen außerhalb eures Einzugsbereiches garantiert keinen Maulkorb verpassen lassen.«

»Scheiße«, kam es gepresst aus dem Hörer. »Ihr seid Aasgeier, weißt du das?«

»Weiß ich, aber wenn ich es nicht mache, macht es dieser Hübner von gestern Nacht. Warum sollte ich katholischer sein als der Papst?«

»Na, egal, dann geht die ganze Sause eben früher los«, erklärte Becker. Sie beendeten das Gespräch und Müller beschloss, dass frische Luft ihm gut tun würde. Die Laufleisten der Nachrichtenkanäle meldeten Martens' Tod ab zehn Uhr. Auch auf dessen Internetstartseite erschien eine Meldung, in der von »unbestätigten Gerüchten« die Rede war, und selbst im Radio wurde darüber spekuliert. Zufrieden nahm er seine Jacke von der Stuhllehne und steckte das Mobiltelefon ein. Er würde sich mit dem Rad auf den Weg nach Hohenbusch machen, denn nun kamen Sonnenschein und die anderen nicht umhin, ein paar wohldosierte Informationen zu verteilen.

Tatsächlich traf er Sonnenschein an der Rezeption des Hotels an. Die Sicherheitsleute hatten ihn nach einer kurzen Diskussion vorgelassen. Er ging über den Innenhof und schaute sich um. Seit die Japaner mit ihrem Geld gekommen waren, hatte sich wirklich einiges verändert. Hohenbusch war in der Welt der wohlhabenden Reisenden und Golffreunde zu einem festen Begriff geworden. Vor einigen Wochen hatte ein Wohltätigkeitsturnier stattgefunden, zu dem die Veranstalter eine ganze Reihe von B-Promis und Politikern eingeladen hatten. Wenn er sich recht erinnerte, ging es um die Opfer des Tsunamis oder einer anderen Naturkatastrophe. In einer Stunde würde es wieder drunter und drüber gehen. Deshalb war es besser, schon im Vorfeld die Informationen einzuholen und nachher ganz entspannt zuzuschauen.

Sonnenschein wirkte geknickt. Die Anspannung stand ihm ins Gesicht geschrieben und er begrüßte Müller beinahe wie einen rettenden Fels in der Brandung.

»Ist das nicht furchtbar? Ich bin sofort gekommen, als ich heute früh am Morgen davon erfahren habe. Kurz danach haben wir ja telefoniert. Mein Gott, der arme Junge, wie konnte das bloß passieren?«

Müller hielt sich zurück und verkniff es sich, dem Schulleiter zu kondolieren. Der sah sicher nur sein Jubiläum in Gefahr, denn wirklich überzeugend kam das nicht rüber. Allerdings hätte er Sonnenschein auch keine ehrlichen Gefühlsregungen zugetraut, wenn er in Tränen aufgelöst vor ihm gestanden hätte.

»Wie geht es mit dem Jubiläum weiter?«, fragte er und fixierte sein Gegenüber, um Interesse vorzutäuschen. »In drei Tagen sollte doch die große Feier sein.«

»Die wird auf jeden Fall stattfinden, das habe ich eben schon mit Ellen und Bernd besprochen«, beeilte sich Sonnenschein klarzustellen.

»Mit wem?«

»Frau Kamps und Herrn Jacobs natürlich.« Sonnenschein bedachte ihn wieder mit diesem *Was-für-ein-Idiot*-Blick, den er so hasste.

»Ach so«, beeilte er sich zu erwidern. »Werden die nachher auch dabei sein?«

»Ellen … ich meine Frau Kamps fühlt sich etwas mitgenommen, aber Herr Jacobs wird sicher zusammen mit mir vor die Presse treten. Wie sagt man so schön? The show must go on.« Dabei verzog Sonnenschein etwas linkisch den Mund zu einem angedeuteten

Grinsen und verabschiedete sich gleich darauf. *Der wirkt wie jemand, der Dreck am Stecken hat,* dachte Müller.

Er sah sich im Empfangsbereich des Hotels um und hatte das Gefühl, dort nicht hinzugehören, also ging er wieder an die frische Luft. Das alte Herrenhaus war grundlegend renoviert worden. Neben dem Restaurant waren im ersten Stock und im ausgebauten Dachgeschoss Luxussuiten untergebracht. Angrenzend auf dem Gelände gab es ehemalige Stallungen und Räume, die zu einem lockeren Ensemble von mehr oder weniger teuren Unterkünften, Cafés und Konferenzräumen umgebaut worden waren. Auch draußen hatte sich Hohenbusch grundlegend verändert. Er erinnerte sich, wie er einmal mit Jette in einer lauen Sommernacht im damals verwilderten Garten im Gras gelegen und die Sterne beobachtet hatte. Reinzukommen war leicht, denn die Mauer entlang der Chaussee in Richtung Hetzerath war stellenweise bis auf wenige Zentimeter zusammengebrochen. Jette hatte darauf bestanden und sich beim Übersteigen der Mauerreste das Knie aufgeschrammt. Sie waren sich vorgekommen wie Kinder, die in einen verbotenen Garten eindrangen, um zu sehen, wo der Schatz der Hexe versteckt sein könnte. Im Mondlicht hatte sie wunderbar geheimnisvoll und verführerisch wie eine Nachtelfe ausgesehen, ein Bild, das sich tief in sein Gedächtnis eingebrannt hatte. Wenig später hatte sie sich Becker zugewandt und ihre gemeinsame Zeit nicht ohne Bedauern beendet. Seitdem hatte er seine persönliche Beziehung mit Jette weitergepflegt, für sich und nur dann, wenn die Sehnsucht so schlimm wurde, dass auch Alkohol nicht weiterhalf. Natürlich hatte er nach Jette andere Frauen gehabt, Freundinnen, Kolleginnen, Geliebte. Doch keine hatte es geschafft, in ihm ein ähnliches Feuer zu entfachen wie Jette. Auch nicht Sandra, mit der er eine Werbeagentur gegründet hatte, die sie jedoch auf dem Höhepunkt der wirtschaftlichen Schwierigkeiten gemeinsam mit dem Artdirektor Olaf »Arschloch« Eberding und dem Rest des verfügbaren Kapitals in Richtung Balearen verlassen hatte. Dort gaben sie angeblich ein deutschsprachiges Szenemagazin heraus. Obwohl der Verrat durch Sandra weitaus gravierender für sein Leben gewesen war, hatte er längst seinen Frieden mit ihr gemacht. Sie war nicht bedeutend genug gewesen, um ihn wirklich lange zu beschäftigen. Mit Jette, das war anders gewesen und war es immer noch. Eigentlich hielt er sich selbst für einen sentimentalen Spinner mit Hang zur Selbstkasteiung, zumal er im Leben der Beckers allgegenwärtig und sogar Pate des ersten Sohnes geworden war. Obwohl Becker von seinen Gefühlen wusste, hatte er Müllers Gegenwart in seiner Familie ebenso akzeptiert wie die Tatsache, dass seine Jette mit Müller Dinge besprach, die ihn im Grunde nichts angehen sollten. Es war ziemlich bescheuert, aber alle Beteiligten hatten sich im Laufe der Zeit damit arrangiert. Wie es dabei in seinem Inneren aussah, das ging nur ihn alleine etwas an.

Das Gut war in den frühen Siebzigern verlassen worden, nachdem die letzten Eigentümer irgendwo in Norditalien bei einem Autounfall ums Leben gekommen waren. Die Erben hatten mit dem alten Gut weitab in der Rübenbörde nicht viel am Hut und wollten es schnell loswerden. Ein Käufer hatte sich nie gefunden, weshalb die Stadt zugegriffen und danach nicht recht gewusst hatte, was sie mit dem halbverfallenen Gelände anfangen sollte. Letztendlich waren die fernöstlichen Investoren zur richtigen Zeit und mit einer ordentlichen Summe an Bargeld im Gepäck gekommen. Wer weiß, was sonst aus Hohenbusch geworden wäre. Der Park hatte sich sehr verändert, am Wegesrand standen marmorne Sockel mit allerlei antik wirkenden Nackten darauf, die abwechselnd Zupfinstrumente und Füllhörner in den Händen hielten. Für ihn war es allerdings irgendwie noch immer die wilde Wiese voller Sommerblumen und würzigem Duft. Dieser Duft und Jettes Gesicht waren zu einer einzigen Erinnerung verschmolzen. Da war sie wieder, jeden Tag seit damals kam sie in seine Gedanken spaziert, als sei nie etwas geschehen. Seit rund zwanzig Jahren wusste er, was er verloren hatte, als sie ihn verließ. Er schlenderte durch den Park und ließ seine Gedanken schweifen. Das war besser, als sie zu unterdrücken und daran zu leiden. Daher lud er sie ein, in seinem Gehirn Platz zu nehmen, bot ihr einen Tee an (sie liebte Tee mit Milch, was sie auf ihre walisische Großmutter zurückführte) und ließ sie in allen Schubladen und Fächern seines Unterbewusstseins nach Herzenslust kramen, während er nichts tat, dachte oder fühlte. Außer ihr. Er liebte es, wenn sie sich in seinem Kopf umsah, und er hasste es gleichzeitig, denn es führte ihm seinen Verlust immer wieder vor Augen. Dass er sie fast jeden Tag sah, machte das mit dem Vergessen nicht unbedingt einfacher. Die gute Jette, seine große Liebe, die seinen Freund Becker gewählt hatte, den aufstrebenden Jungbullen in der schnieken Uniform, die er so gerne trug, um anzugeben anstatt sich zu schämen, wie ein Waldmeister der Fußgängerzonen auszusehen (das hatte er nie an Becker verstanden). Wie seinerzeit in Mönchengladbach, als er beschlossen hatte, den Journalistenberuf an den Nagel zu hängen, während dieses Prozesses gegen diesen … Berger, den jungen Kerl mit den Augen, die … Berger! Natürlich. Schlagartig herrschte Alarmzustand in seinem Kopf. Das war der Kerl, der ihm gestern Nacht eine reingehauen hatte. In all den Jahren hatte er dessen Gesicht nie wirklich vergessen, eher verdrängt. Schließlich hatte Berger ihm damals im Gerichtssaal die Augen geöffnet. Er hatte diese Weichenstellung in seinem Leben immer mit dem Jungen im Gericht und seinen wehmütigen Augen in Verbindung gebracht. Das waren die Augen, das waren die Gesichtszüge Bergers gewesen, die er gestern gesehen hatte, bevor es vor seinen Augen dunkel geworden war und es in der Stirn angefangen hatte zu prickeln.

Was sollte ihm das jetzt sagen? Oder war es ein lustiger Zufall? Er hatte seine Zeit folglich abgesessen und war tatsächlich nach Erkelenz zurückgekommen. Wer weiß, vielleicht war er ja nicht aus Zufall auf dem Parkplatz, während drinnen ein Mensch an einer Überdosis starb. Berger hatte damals einen regen Umgang mit allen möglichen Drogen einräumen müssen. Sein Anwalt hatte dies als Indiz seiner verminderten Zurechnungsfähigkeit hervorgehoben. Genutzt hatte es nichts, denn die Abscheu über seine Tat hatte anscheinend am Ende über den juristischen Sachverstand gesiegt. Er war zu gefühlten zweihundert Jahren Knast verurteilt worden und an der Sicherheitsverwahrung nur vorbeigekommen, weil die bei Jugendstrafen nicht vorgesehen war. Sicher, Erkelenz war klein und den Tag über hatten viele Schaulustige rund um Hohenbusch auf der Lauer gelegen und allen Autos zugejubelt, die größer als Mittelklasse und mit auswärtigen Kennzeichen versehen waren. Aber die Fans und Gaffer hatten tagsüber die Zufahrtswege blockiert und lautstark auf sich aufmerksam gemacht, anstatt sich nachts auf dem Parkplatz herumzudrücken. Außerdem waren sie beizeiten wieder abgerückt, schließlich war auf Hohenbusch keine Boygroup zu Gast. Nur Berger war so spät noch rausgekommen und hatte sich auf diesen günstigen Beobachtungsposten zurückgezogen, von dem aus auch Müller einige Blicke auf das Treiben im Inneren des Hofes erhascht hatte. War das etwa die Fährte, die Becker brauchte?

Müller schaute hinüber zum Konferenzzentrum und sah, dass dort langsam die ersten Leute eintrafen. Daraufhin setzte er sich über den englisch gekürzten Rasen in Bewegung. Berger musste erst einmal warten.

Später auf dem Rückweg nach Erkelenz gingen ihm die Ereignisse erneut durch den Kopf. Sonnenschein und Jacobs hatten den versammelten Pressevertretern mitgeteilt, dass es wie geplant weiterginge, das wäre man dem toten Martens schließlich irgendwie schuldig. Auf die Frage, ob man Genaueres über die Enthüllungen wüsste, die Martens angekündigt hatte, waren beide nicht eingestiegen. Müller hatte sogar geglaubt, in Jacobs' Gesicht etwas wie Erschrecken erkannt zu haben, als die Frage fiel. »Das hätte wohl nur er Ihnen sagen können«, erklärte er und klappte den Deckel seiner Mappe zu, aus der er Stichworte für seine Erklärung vorgelesen hatte. Sonnenschein hatte sich ein paar salbungsvolle Worte abgerungen, mit denen er auf die mutmaßliche Verzweiflung des Rockstars und seinen inneren Konflikt abhob, die ihn am Ende in den Tod getrieben hatten. *So ein Blödsinn, der Depp hatte sich zu viel zugetraut und somit selbst aus der Bahn katapultiert,* dachte Müller. Vielleicht war das Zeug, mit dem sich die Junkies hier im Grenzland zudröhnten, einfach eine Nummer zu heftig gewesen für den feinen Herrn. Das warf natürlich die Frage auf, woher er das Zeug so schnell bekommen hatte. Nach der Ankunft und dem ersten Presseauftrieb hatte keiner der drei das Luxusressort verlassen. Am Flughafen wäre er mit seiner eigenen Reiseration sicherlich aufgefallen. Ob sich einer der Hausangestellten einen kleinen Nebenverdienst organisiert hatte und die feinen Gäste mit Dope versorgte? Unwahrscheinlich. So kam er zwangsläufig auf Berger zurück, den einzigen, dem er so schnell eine Verbindung zum Thema Rauschgift andichten konnte und der noch dazu vor Ort gewesen war, als sich Mister Goldkehle ins Jenseits befördert hatte.

Erkelenz, 3. Juni 2009, 19.30 Uhr
Auf dem Markt

»Das Eis bei Giovanni ist auch nicht mehr das, was es mal war«, erklärte Becker entschieden und warf seine tropfende Eistüte in einen Mülleimer neben der Bank. »Aber jedes Jahr wird es teurer.« Er ließ sich neben Müller auf der Bank im Schatten vor dem Alten Rathaus nieder. Der Markt strotzte vor Leben. Überall saßen und standen Leute zusammen, die das gute Wetter genossen und den Abend im Freien dem in ihren eigenen vier Wänden vorzogen. Der Markt war ihr gemeinsames Wohnzimmer. Vor der Eisdiele saß Jette, im Gespräch vertieft mit ihrer Freundin Andrea. Die beiden Kleinen, Emma und Moritz, spielten nebenan am Brunnen und sahen aus wie die Ferkel, obwohl sie erst vor wenigen Minuten gekommen waren. Der ältere Sohn Felix saß teilnahmslos neben seiner Mutter und starrte auf seinen Nintendo. Einmal hob er kurz den Kopf und winkte seinem Patenonkel zu.

Müller hatte sich extra etwas abseits der Bistrotische auf die Bank unter den Bäume gesetzt, um dem bunten Treiben zuzuschauen. Das Eintreffen der Familie Becker hatte er im Augenwinkel wahrgenommen, aber keine Anstalten gemacht, sich zu ihnen zu gesellen. Das Schöne und zugleich Störende bei Städtchen wie Erkelenz war, dass man so ziemlich jeden kannte und sich nicht wirklich aus dem Weg gehen konnte. In Großstädten war es leichter, unter Leuten und gleichzeitig allein zu sein. Eigentlich mochte er diese Nähe, so lange er sich abseits aufhalten konnte und ihn keiner volltextete. Den ganzen Tag hatte er über Berger und dessen mögliche Verbindung zu Martens nachgedacht, war aber nicht wirklich weitergekommen. Er würde ein wenig im Archiv der Redaktion stöbern und schauen, ob er etwas Hilfreiches finden würde. Aus der Redaktion hatte er nach seiner Rückkehr aus

Hohenbusch zwei Anrufe erhalten, zuerst »Füße stillhalten« und dann »Feuer frei«, nachdem die Meldung mit Martens in den Verteilermedien ihre Runde gemacht hatte. Seitdem hatte er zwei Texte für überregionale Blätter geschrieben und sich um Gesprächstermine mit Kamps und Jacobs bemüht. Der Tod des Rockstars hatte ihm bisher sehr gut getan, stellte er fest. Als Becker ihn endlich entdeckte, entfernte er sich schnell und unbemerkt von seiner Frau, die bereits tief in das Gespräch mit Andrea eingestiegen war. Er kannte Andrea und wusste, dass sie Jette kaum eine Chance lassen würde, etwas zu sagen, bevor sie nicht alles mitgeteilt hatte, was ihr gerade durch den Kopf ging. Und das war ein heilloses Durcheinander, wie er sich aus eigener Erfahrung erinnerte.

»Willst du lieber ein Bier?«, fragte Müller seinen Freund, der sich die vom Eis klebrigen Finger abwischte.

»Nee, lass mal. Ich trinke nicht«, entgegnete Becker.

»Seit wann das?«

»Ach, hör auf. Erzähl lieber, was es Neues gibt.«

»Ich weiß jetzt wieder, wer mir da gestern eins auf die Maske gegeben hat«, begann Müller, während das geschmolzene Eis auch durch seine Waffeltüte siffte. *Er musste sich abgewöhnen, die Spitze unten abzubeißen,* dachte er. Mit der Information, wer der Angreifer war, hielt er sich zurück. Schließlich hatte Becker am Abend zuvor nur bedingt Interesse gezeigt.

»Na, dann sag es doch endlich«, knurrte ihn Becker nach einer künstlich langgezogenen Pause an. »Und gib mir mal deinen Tabak, meiner liegt zu Hause.«

»Was sagt dir der Name Berger?« Müller und zog das blaue Päckchen aus der Gesäßtasche.

»Berger? Hmm, da klingelt auf Anhieb nichts. Erzähl weiter.«

»Du kennst ihn. Er war dein erster großer Fall bei den Bullen. Erinnerst du dich nicht? Vor rund zwanzig Jahren, vielleicht auch länger.« Bei Becker schien nichts zu klingeln. »Größter Banküberfall aller Zeiten in Erkelenz, dazu ein Mord an seiner Großmutter. Na, klingelt's jetzt?«

»Nein!«

»Doch. Genau der. Ich wusste die ganze Zeit, dass ich das Gesicht kenne. Heute Vormittag auf Hohenbusch hat es dann Klick gemacht. Erinnerst du dich an den Fall?«

»Wie könnt ich nicht? Ich war als Erster am Tatort und hab ihn quasi mit der Waffe von seiner toten Oma gezogen.« Becker kramte das Feuerzeug aus dem Päckchen und zündete seine Selbstgedrehte an. Er nahm einen tiefen Zug und schaute Müller von der Seite an. »Bist du sicher? Ich meine, das ist ziemlich lange her und Menschen verändern sich.«

»Ich bin mir verdammt sicher, darauf kannst du einen lassen. Ich frag mich, ob es Zufall war, dass er zu dem Zeitpunkt dort im Halbdunkeln stand, als drinnen der Rocker seinen letzten Fehler machte.«

»Das hätte ich gerne genauer«, erwiderte Becker und winkte seiner kleinen Tochter fröhlich zu, die ihren Bruder über und über mit Wasser nassgespritzt hatte.

»Na, denk mal nach. Woher soll Martens das Zeug gehabt haben, das er sich da eingefahren hat? Hat er es mitgebracht? Unwahrscheinlich. Hat er es gekauft? Wahrscheinlich. Aber von wem? Seit der Ankunft gestern Nachmittag hatte er Hohenbusch nicht mehr verlassen, sagen zumindest alle, die ihr befragt habt.«

»Stimmt, und weiter?«

»Laufburschen hatte er keine dabei, schließlich war er ›back to the roots‹ unterwegs, also hätte er sich selber drum kümmern müssen, was er aber allem Anschein nach nicht außerhalb Hohenbuschs getan hat. Berger hatte eine beachtliche Karriere als Drogenkonsument und Zwischenhändler hingelegt, bevor er in Siegburg eingefahren ist. Da liegt doch die Vermutung nahe, dass er vielleicht als Hausservice für Martens aktiv war, oder?«

»Mag sein, aber erklär mir, woher Martens von Berger wusste, dass er sich an ihn wenden muss, um was zum Gas geben zu bekommen. Wahrscheinlich steht er nämlich nicht unter ›Dealer‹ im Telefonbuch.«

»Da hast du recht«, erwiderte Müller und drehte sich auch eine. »Und wenn sie sich von früher her kannten?«, setzte er nach einer Weile erneut an. »Martens kommt hier an und denkt sich: Mann, du kannst dir ja mal wieder so richtig die Birne zuknallen. Am besten rufst du mal den alten Berger an. Oder so etwas in der Art.« Dann schwiegen beide.

»Ich werde sein Handy überprüfen lassen«, beschloss Becker.

Jette hatte sich endlich von Andrea losgeeist und versuchte, ihre beiden klatschnassen Kinder zu sortieren, die das jedoch eher als Aufforderung zum Spiel auffassten.

»Ben, würdest du bitte mal nach den Kindern schauen, das sind nämlich nicht nur meine, falls du das noch nicht bemerkt haben solltest!«, hörten sie Jettes Stimme in ihr gemeinsames Arbeitsschweigen platzen. Zwischenzeitlich war auch sie nass, was ihr unglaublich gut stand, wie Müller fand. Nur die Zornesfalte über ihrer Nasenwurzel passte nicht in das an sich schöne Bild. Eines war klar, sie wollte entschiedenes Handeln von ihrem Gatten sehen. Und sie bekam es zu sehen.

»Hör zu, Schatz, wir müssen noch mal weg, um was zu klären. Ich nehm den Wagen, du kannst dich ja von Andrea fahren lassen«, sagte er und stand auf, wobei er Müller einen Klaps auf den Oberarm gab. »Komm!«.

Jettes Gesicht verfinsterte sich. Die Kinder machten sich derweil zu dritt über einen übergewichtigen Dackel her, der ihnen zu nahe gekommen war.

»Sag mal, bist du bescheuert? Was soll das jetzt bitte?«. Einige Leute schauten sich zu ihr um.

Becker hatte sich schon in Bewegung gesetzt und rief ihr noch ein »Bis später, Schatz!« zu.

»Du bist ein verdammter …«, setzte sie an.

»Ich weiß«, unterbrach er sie und schloss den Wagen auf. »Bis später!«

Dann saßen sie schon im Auto und fuhren los. Am Heck des Kombis schlugen die Laserladungen ein, die eine rasend wütende Jette ihnen nachschickte.

»In deiner Haut möchte ich heute Abend nicht stecken«, sagte Müller, während er das Beifahrerfenster herunterkurbelte und seine Zigarettenkippe hinausschnippte.

»Das glaub ich dir nicht«, entgegnete Becker grinsend und stellte das Radio an. Luc Martens sang live mit der Unterstützung einiger Tausend Zuschauer.

... don't be afraid and don't be slow
'cause you realize that it's time to go
Never look back
And don't lose the track
This is your time and it is so high
This is your life and you'll never gonna die ...

»Leck mich am Arsch, nervt der! Kaum zu fassen, dass der mit so was reich geworden ist«, sagte Becker und schaltete um auf CD. Rolf Zukowski sang über mutige Kinder, die Spaß am Spielen hatten.

»Warum willst du eigentlich unbedingt jetzt nach Hohenbusch? Morgen wäre doch auch noch Zeit, oder?«

»Ach was, lass das mal meine Sache sein. Mal was anderes, steht mir ein Dreitagebart eigentlich, was meinst du?«, entgegnete Becker und fummelte am CD-Player herum. Dann schlug Angus Young unverkennbar die ersten schiefen Riffs von »Girls got rhythm« an.

Müller schaute seinen Freund etwas irritiert an.

»Ach, vergiss es«, brummte Becker und schaute angestrengt geradeaus. Müller sagte nichts und grinste vor sich hin, während sie stadtauswärts in Richtung Hohenbusch fuhren.

Erkelenz, 3. Juni 2009, 20.15 Uhr
Haus Hohenbusch

Jacobs saß ihnen gegenüber. Vor ihm auf dem Tisch lag sein Mobiltelefon, das nach verdammt viel Technik aussah. Er lächelte sie abwartend an. Sie saßen auf der rückwärtigen Terrasse des Restaurants, wo sie Jacobs gefunden hatten. Der war nicht allzu erfreut gewesen, hatte es jedoch verstanden, seinen Unmut professionell höflich zu überspielen.

»Nun, Herr Jacobs, ich muss noch einmal auf gestern zurückkommen«, begann Becker. Er hatte sich nach der Kamps umgeschaut und enttäuscht feststellen müssen, dass sie nicht da war.

»Das ist mir klar«, entgegnete Jacobs. »Traurige Sache. Wenn ich ehrlich sein soll, mochte ich seine Musik nicht besonders.« Er lächelte.

»Ja, es geht aber jetzt nicht um Ihren Musikgeschmack«, setzte Becker erneut an.

»Nicht? Da bin ich froh.«

»Es geht vielmehr um Ihre Beobachtungsgabe und Ihr sicherlich ausgezeichnetes Erinnerungsvermögen.« In Beckers Stimme klang unüberhörbar Ironie mit, was auch Jacobs nicht entging.

Müller beobachtete ihn sehr genau. Und was er sah, war ihm zutiefst unsympathisch.

»Dann legen Sie mal los.«

»Wissen Sie, Herr Jacobs, wir fragen uns, wie Martens an die Drogen gekommen ist, die ihm gestern zum Verhängnis wurden. Wir sind zu der Überzeugung gelangt, dass er sie nur in Erkelenz bekommen haben kann.«

»Und was habe ich damit zu tun? Teilen Sie mir Ihre Überlegungen mit«, sagte Jacobs. Er ließ seinen Blick von einem zum anderen schweifen.

»Wissen Sie, ob Martens gestern irgendwann Besuch hatte?«

»Welcher Art sollte der gewesen sein?«

»Das wissen wir eben noch nicht, denn …« Becker brach ab, als Ellen auf der Terrasse erschien. Sie war bewusst nachlässig gekleidet in einer verwaschenen Jeans und einem Sweatshirt, das schon bessere Zeiten gesehen hatte. Und sie war wunderschön.

»… denn …«, setzte Becker erneut an und schaute sie unumwunden an.

Jacobs folgte seinem Blick und sein Grinsen wurde breiter. »Frau Kamps kennen Sie ja bereits«, sagte er und erhob sich, um Ellen zu begrüßen. »Setz dich doch zu uns, meine Liebe. Die beiden Herren haben noch Fragen wegen gestern.« Ellen wirkte etwas abwesend, nickte den beiden aber zu, wobei sie Becker sehr herzlich anlächelte und sich auf den angebotenen Stuhl setzte.

Jacobs schaute Becker wieder auffordernd an. Eigentlich hatte er keine Lust, sich mit dem Schnösel zu unterhalten, jetzt, da sie gekommen war. Doch das ging vor, schließlich musste er beim Chef wieder Boden gut machen.

»Und wie gefällt Ihnen Ihre alte Heimat?«, begann Müller in Ellens Richtung, denn er hatte das Gefühl, auch etwas sagen zu müssen. Er bemerkte, dass Becker ihn böse anstarrte.

Ellen lächelte und sah ihn intensiv an. »Ich weiß nicht, ich habe noch nicht viel davon gesehen.«

»Ich könnte mich Ihnen als Fremdenführer anbieten, wenn Sie möchten. Vielleicht ist es ja eine willkommene Abwechslung angesichts von … äh«, haspelte er und spürte, wie er rot wurde. In seinem Kopf schrillten die Alarmglocken. *Hast du jetzt komplett den Verstand verloren? Wie willst du aus der Sache wieder heil herauskommen?* Aber er hatte keine Zeit, auf seinen inneren Schweinehund zu hören.

»Das ist sehr freundlich von Ihnen«, begann Ellen, wurde aber von Jacobs unterbrochen. Der war damit Becker zuvorgekommen, der ebenfalls gerade etwas sagen wollte

»Ohne Ihnen zu nahe treten zu wollen, Herr Meier …«

»Müller.«

»Wie auch immer, aber glauben Sie wirklich, dass es hier viel zu sehen gibt, was man nicht auch in dem Bildband nachschlagen kann, den uns Ihr Bürgermeister freundlicherweise geschenkt hat?« Becker nickte bestätigend.

Müller errötete noch mehr, doch diesmal aus Wut. Was war das bloß für ein verdammtes Arschloch, unfassbar.

»Ich glaube, dass das eine ganz wunderbare Idee ist, Herr Müller«, hakte Ellen ein, ohne den Blick von Jacobs zu lassen. »Rufen Sie mich bitte morgen früh an, damit wir eine Zeit vereinbaren können.« Sie holte einen schlanken goldenen Stift aus der Tasche ihrer Jeans und schrieb eine Nummer auf die Serviette, die vor ihr gelegen hatte. »Bitte vergessen Sie es nicht, ja?«

Müller begann innerlich zu kochen. *Das träumst du jetzt gerade. In Wirklichkeit bist du nicht hier. Meint sie das im Ernst? Ist das eine Floskel? Was soll ich anziehen? Ob mir die Levis noch passt? Ich tu am besten erst einmal ganz cool. Oh mein Gott!* Ihr

Lächeln konnte Wolken vertreiben und ihre Augen schenkten ihm einen Moment lang die Bewunderung, für die man Kriege beginnen könnte. Am liebsten wäre er jetzt aufgesprungen und hätte diesem arroganten Arsch Jacobs ins Gesicht gelacht. Er grinste und steckte die Serviette vorsichtig ein, als handele es sich dabei um ein rohes Ei. Dann wandte er sich Becker zu. Jacobs hatte sich zurückgelehnt.

»Wie soll der Mann ausgesehen haben, den Sie im Verdacht haben?«, fragte er Becker. Um seine Augen zuckte es kaum merkbar. Ein Mann, der sich im Griff hat.

»Verdacht wäre übertrieben, aber es ist im Moment zumindest eine durchaus mögliche Spur«, korrigierte ihn Becker. Er hatte gelernt, sich so vage wie möglich auszudrücken, wenn es um Verdachtsmomente ging.

»Gut, wie sieht Ihre mögliche Spur aus?«

Becker drehte sich zu seinem Freund um und machte ein Zeichen. »Könntest du ihn bitte beschreiben?«

»Natürlich. Er ist ungefähr in Ihrem Alter, hat sehr kurzes schwarzes Haar und ein pockennarbiges Gesicht. Ungefähr einsfünfundachtzig, würde ich schätzen, und von kräftiger Statur. Er trug eine olivgrüne Bomberjacke. Ich hatte das Vergnügen, ihn gestern hinten auf dem Parkplatz zu treffen, oder besser gesagt er mich«, sagte Müller, tastete automatisch an seine geschwollene Lippe und schaute in die Runde. Becker betrachtete seine Fingernägel, Ellen lächelte ihn aufmunternd an und Jacobs verzog die Mundwinkel, als ob er überlegte.

»Schwarzes Haar, sagen Sie? Und Bomberjacke?«

»Schwarzes Haar und Bomberjacke«, bestätigte Müller.

»Ich will mich ungerne festlegen, wie Sie sicherlich verstehen werden, aber ich glaube, da war jemand, auf den Ihre Beschreibung passen könnte«, sagte Jacobs zu Müller.

»Wann und wo?«, schaltete sich Becker ein. Er musste das Heft wieder in die Hand nehmen, schließlich war er der mit der Dienstmarke. Aber Müller war der mit der Nummer auf der Serviette.

»Nun, das muss gegen zweiundzwanzig Uhr gewesen sein, wenn ich mich nicht irre.« Ellen horchte auf, als er das sagte.

»Und wo genau?«, setzte Becker nach.

»Es war hier hinten, die beiden standen etwas abseits und sprachen leise miteinander.«

»Das kann nicht sein, Bernd«, schaltete sich Ellen ein. »Das hätte ich doch mitbekommen müssen, und ich habe niemanden gesehen.« Müller und Berger schauten auf Jacobs, dessen Lächeln in sein Gesicht gemeißelt zu sein schien.

»Das ist gut möglich, meine Liebe. Das war nämlich, als du dich oben frisch gemacht hast«, antwortete er und sein Blick ruhte so schwer auf ihr, dass sie den Kopf senkte.

»Wissen Sie, ich kann mich ja irren«, fuhr Jacobs fort. »Aber er erinnerte mich an jemanden, den ich von früher her kenne. Aber wie gesagt, ich möchte niemanden in Schwierigkeiten bringen, wenn Sie verstehen.«

»Geschenkt. Erinnern Sie sich an den Namen?«, setzte Becker nach.

»Ja, der lautet … hmmm … Beier, oder nein, warten Sie. Berger! Das war der Name«, erklärte Jacobs. »Mein Gott, dass ich mich daran erinnere. Das muss ja schon über zwanzig Jahre her sein.« Sein Blick wanderte wieder zu Ellen, die ihn überrascht anstarrte. »Du kennst ihn doch auch noch, oder?«

»Nein, ich erinnere mich nicht«, flüsterte sie, ohne ihn anzuschauen. Dann stand sie auf. »Bitte entschuldigen Sie mich, ich fühle mich nicht gut.«

Sofort standen alle drei auf. Jacobs wollte den Arm um sie legen, doch sie wehrte ab.

»Rufen Sie mich morgen an?«, fragte sie Müller.

»Natürlich, worauf Sie einen … äh … sich verlassen können«, erwiderte er und warf seinem Freund einen schnellen Seitenblick zu. Sie schauten ihr nach, bis sie durch die Glastür verschwunden war.

»Die Sache mit Martens hat sie sehr mitgenommen«, erklärte Jacobs und setzte sich wieder. Sie folgten seinem Beispiel. »Nun, um ehrlich zu sein, hat es mich auch getroffen«, fuhr er fort. Eine Aussage, die zumindest Müller ihm nicht so ganz glauben wollte. Es gab nicht mehr viel zu bereden. Becker hatte noch einmal Jacobs' Aussage in Stichworten notiert. Seine Beschreibung der Kleidung Bergers stimmte mit Müllers Beobachtungen überein. Außer Jacobs hatte allem Anschein nach niemand den späten Besucher gesehen, zumindest wollte sich Jacobs nicht festlegen, ob jemand in der Nähe gewesen war. Was Müller ein wenig wunderte, war die Tatsache, dass Jacobs zurückruderte und sich plötzlich nicht festlegen wollte, was seine Beobachtung betraf. Da es zu nichts führte, verabschiedeten sich die beiden und gingen. Becker wollte sich diesen Hauch einer Spur nicht kaputtreden lassen. Außerdem erinnerte er sich an eine der vielen Weisheiten Köhlers, die besagte, dass die erste Beobachtung meist richtig ist.

»Mann, ist das ein Sahneteilchen«, murmelte Müller anerkennend und grinste vor sich hin, während er neben Becker zu dessen Wagen ging.

»Trotzdem hättest du sie nicht so angaffen brauchen«, erwiderte Becker und zündete sich eine Zigarette an. »Du hast sie ja förmlich mit den Augen gevögelt.«

»Ach ja?«

»Ach ja!«

»Na, du hattest doch selber schon Schaum vor dem Mund.«

»Ach ja?

»Ach ja!« Sie waren stehen geblieben und funkelten sich böse an. Dann ergriff Becker die Initiative. Er wollte es nicht weiter treiben, obwohl etwas tief in ihm genau darauf Lust hatte.

»Ach, vergiss es, die ist doch in einer ganz anderen Liga. Über Typen wie uns lacht die bloß«, sagte er und boxte seinem Freund gegen die Schulter. »Ein Bier?«

»Auch zwei«, antwortete Müller, dann musste er grinsen. »Aber ich habe ihre Handynummer.«

»Zeig mal«, sagte Becker so desinteressiert wie möglich.

»Nee, lass mal. Ich will dich nicht in Versuchung führen. Was meinst du, was Jette dazu sagen würde?«

Becker warf ihm einen tödlichen Blick zu. »Ich hätte dich fast eingeladen, aber jetzt musst du dein Bier selber bezahlen.«

»Ich werde es überleben. Wann führst du dir diesen Berger zu Gemüte?«

»Wann zeigst du mir die Handynummer?«

»Ach, eigentlich will ich's ja nicht wirklich wissen«, erwiderte Müller fröhlich und begann, vor sich hin zu pfeifen.

»Dein Gezwitscher nervt.«

»Mir gefällt's.«

»Mir nicht.«

»Fängst du schon wieder an?«

»Steig ein.«

Erkelenz, 3. Juni 2009, 23.50 Uhr
Kölner Straße

Im »Sokrates« hatten sie die Zeit genutzt und Bergers Adresse ausfindig gemacht. Doch er war nicht zu Hause, als sie in Venrath vor der Tür des verwahrlost wirkenden Hauses gestanden hatten. Zwischenzeitlich hatte Becker ihn checken lassen. »Nach modernen Maßstäben existiert der Kerl nicht«, hatte er mitgeteilt, nachdem er das Mobiltelefon eingesteckt hatte. Berger besaß keine Kreditkarten, keinen Internetanschluss, kein Handy, keine Versicherungen oder Verträge, war nirgendwo Mitglied und ging anscheinend keiner geregelten Arbeit nach. Ein Phantom im Gegensatz zu seinen vollvernetzten Mitmenschen. Beckers Handy hatte erneut geklingelt. Jette war noch immer außer sich gewesen und hatte ihren Gatten mit einer Reihe exquisiter Schimpfworte bedacht, bis er das Gespräch weggedrückt und das Handy auf die Ablage des Armaturenbrettes geworfen hatte.

»Scheint so, als ob du heute Nacht auf dem Sofa pennen wirst, oder?«

»Halt's Maul.«

»Kannst ja auch bei mir unterkommen, wenn es dich nicht stört, dass ich nicht aufgeräumt hab«, fuhr Müller unbekümmert fort.

»Halt's Maul!«

Beckers Ton verriet, dass er langsam wirklich sauer wurde. Es war ein *grinsendes Schweigen*, das er körperlich spüren konnte.

Nun fuhren sie im Schritttempo über die Kölner Straße und hingen ihren Gedanken nach. Becker hielt am Straßenrand und rieb sich die Augen. Ihn plagte das schlechte Gewissen, das merkte Müller. Aber warum sollte er Mitleid mit ihm haben?

»Was hältst du von der Geschichte?«, fragte er.

»Ich weiß nicht, im Moment ist dieser Berger unser einziger Hinweis, der sich lohnen könnte.«

»Ja, schade, dass Jütten nicht mehr lebt. Der hätte das längst gestanden«, erwiderte Müller und nahm einen Schluck aus seiner Bierflasche.

»Stimmt, und eine ganze Reihe anderer Dinge auch, von denen er gehört hatte«, hakte Becker ein. »Mann, hatte der einen Lattenschuss.«

»Da ist er!«, unterbrach Müller seine Ausführungen.

»Wer? Jütten?«

»Quatsch, Berger!« Mit einem Satz war Müller aus dem Wagen und ging auf eine Person zu, die auf der anderen Straßenseite daherkam.

»He, warte mal, mein Freund! Wir zwei haben noch was zu klären!«

Berger blieb kurz stehen, erkannte Müller und rannte augenblicklich los. Er steuerte die Gasse an, die von der Kölner Straße aus hinüberführte zur Theodor-Körner-Straße und dort am alten Stadtpark endete.

Becker hatte sich halb aus dem Wagen gehievt und ein autoritäres »Stehen bleiben, Polizei« hinterhergeschickt.

»Arschloch!«, brüllte Müller und rannte los. »Schneid ihm wenigstens den Weg ab!«, rief er Becker zu und verschwand ebenfalls in der dunklen Gasse.

Becker drehte den Zündschlüssel, doch der Motor gab nur ein ersticktes Gurgeln von sich. »Warum hört denn hier keiner auf mich. Ich rufe ›Stehen bleiben!‹ und was macht der Herr? Er rennt los. Mach schon, du dumme Blechkiste, spring an! Lass mich jetzt nicht im Stich!«, knurrte er und ließ den Anlasser jaulen. »Und wen hat der mit ›Arschloch‹ gemeint?«

Müller rannte, so schnell er konnte. Seine Lungen würden das nicht lange mitmachen. So schnell hatte er sich seit Wochen nicht mehr bewegt. *Verdammter Idiot*, dachte er. *Wie kannst du dich auf ein Wettrennen einlassen mit einem, der dir gestern noch die Fresse poliert hat?* Die Gasse machte einen Knick und er erwartete förmlich, schon wieder eine reinzukriegen, als er um die Ecke in die Dunkelheit bog. Aber Berger hatte heute keine Lust auf Prügelei und gab Fersengeld. Müller sah ihn am Ende der Gasse links auf die Theodor-Körner-Straße einbiegen. *Jetzt könnte Becker mit seinem Wagen um die Ecke kommen und den abkassieren*, dachte er und zwang sich, weiter zu laufen. *Wo bleibt der denn jetzt? Im Fernsehen klappt das doch auch immer.* Vor ihm überquerte Berger die Straße und lief an der evangelischen Kirche vorbei in das gegenüberliegende Wohngebiet hinein. *Warum wird der denn nicht müde?* Aber das Durchhaltevermögen seiner Beute spornte ihn an. Auch Berger wurde langsamer, doch hatte er schon einen Vorsprung herausgearbeitet. Er bog wieder links ab und verschwand aus Müllers Blickfeld. *Jetzt könnte Becker mit dem Scheißwagen aber wirklich langsam kommen. Du bist zu alt für solche Aktionen*, sagte er zu sich und versuchte, seine Atmung in Gang zu halten. Er rechnete jeden Moment damit umzufallen. Er erreichte die Straßenecke und sah Berger nicht mehr. *Verdammt!* Langsam trabte er auf dem Bürgersteig die Straße entlang und schaute sich nach allen Seiten um. Er wollte keine unliebsame Überraschung erleben. An der Ecke Brückstraße blieb er stehen und suchte die kaum erkennbare Umgebung ab. Weit und breit nichts von Berger zu sehen. Er lehnte sich mit einem Arm gegen die Backsteinmauer des ehemaligen Friedhofs und schnaufte völlig außer Atem. Seitenstiche peinigten ihn, die Knie zitterten. Am liebsten hätte er gekotzt. Wieder wanderte sein Blick die Straße hoch und runter. *In welcher Richtung sollte er suchen? So schnell konnte sich Berger auch nicht aus dem Staub gemacht haben. Oder war er weiter geradeaus in Richtung Ziegelweiher?* Dann spürte er die Steine unter seinen Fingern. Rissig, rau und noch warm vom Tag. *Natürlich! Der Friedhof!* Mit letzter Kraft setzte er sich in Bewegung und trabte an der dicken alten Backsteinmauer entlang, bis er das gusseiserne Gittertor erreichte. Es stand halb offen, das tat es eigentlich immer. Also betrat er den Friedhof, der einen einzigartigen, morbiden Charme besaß und seit Jahren unter Denkmalschutz stand. Die letzte Beerdigung hatte vor langer Zeit stattgefunden. Seit er nicht mehr benutzt wurde, hatte die Natur ihn Stück für Stück zurückerobert. Der Friedhof war zu einem verträumten Park geworden, der den Kindern ziemliche Angst machte, da er wirkte, wie aus einem amerikanischen Horrorfilm entliehen. Grufties, Goten, Drogenfreaks und andere Gestalten trafen sich hier immer wieder, um ungestört ihren teilweise bizarren Leidenschaften nachzugehen. Auch Liebespärchen suchten in lauen Sommernächten ihr Glück, genauso wie die Melancholiker ihr Unglück. Er selbst hatte hier als junger Mann eine Zeit lang gerne die nebeligen Novembertage vertrödelt und traurige Musik von The Smith oder The Cure gehört.

Geduckt lief er am Rand des alten Weges auf das große Kreuz zu, von dem aus sich der Weg gabelte. Wenn Friedhöfe bei Nacht insgesamt beunruhigend sind, dieser war es absolut. Die Dunkelheit ließ eine Orientierung kaum zu. Berger würde es ebenso gehen wie ihm.

Nur nicht zu weit vom Tor entfernen, dachte er und hielt inne. Er horchte. Ganz in der Nähe raschelte Laub, dann knackte ein Zweig. »Waidmanns Heil«, brummte er und bewegte sich geduckt in die Richtung, aus der die Geräusche gekommen waren. Dabei wusste er nicht einmal, was er mit Berger tun würde. Ein erster Impuls hatte ihm vorhin befohlen, sich zu rächen. Aber je länger der zurücklag, umso nüchterner schätzte Müller seine Chancen ein. Er wusste, dass Berger einen ziemlichen Bums mit sich herumschleppte. Folglich war es eine Schnapsidee gewesen, dem Verdächtigen großspurig nachzurennen wie jemand, der wusste, was er tat. Er beschloss, allein wegen der Selbstachtung noch ein wenig im Dunkeln zu suchen und dann hoffentlich unbeschadet abzudrehen. Im »Sokrates« würde er sich ein Bier genehmigen und Becker erzählen, dass …

Er stolperte über etwas Weiches, das ihm bis zu den Knien ging und vor ihm auf dem Boden kauerte. »Fuck!«, entfuhr es ihm, als er ächzend der Länge nach auf dem Boden landete. Sein Hindernis sprang auf und rannte los. Schnell rappelte er sich auf und stolperte blind den Geräuschen des Flüchtenden nach. Sein Knie brannte und nahm ihm jede Bewegung übel.

»Jetzt machst du mich aber langsam sauer, Kerl!«, schrie er. Dann hörte er, wie Berger sich vor ihm mit einem gedämpften »Hhh-arrrh!« auf die Fresse legte. Ein paar Schritte und er sah ihn im Halbdunkeln zwischen zwei verwitterten Grabsteinen auf dem Boden liegen, anscheinend war er über eine Ranke gestolpert. Was früher als Grabverzierung gepflanzt worden war, hatte längst ein Eigenleben entwickelt und hielt sich dabei nicht an vorgegebene Wegbegrenzungen vergangener Friedhofsordnungen. Müller stieß mit dem Fuß gegen einen Ast, hob ihn auf und drosch damit auf Berger ein. Zwei, drei Schläge, ohne zu zielen, bis der Ast zerbrach.

Berger stöhnte, bewegte sich aber nicht. »Hör auf, Mann, hör auf!«, presste er hervor.

Gut. Ein Stück weggehen, kein Risiko eingehen. Durchatmen. Handy suchen. Kurzwahl. Tief durchatmen, bis der Husten kommt.

»Wo bist du?«, fragte Becker ohne Begrüßung.

»Friedhof Brückstraße«, keuchte Müller und hustete kräftig. »Ziemlich mittig.«

»Seid ihr am Poppen?«, hörte er Beckers Stimme vor einem aufheulenden Motor.

»Arschloch«, knurrte er und drückte das Gespräch weg. Berger erholte sich scheinbar, denn außer dem Stöhnen kamen nun raschelnde Geräusche aus seiner Richtung.

»Eine Bewegung und ich setze den Warnschuss zu tief an«, drohte Müller. Dabei produzierte er mit seinem alten Sturmfeuerzeug ein klickendes Geräusch. Sofort hörte die Geräuschkulisse auf. Improvisation ist alles.

»Scheißbulle …«

»Jaja, das höre ich öfters«, erwiderte Müller und grinste. Vergeblich tastete er nach seinem Tabak. Von der Straße her hörte er das kreischende Geräusch eines gequälten Motors aus der falschen Richtung die Einbahnstraße hochkommen, dann quietschten Reifen und eine Autotür wurde zugeschlagen.

Erkelenz, 4. Juni 2009, 00.15 Uhr
Haus Hohenbusch

»Na, das sind mir ja zwei Volltrottel«, erklärte Jacobs zur Begrüßung und schaute sie freundlich an. Er hatte seit dem Gespräch dort gesessen und nachgedacht.

»Man will gar nicht glauben, dass man hier mal gelebt hat, oder? Was meinst du, wären wir heute auch so wie die beiden Schießbudenfiguren?« Er genehmigte sich den dritten Cognac, als Ellen zu ihm trat. Sie setzte sich und blickte über den Park und den dahinter liegenden Turnierplatz.

»Hast du gesehen, wie die dich angestarrt haben? Ich glaube, die hätten sofort Männchen gemacht, wenn du es verlangt hättest.« Jacobs lächelte breit und leerte den Cognacschwenker mit einem Zug. Mit einer wortlosen Geste orderte er einen neuen.

Ellen stieg auf den Scherz nicht ein. Sie schwieg eine Weile und bestellte beim Ober ein Glas Weißwein. Dann wandte sie sich Jacobs zu und beobachtete sein Gesicht. Er war selbstgefällig geworden. Seine Augen wirkten auf den ersten Blick freundlich, es war jedoch pure Arroganz, die man bei genauerem Hinsehen darin entdecken konnte. Hatte er damals etwas Spitzbübisches und ab und zu verängstigend Kaltes ausgestrahlt, so war er jetzt nur noch selbstgefällig. Seinen Mund umspielte ein ewiges, leicht spöttisches Grinsen. Er kam sich groß und mächtig vor. Und er war stolz darauf. In seiner Gegenwart fühlte sie sich nicht sehr wohl, immer noch nicht. Schon früher hatte er ihr oft Angst gemacht, doch zu der Zeit hatte sie ihn gebraucht. Er hatte ihr Halt geboten in der Schule und mit ihr gepaukt, wenn ihre Noten in den Keller gingen. Seine tollpatschigen Annäherungsversuche hatte sie ignoriert oder schweigend erduldet. Sie hatte zu ihm aufgeschaut wie zu einem großen Bruder. Wahrscheinlich hatte sie sich nur deshalb auf seinen wahnwitzigen Plan eingelassen und mitgemacht. Einen Plan, der funktioniert hatte, wenn auch anders, als gedacht. Sie hatte ihr Glück gefunden. Zumindest hatte sie das geglaubt. Auch ohne das Geld aus Erkelenz hatte sie sich in der Welt durchgesetzt und mit Fleiß und Schweiß etwas geschafft, wovon Millionen von Mädchen auf der ganzen Welt träumen. Dafür war sie nicht sanft mit sich umgegangen. Jahrelang war keine Mahlzeit lange genug in ihr geblieben, um ihren Körper zu kräftigen. Treibstoff hatte sie sich in Form teurer und schlecht schmeckender Drinks zu sich genommen. Als ihr Zahnschmelz vom vielen Kotzen in Mitleidenschaft gezogen worden war, hatte sie sich teure und widerstandsfähige Zähne einsetzen lassen. Gegen den Geruch aus ihrem Rachen hatte sie tonnenweise Chlorophyll-Tabletten genommen. Sie fühlte sich wie ein gehetztes Tier und wünschte sich nichts sehnlicher, als endlich zur Ruhe zu kommen. Ohne einen Mann wie Sergej, der sich ebenso die Seele aus dem Leib kotzte, um bloß kein Gramm Fett anzusetzen und der im Bett eine Schlafmaske trug. Ohne diese alles auffressende Strenge. Vielleicht war das die eigentliche Strafe für ihren großen Fehler.

»Na, wenn da mal fünfunddreißig- oder vierzigtausend pro Jahr drin sind, hat der Bulle Glück gehabt. Der andere, der sogenannte Journalist, trägt wahrscheinlich morgens die eigene Zeitung aus, um über die Runden zu kommen.« Sein Grinsen wurde noch breiter.

»Was meinst du, was Lukas gemeint hat mit seiner Ankündigung? Glaubst du, er wollte reinen Tisch machen?«, fragte Ellen unvermittelt.

»Ich weiß es nicht. Zuzutrauen wäre es ihm, oder findest du nicht, dass er ziemlich durch den Wind war?«, entgegnete Jacobs und beobachtete ihr Gesicht.

»Ich fand, dass er sehr klar war und genau wusste, was er sagte.«

»Was hättest du getan, wenn es nach so vielen Jahren doch noch ans Tageslicht gekommen wäre?« Jacobs' Blick verengte sich. »Stell dir mal die Schlagzeilen vor: ›Mode und Moneten – Kamps überführt!‹ und ›Vom Laufsteg in den Knast – die steile Karriere der Ellen Kamps‹ oder …«

»Es reicht!«, unterbrach sie ihn mit gepresster Stimme. »Vielleicht wäre das eine Chance gewesen, endlich mit den Dämonen der Vergangenheit aufzuräumen.«

»Welche Dämonen? Was haben wir uns vorzuwerfen? Wir hatten Spielzeugpistolen, der einzige Bewaffnete war Berger. Der hat die Beute auch noch eingestrichen. Warum er seine schreckliche Oma umbringen musste, ist mir ein Rätsel. Aber eines steht fest:

Wir haben uns nichts, rein gar nichts vorzuwerfen. Und heute, über zwanzig Jahre danach, sowieso nicht.« Er machte eine Kunstpause. »Sicher, es hätte für einige Schlagzeilen gesorgt«, sagte er in ruhigem Ton. »Aber wirklich etwas anhängen hätte man uns nicht können. Vergiss das einfach. Lass es auf sich beruhen und hefte es unter ›Wir waren jung und unerfahren‹ ab. Außerdem werden wir es nie erfahren, denn der gute Lukas ist ja nun leider tot.«

»Was, wenn er es gar nicht war?«, begann Ellen nach einer Weile.

»Wie? Natürlich war das Lukas. Wir haben ihn doch beide da liegen gesehen«, polterte Jacobs los.

»Ich meine Berger. Was wäre, wenn nicht er seine Großmutter umgebracht hat, sondern ...«

»Sondern wer?«

»Einer von uns.«

Nach einigen Augenblicken unterbrach Jacobs das Schweigen. »Und? Hast du?«

»Nein, natürlich nicht.« Ellen starrte ihn überrascht an.

Jacobs genoss den Blick und sog ihn förmlich auf, während er abschätzend lächelte. Es war heute noch leicht, sie aus der Fassung zu bringen. »Na, siehst du. Ich auch nicht. Bleiben also nur Lukas und Berger. Lukas ist tot und außerdem das Opfer, um das sich unsere unangenehme Diskussion dreht. Aber gut, lass es uns durchspielen. Denk mal nach, wer ist damals zu spät gekommen? Lukas. Wo war er in der Zwischenzeit?«

»Und wo warst du?«, fragte sie ihn leise.

Die Stille wurde von dem Kellner unterbrochen, der anfing, hinter ihnen die Tische und Stühle zusammenzustellen. Sie hoffte, er würde ewig dort zu tun haben. Denn solange er da war, brauchte sie keine Antwort zu befürchten.

»Weißt du, Ellen, das Leben geht seltsame Wege. Oft ist es am gefährlichsten, wenn man es nicht erwartet. Deshalb muss man vorsichtig sein, und zur Vorsicht rate ich dir. Was damals passiert ist, ist passiert. Es ist gesühnt. Jemand hat dafür gesessen und Schwamm drüber. Es trifft immer den, der es verdient. Vielleicht haben wir es ja auch verdient. Aber weißt du was: Es ist mir scheißegal. Und das sollte es dir ebenfalls sein, wenn ich dir einen guten Rat geben darf.« Er stand auf und wandte sich zum Gehen, hielt aber inne. »Du solltest dich vielleicht hinlegen, es ist spät. Zerbrich dir nicht dein hübsches Köpfchen, das könnten nämlich auch andere tun.« Dann ging er. Seine letzten Worte standen wie eine Mauer im Raum.

Erkelenz, 4. Juni 2009, 9.35 Uhr
Müllers Wohnung

Alle Zeitungen waren voll mit dem toten Martens. Die »Bild« präsentierte Fotos, die direkt in seinem Zimmer aufgenommen worden waren. Der Hotelgast, der den Tod festgestellt hatte, hatte die Zeit genutzt, um mit seinem Handy ein paar Fotos zu machen und gewinnbringend an den Mann zu bringen. Müllers Texte dominierten den Lokalteil der »Heinsberger Zeitung«. Martens auf zwei Seiten. Da ging die Meldung von einem toten Junkie am Erkelenzer Bahnhof fast unter. Man hatte den stadtbekannten Freak erschlagen hinter dem Bahnhof gefunden, wo ein Baustellenzaun vom bevorstehenden Bau einer Diskothek kündete. Unter normalen Umständen hätte das für ziemlichen Wirbel gesorgt. Müller kannte ihn. Henk war schon immer da gewesen und hatte aus dem letzten Loch gepfiffen, als Müller selbst noch aktiv in der kleinen Szene mitgemischt hatte. Bereits in den Siebziger musste er sich einen gehörigen Schaden zugezogen haben, der ihn jedoch nicht daran gehindert hatte, überall dabei zu sein, wo es nach Verstößen gegen das Betäubungsmittelgesetz roch. Jeder, der ihn kannte, hatte damit gerechnet, dass er im Rausch erfrieren oder sich eine Überdosis setzen würde, aber erschlagen zu werden, das hatte ihm sicher niemand gegönnt. Auch wenn sie seit Jahren nicht mehr miteinander gesprochen hatten, würde Henk ihm fehlen. Aber bestimmt würde bald eine andere traurige Gestalt seinen Platz am Eingang der Fußgängerzone oder auf dem Vorplatz der Sparkasse einnehmen. Müller machte sich eine Notiz auf dem griffbereiten Schmierzettel, dass er an Henks Beerdigung teilnehmen wollte. Dann faltete er die Zeitungen zusammen und warf sie neben dem Schreibtisch auf einen Haufen mit anderen alten Zeitungen. Er nahm einen Schluck von seinem kalten Kaffee und beschloss, nach Hohenbusch zu fahren. Nachdem sie in der Nacht zuvor Berger auf der Polizeiwache abgeliefert hatten, hatte sich Becker noch um einigen Papierkram kümmern müssen. Müller war herumgewandert und hatte nachgedacht, bis ihn die Müdigkeit und die Langeweile nach Hause getrieben hatten. Erkelenz war einfach kein Pflaster für Nachtschwärmer. Einmal mehr hatte er darüber nachgedacht, endlich aus diesem Kaff zu verschwinden. Vor dem Fernseher war er eingenickt und wenige Stunden später wieder aufgewacht, wobei er sich wie gerädert gefühlt hatte. Die Knie taten ihm weh und seine Beine waren lahm vom Muskelkater. In der Bäckerei am Franziskanerplatz hatte er sich mit Brötchen und der Tagespresse eingedeckt, und nach einem Bad hatte er sich etwas besser gefühlt. Nun verließ er beschwingt die Wohnung.

Erkelenz, 4. Juni 2009, 10 Uhr
Haus Hohenbusch, Rezeption

Der junge Mann ließ sich darauf ein und rief auf sein Bitten hin in Ellens Suite an. Mit einem bedauernden Lächeln verkündete er, dass Frau Kamps nicht in ihren Räumen sei, und fragte im selben Atemzug, ob er sie ausrufen lassen sollte. Müller nickte und schaute hinaus auf den gepflegten Park. Man konnte nicht einmal ahnen, was sich hinter der grünen Wand abspielte. Schon auf dem Weg kurz vor der Einfahrt waren ihm die vielen Fahrzeuge aufgefallen, die am Straßenrand und in die Wirtschaftswege hinein parkten. Viele Leute waren unterwegs und umrundeten das Anwesen oder schlossen sich der Menschentraube an, die die Zufahrt belagerte und nur träge und widerwillig seiner gehupten Aufforderung nachgab und zur Seite trat. Die Allee war auf halber Höhe abgesperrt. Männer mit orangen Jacken versperrten den Weg und redeten abwechselnd mit den Leuten und in die Geräte, die in ihren Ohren und an ihrem Mund hingen. Scheinbar hatte Luc

Martens in Deutschland mehr Fans, als er gedacht hatte, und die pilgerten nun nach Hohenbusch, um an Ort und Stelle zu trauern. Dabei waren die meisten deutlich in den so genannten besten Jahren. Er hatte auf seinen Presseausweis hingewiesen und darauf, dass er mit Frau Kamps verabredet sei, was man gerne telefonisch überprüfen könnte. Nach kurzer Rücksprache und weil sie Ellen nicht erreichen konnten, hatten sie ihn mit der Auflage hineingelassen, sich umgehend an der Rezeption zu melden, wo man sich seiner annehmen würde. Nun stand er etwas verloren in der Empfangshalle und schaute sich um, als Ellen in Begleitung einer Frau in den Vierzigern die Treppen hinuntergeschritten kam. Die beiden waren ins Gespräch vertieft. Die Begleiterin machte kurze Notizen. Er fühlte sich automatisch fehl am Platz und hätte sich am liebsten hinter der Topfpflanze versteckt, die neben der Eingangstür stand.

»Herr Müller, das ist ja eine Überraschung«, sagte Ellen losgelöst aus dem Zusammenhang, es war um Gesprächstermine mit »denen in Köln« für die neue Show gegangen. Als sie ihn sah, zauberte sie ein Lächeln hervor, das ihn innerlich in Brand setzte. Sie kam auf ihn zu und umschloss seine Hand, die er ihr automatisch entgegenstreckte, mit beiden Händen.

»Hallo, ich habe gestern noch lange an Sie gedacht«, erklärte sie und strahlte ihn weiter an.

»Oh, das ist … aber …«, stammelte er und grinste selig. *Du bist ein solcher Trottel,* rief er sich zu, *sag was, los!* »Ich bin ja auch ein ausgesprochen netter Kerl.« Die sofort eintretende Stille betraf nur ihn. Die Stimme in seinem Kopf tobte: *Du bist geliefert, Mann, das war's! Finito!*

Ellen schaute ihn an und ihr Lächeln wurde weniger maskenhaft, dafür schöner. »Nun, das werden wir ja morgen herausfinden.«

»Werden wir?«, erwiderte er irritiert.

»Natürlich! Sagen Sie bloß, Sie haben Ihr Angebot vergessen, mir ein wenig das Erkelenzer Land zu zeigen«, sagte sie mit gespielter Empörung. Ihre Augen leuchteten. »Ich hab für morgen extra einige Termine ersatzlos gestrichen und wollte Sie anrufen, sobald ich mit Jasmin alles besprochen hab.« Sie deutete auf die Dame neben sich, die ihn zwischenzeitlich von oben bis unten abgescannt hatte. Jasmin lächelte ihn an, als er ihr die Hand entgegenstreckte, eine Augenbraue spöttisch hochgezogen. »Sehr angenehm«, beteuerte sie.

»Jasmin ist meine Beraterin in vielen Dingen«, erklärte Ellen.

»In allen«, berichtigte Jasmin und intensivierte ihr Lächeln.

»In fast allen«, setzte Ellen nach und die beiden vollzogen eine perfekte Anfassen-und-Anlächeln-Nummer, bevor sie fortfuhr. »Ich denke, wir haben soweit alles geklärt. Bis morgen.«

Jasmin senkte kurz den Blick, dann schritt sie nach einem Nicken in seine Richtung davon.

»Puh«, machte Ellen und wandte sich ihm zu. Sie machte es ihm einfach, er entspannte augenblicklich und fühlte sich, als ob er ein Gespräch wagen könnte, ohne sich völlig zum Deppen zu machen.

»Weshalb ich gekommen bin, also, ich ... äh ...«

»Ja?«

»Also, den Berger haben wir gestern Nacht gefasst«, begann er.

»Wirklich? Was wird ihm vorgeworfen?« Ellen schien weniger erfreut zu sein, als er angenommen hatte.

»Naja, es geht um das Heroin, das Martens genommen hat. Irgendwo muss er es ja hergehabt haben. Und Herr Jacobs meinte ja, jemanden gesehen zu haben, auf den Bergers Beschreibung passt.«

Ellen schaute so ablehnend, dass er am liebsten zurückgerudert wäre.

»Ich glaube nicht daran, dass dieser Berger hier war«, begann sie und zog ihn durch die Tür ins Freie.

»Nicht? Ich meine, warum nicht?«

»Weil ich weiß, dass in diesen Bereich niemand hineinkommt, der es nicht darf. Dafür ist gesorgt.« Sie schaute ihn ernst an. Er fand es schwer, ihr zu folgen, während der überwiegende Teil seines Hirns sie nackt sah und sich bemühte, nicht kompletten Blödsinn zu verzapfen.

»Wenn er es versucht hätte, dann wüssten es die Security-Leute. Haben Sie da mal nachgefragt?«

»Äh, nein, aber danke für den Tipp«, beeilte er sich zu sagen.

In diesem Moment kam Jacobs. Im Gefolge hatte er Sonnenschein und einen Mitarbeiter der »Rheinischen Post«, den er nicht genauer kannte.

»Hallo, meine Liebe«, begrüßte Jacobs Ellen und warf ihm einen kurzen Blick zu. »Ah, Herr Meier …«

»Müller.«

»Stimmt, entschuldigen Sie bitte. Was treibt Sie hierher. Soweit ich weiß, ist der folgende Termin exklusiv.«

»Ist er?«

»Ja, wir besuchen jetzt eine Gruppe von Oberstufenschülern, die uns hoffentlich Löcher in den Bauch fragen«, erklärte Jacobs fröhlich. Ellen lächelte ihn an und schaute zu Müller.

»Wir bleiben bei morgen?«

»Selbstverständlich.«

Dann explodierte eine Bombe. Sie lehnte sich vor und küsste ihn flüchtig auf die Wangen. Rechts, links, rechts. Gefolgt vom Kollegen von der Konkurrenz ging sie los. Jacobs und Sonnenschein starrten sich kurz an und setzten sich ebenfalls in Bewegung.

Er hatte mitbekommen, dass sie gegangen waren, konnte er sich aber erst nach einigen Sekunden wieder bewegen. *Oh mein Gott.* Er schaute sich um, grinste und wollte automatisch seine Wangen abwischen. Er ließ es und grinste weiter vor sich hin. *Was hatte sie gesagt? Oh ja, die Security-Leute, guter Tipp. Denen sollte er mal einen Besuch abstatten.*

»Etwas Ungewöhnliches wegen vorgestern?« Der junge Mann saß am Tisch des Aufenthaltsraumes und rauchte eine Filterzigarette. Sein Körperbau und seine Haltung ließen darauf schließen, dass mit ihm im Ernstfall nicht gut Kirschenessen wäre. Vom Empfang aus hatte ihn ein Mitarbeiter hierher gebracht. »Setzen Sie sich doch. Ich habe mich schon gefragt, wann Sie oder einer Ihrer Kollegen mal auf die Idee kommt, bei uns hier hinten nachzufragen. Wenn einer weiß, wer sich wann auf Hohenbusch zubewegt, dann bin ich das. Ich hatte bereits Feierabend, als das passiert ist«, erklärte er und schaute Müller offen an. »Wir haben Überwachungskameras an verschiedenen Stellen und wer nicht vorne durchs Tor kommt, der kommt nicht weit.« Er war sichtlich stolz auf das, was er konnte und tat.

»Sehen Sie auch, was hinten auf den Parkplätzen passiert?«, fragte Müller in Erinnerung an die Klatsche, die er sich dort unverhofft geholt hatte. Sein Gegenüber verzog den Mund und legte die Stirn in Falten.

»Nein, das ist nicht unser Bereich. Wir lassen keinen rein, aber es ist uns egal, was draußen vor sich geht. Firmenpolitik«, fügte er erklärend hinzu.

»Firmenpolitik«, wiederholte Müller. »Aber gut, was ich gerne wissen würde, fällt in Ihren Bereich. Haben Sie vorgestern in den Abendstunden jemanden daran gehindert, hier einzudringen? Jemanden mit kurzem schwarzem Haar, in einer Bomberjacke. Simpler Typ irgendwie. Nicht mehr der Jüngste.«

Der junge Mann nickte vor sich hin, steckte sich eine weitere Zigarette an und lehnte sich zurück.

»Der war wohl da, wollte rein. So gegen neun. Tauchte auf einmal hinten im Park auf, von dort aus hätte er leicht die Terrassen und das Restaurant betreten können.«

»Na so was!«

»Eben«, fuhr er fort, ohne die Ironie zu bemerken. »Wir haben ihn aber auf halber Strecke abgegriffen und ihm klar gemacht, dass er unerwünscht ist.«

»Hat er was gesagt?«

»Ja, er kenne die drei persönlich und müsse etwas klären. Als wir ihn nicht weiterlassen wollten, hat er verlangt, dass wir Herrn Jacobs holen sollten. Solche Typen gibt es wie Sand am Meer. Die glauben, sie haben eine persönliche Beziehung zu ihren Idolen oder so etwas in der Art, bin ja kein Psychologe. Aber mit denen kenne ich mich aus. Mein Kollege hat sogar fast angerufen, hatte schon an der Rezeption Bescheid gegeben, aber ich habe ihn rechtzeitig daran gehindert, sich viel Ärger einzufangen.«

»Warum das, wenn ich fragen darf?«

»Dürfen Sie. Berufserfahrung. Mir war sofort klar, dass der Penner nichts mit Herrn Jacobs zu tun haben kann. Never! Außerdem handel ich mir den Stress nicht ein, wenn der Gast sich beschwert. Wegen so einer Knalltüte, nie im Leben, sag ich Ihnen.«

»Woher wussten Sie, dass er gegangen ist?«

»Wir haben ihn hinten rausgelassen und ihm klar gemacht, dass er sich nicht mehr blicken lassen sollte. Direkt danach bin ich zur Sicherheit mit den Hunden eine Runde ums Gelände gegangen. Aber er war verschwunden.«

»Aha, meinen Sie, er kann später wiedergekommen sein?«

»Wenn er es versucht hätte, hätten wir ihn gekriegt, wie diesen Reporter aus Düsseldorf. Der ist nach der dritten Ansage in der Zelle gelandet. Da haben wir ein Auge drauf. Auch Ihre Ankunft habe ich vorhin gesehen. Klar, bei den Verrückten da draußen müssen wir natürlich besonders auf der Hut sein, das kann ich Ihnen sagen. Ich mach grad nur eine kleine Kaffeepause«, fügte er fast entschuldigend hinzu. »Wissen Sie, gerade deshalb, weil wir uns für die da den Arsch aufreißen, ist es ja so verdammt ungerecht, dass sich dieser Rocker da ausgerechnet bei uns umbringt. Ich kann Ihnen garantieren, dass in der Nacht niemand unbemerkt rein oder raus gekommen ist. Wenn Sie mich fragen, sollte man mal ganz neu nachdenken. Vor sich selber können wir keinen schützen.«

»Das verlangt ja auch niemand«, sagte Müller und stand auf. Er hatte genug gehört, und das mischte die Karten neu. »Ich schicke einen Kollegen vorbei, der Ihre Aussage aufnimmt.« Der junge Mann nickte. Es war besser, dass er ihn für einen Polizisten hielt. Wer weiß, wie er mit einem Journalisten umgegangen wäre.

Er lief außen um das Hauptgästehaus herum und sah tatsächlich bei genauerem Hinsehen einige sehr unauffällig angebrachte Kameras. Er winkte prophylaktisch und ging zum Haupteingang. Berger hatte sich also hinten auf dem Parkplatz auf die Lauer gelegt und gewartet, um sein Glück noch einmal zu versuchen. Das Blaulicht-Remmidemmi hatte ihn aufgeschreckt, und als Müller neben ihm wie aus dem Nichts aufgetaucht war, hatte er reflexartig zugeschlagen. Durchaus nachvollziehbar. Aber warum hatte er sich dort auf die Lauer gelegt? Was war so wichtig, dass er sich den Ärger mit den Muskelmännern einhandeln würde, wenn es andere, normalere

Wege gab, sich mit den dreien in Verbindung zu setzen. Vor allem mit Jacobs, nach dem Berger gefragt hatte. War am Ende was dran an seiner Geschichte? Müller nahm sich vor, der Frage nachzugehen.

Draußen hatte sich die Lage noch lange nicht beruhigt. Unwillig wichen die trauernden Musikfreunde zur Seite, um ihn in seinem alten Skoda durchzulassen. Er drehte das Fahrerfenster herunter und schaute in einige Gesichter, während er an ihnen vorbeirollte. Die Trauer war tatsächlich echt, zumindest bei den meisten. An der Einmündung zur Landstraße hatte sich die Traube inzwischen ausgedehnt und stand um einen jungen Mann herum, der mit Gitarre und Mundharmonika bewaffnet Lieder zum Besten gab, die Müller nicht kannte. Der Junge jedoch auch nicht wirklich, so hörte es sich jedenfalls an.

Er bog nach links ab und fuhr in Richtung Erkelenz. Währenddessen packte er sein Handy aus und drückte Beckers Nummer.

»Was gibt's, Kopfgeldjäger?«, hörte er Beckers Stimme. Gleich würde er ihm die gute Laune ein Stück vermiesen müssen.

»Hör zu, ich war eben auf Hohenbusch. Hat von euch eigentlich jemand mit den Sicherheitsleuten des Haues gesprochen? Ich schon. Und die haben Berger einen Tritt in den Arsch gegeben und ihn rausgeworfen.«

»Was heißt das?«

»Der war nie bei dem Martens, verstehst du? Der ist nicht mal bis in seine Nähe vorgedrungen, sagt der Oberwachmann, der hat ihn nämlich erwischt. Den Berger könnt ihr glatt laufen lassen.«

»Sachte, sachte. So schnell lassen wir keinen laufen. Ich werde mal nachfragen, hatte ich sowieso vor.« Offenbar hatte er Becker die Laune verhagelt. »Wegen des Schichtwechsels hatten wir die falschen Wachleute interviewt. Aber keine Bange, von uns ist gerade jemand auf dem Weg dorthin, um mit ihnen zu sprechen.«

»Klar«, erwiderte Müller und freute sich dennoch heimlich, ihm eine Nasenlänge voraus gewesen zu sein. Er konnte sich gut vorstellen, wie Becker während des Gesprächs geräuschlos nach irgendwelchen Kollegen fuchtelte und sie aufscheuchte.

Erkelenz, 4. Juni 2009, 13.30 Uhr
Auf der A 46 von Heinsberg nach Erkelenz

Becker hatte die Geschichte überprüfen lassen. Es gab sogar eine Videoaufnahme in schwarz-weiß. Sie zeigte zwei der Muskelmänner, die Berger ziemlich unsanft des Geländes verwiesen hatten. Müller hatte nur Glück gehabt, dass er den richtigen Mann vor seinen Kollegen angetroffen hatte. Aber das war es nicht, was ihn ärgerte. Schließlich hatte er jetzt keinen Verdächtigen mehr. Denn Berger würde auf freien Fuß gesetzt, es gab keinen Grund, ihn länger festzuhalten, zumal eine Hausdurchsuchung bei ihm außer ein paar Gramm Gras nichts Verbotenes zutage gefördert hatte. Das reichte heute längst nicht mehr, um einem Verdächtigen irgendwelchen Ärger zu machen, die Zeiten waren vorbei. Dafür würde die Staatsanwaltschaft nicht einmal einen Briefbogen einspannen. Von Heroin keine Spur. Also war er da nicht wirklich weitergekommen. Zudem hatte er einen ziemlich aufgebrachten Köhler im Nacken, der ihm heute Morgen wieder bedeutungsschwanger eine nicht gewollte Versetzung in Aussicht gestellt hatte, wenn es nicht langsam etwas zu berichten gäbe. Der hatte leicht reden.

Berger hatte bei der Befragung durchaus eingeräumt, sich in der Nähe des Hotels aufgehalten zu haben und auch, dass er Müller niedergeschlagen hatte. Darüber, was er dort gesucht hatte, hatte er geschwiegen. Das sei jetzt egal, lautete sein einziger Kommentar. Hatte er damit den toten Martens gemeint? Auf die Frage, weshalb er in der Nacht zuvor abgehauen war, als ihm Müller entgegengetreten war, hatte er mit den Schultern gezuckt. »Na, dass der sauer auf mich ist, war ja wohl klar, nach dem Ding, dass ich ihm da reingesetzt hatte.«

»Und warum haben Sie überhaupt zugeschlagen?«

»Na, ich hatte Angst, dass er mir was tut. Ich dachte, er sei einer der Wachleute.«

»Klingt nicht wirklich einleuchtend, wenn ich ehrlich sein soll.«

»Ist aber so.« Daraufhin hatte Berger wieder geschwiegen und auf den überquellenden Aschenbecher gestarrt, der vor ihm auf dem Tisch stand. Das Ding war immer voll, als ob die Putzfrau beschlossen hätte, so etwas gehöre sich für einen ordentlichen Verhörraum, wie man ihn aus dem Fernsehen kannte. Das hatte also nichts gebracht.

Becker wählte Müllers Nummer.

»Ja, was gibt's«, meldete der sich prompt.

»Hattest recht, Berger ist aus dem Schneider«, begann Becker und setzte mit einer Hand am Steuer zum Überholen eines holländischen Lasters an. »Aber weißt du, was mich an dem stört? Er hat was zu verheimlichen, das merkt man sofort, und ich komm nicht drauf, was es sein könnte. Da besteht ein Zusammenhang zwischen diesen Promis und Berger. Und warum ist Jacobs so schnell auf ihn angesprungen?«

»Das frage ich mich auch«, erwiderte Müller. »Was hätte er davon? Dass wir dahinterkommen, musste ihm doch klar sein.«

»Wahrscheinlich hat er nicht damit gerechnet, dass wir es so schnell rausbekommen. Bevor er …«

»… wieder abhaut«, vervollständigte Müller seinen Satz.

»Genau. Ich werd da mal was prüfen. Bis später.«

Jacobs war schnell dran. »Ja?« Becker hatte zuvor auf dem Standstreifen gehalten und in der ECO-COM Zentrale angerufen, um seine Vermutung gleich von einer sympathischen jungen Frau bestätigt zu bekommen.

»Hallo, Herr Jacobs. Becker hier, Kripo. Wir haben uns vorgestern …«

»Jaja, Herr Becker. Sie stören gerade ein bisschen, sagen Sie schnell, worum es geht.«

»Ich muss Sie bitten, uns noch ein paar Tage zur Verfügung zu stehen, es gibt da noch Probleme, bei denen Sie uns helfen könnten.«

»W-was soll das bi-bitte heißen?« Er war offensichtlich aus dem Konzept gebracht, bemerkte Becker voller Genugtuung.

»Ihr Büro in Hamburg hat mitgeteilt, dass Sie spätestens übermorgen wieder da sein wollten«, fuhr Becker freundlich fort. »Deshalb möchte ich Sie bitten, davon Abstand zu nehmen, da wir Sie hier noch brauchen. Ich dachte mir, sag ich es Ihnen lieber selber. Ist doch besser, als wenn Sie es auf dem ›offiziellen‹ Dienstweg erfahren, finden Sie nicht? Das ist oft so unpersönlich und könnte einen falschen Eindruck erwecken.«

»J-ja, äh, sicher«, erwiderte Jacobs mit gedämpfter Stimme. »Worum geht es denn?«

»Das können wir in Ruhe besprechen, Herr Jacobs. Machen Sie erst mal weiter, was auch immer Sie gerade machen«, verabschiedete sich Becker fröhlich und drückte das Gespräch weg. Das hatte jetzt sehr gut getan. Zufrieden grinsend lehnte er sich in seinem Sitz zurück und zündete sich seine Zigarette an, die er das ganze Gespräch über in der Hand gehalten hatte. An irgendetwas hatte Jacobs ihn erinnert. Dieses angedeutete Stottern – wenn er nur wüsste, woher es ihm so bekannt vorkam.

Erkelenz, 16. Juni 1988, 17.45 Uhr
Polizeiwache Erkelenz

Die Aufregung erreichte langsam ihren Höhepunkt. Jeder verfügbare Kollege war im Einsatz. Auch Becker war in der Sparkasse gewesen und hatte auf das unscheinbare Loch gestarrt, das die Pistolenkugel des Bankräubers in die Deckenplatte gerissen hatte. Wasser tropfte herunter, da die Kugel eine Wasserleitung des Sprinklersystems erwischt hatte, aus dem es nun leckte. Nachdem er auf die Wache zurückbeordert worden war, nahm er am Telefon Anrufe von Bürgern entgegen, die etwas gesehen hatten oder dies zumindest glaubten und ihre Beobachtungen mitteilen wollten. Er nahm alles gewissenhaft auf und gab die Informationen an seine Kollegen weiter. Es war ein Haufen Schrott dabei, auch der allseits bekannte Selbstbezichtiger Hans Jütten aus Mennekrath, der eine Woche zuvor eine Vergewaltigung und einen Einbruch gestanden hatte. Seit er im Vorruhestand war, hatte er seine kriminelle Leidenschaft entdeckt und mischte sich nun immer ein, sobald er etwas in der Zeitung las oder mitbekam, das lohnenswert klang. Diesmal behauptete er, das Geld vom Bankraub für Aktionen zur Befreiung der »inhaftierten Genossen von der Roten Armeefraktion« gebraucht zu haben. Als seine drei Komplizen hatte er Christian

Klar sowie Ulrike Meinhof und Andreas Baader persönlich genannt. Becker hatte ihm versichert, am kommenden Tag jemanden zu schicken, der ihn und die anderen drei festnehmen würde, bis dahin möge er bitte die Beute ordentlich bügeln und bündeln und aufpassen, dass die drei Mittäter nicht das Weite suchten. Mit dieser Auskunft hatte sich Jütten vorerst zufrieden gegeben und versprochen, bis dahin keine weiteren Straftaten zu begehen und das Nötigste für die Haft einzupacken. Dass der mal in der Stadtverwaltung für Bildung und Kultur zuständig gewesen war, mochte man nicht mehr glauben. Neben den harmlosen Irren gab es aber auch ernst zu nehmende Anrufe. So wie diesen, bei dem Becker instinktiv spürte, dass es dem Anrufer ernst war.

»Wenn Sie den B-Bankräuber haben wollen, müssen Sie nach Venrath fahren«, hatte er zur Eröffnung gesagt und auch gleich eine konkrete Adresse genannt. »Aber beeilen S-Sie s-sich, ich glaube, er will dort je-jemanden töten.«

»Sagen Sie mir bitte Ihren Namen«, sagte Becker und schrieb gleichzeitig die Adresse auf.

»Der spielt keine Rolle, tun S-Sie einfach, was ich Ihnen sage, wenn S-Sie dazu in der Lage sind.« Dann knackte die Leitung. Mord.

Becker wusste instinktiv, dass es ernst gemeint war. Er gab seinem Kollegen ein Zeichen und zeigte auf den Notizblock. »Los, es gibt was zu tun.«

»Was denn?«

»Leben retten, Verstärkung können wir von unterwegs aus anfordern. Komm!«

Übach-Palenberg, 29. Oktober 1987, 3 Uhr
Vor der »Rockfabrik«

Sie hatte die Schnauze voll. Drinnen war es stickig und die Musik war überhaupt nicht ihr Fall, wie so oft in letzter Zeit. Sie hatte sich rausgekämpft, um frische Luft zu schnappen und sich ein paar Fritten zu holen, die vor dem Eingang verkauft wurden. Lukas und Bernd waren wieder unausstehlich. Lukas bekifft bis unter den

Haaransatz und Bernd abweisend und von oben herab. So war er fast immer, seit sie ihn und seine Zudringlichkeiten zurückgewiesen hatte. Wieso gab sie sich eigentlich mit diesen beiden Trotteln ab? Sie hatte sich vorgenommen, nach dem Abitur sofort abzuhauen und niemals mehr einen Fuß in diesen Laden zu setzen. Die »Rockfabrik« war tatsächlich einmal ein Industriebetrieb gewesen, bevor sie zu einer Diskothek umgebaut worden war. Sie lag im Industriegebiet von Übach-Palenberg, am anderen Ende des Kreises Heinsberg. Ein Vorteil der Lage war, dass es entlang der abends menschenleeren Straßen ausreichend Parkplätze gab und man niemanden stören konnte. Außer dem an sich hässlichen Zweckbau hatte die Ecke nicht viel zu bieten. Ellen fragte sich wirklich, weshalb sie sich hatte überreden lassen, mit den beiden zu fahren. Bernd hatte für den Abend den Kombi seiner Eltern bekommen, sodass man sich wenigstens keine Gedanken über die An- und Abreise zu machen brauchte. In den letzten Jahren war es zu einigen Tötungsdelikten an jungen Tramperinnen gekommen, weshalb Ellens Pflegeeltern niemals eingewilligt hätten, wenn sie nicht so große Stücke auf Bernd halten würden. Er verstand es sehr gut, die beiden um den Finger zu wickeln. Frau Lobberichs hatte sogar laut in Ellens Gegenwart spekuliert, dass »aus dem Jungen sicher etwas würde« und er vielleicht der richtige Mann sei, um an eine Zukunft zu denken. Wo er doch mit diesen neumodischen Computern herumhantieren konnte, denen ja bekanntlich die Zukunft gehörte. Bei dem Gedanken an eine Zukunft mit ihm hatte sich ihr der Magen umgedreht. W*enn die wüssten, wie säuerlich er aus dem Hals stinkt, sobald er sich aufregt. Und dann die vielen kleinen leuchtenden Eiterpickel, mit denen sein Rücken übersät war.* Das wäre, wie mit dem eigenen Bruder etwas anzufangen, hatte sie ihrer Pflegemutter gesagt, die daraufhin nur verständnislos den Kopf geschüttelt hatte. Was soll aus dem Mädchen bloß werden, hatte sie schon oft gefragt. Ellen war seit zehn Jahren in der Familie und eigentlich war sie für sie wie die eigene Tochter. Nur die Flausen, die sie im Kopf hatte, die passten einfach nicht zu ihnen. Lange Zeit hatte sie inständig gehofft, sie würden dem Mädchen Vernunft beibringen können, doch mit der Zeit war es eher schlimmer geworden als besser. Erst

Bernd hatte es geschafft, zu ihr durchzudringen und sie aus ihrer Traumwelt zu holen, in die sie und ihr Mann nie hatten vordringen können. Das Loblied auf den guten, netten Bernd hörte Ellen seitdem mehrmals wöchentlich. *Wenn die wüssten, was für ein durchgeknallter Freak das ist, würden die anders reden,* dachte Ellen ein ums andere Mal. Aber sie war froh, dass sie sich mit ihm fortbewegen durfte von den überfürsorglichen und ewig besorgten Lobberichs. Es stimmte, er hatte es geschafft, dass sich ihre schulischen Leistungen verbesserten und sie von realistischen Zukunftsplänen sprach. Vorher hatte sie jahrelang davon geträumt, Model zu werden. Sicher, welches Mädchen hatte das nicht in seinem Leben getan, aber Ellen hatte sich komplett in den Traum zurückgezogen und von der Welt um sie herum so gut wie nichts mitbekommen. Freundinnen kannte sie kaum, ein paar Mädchen, die aber laut Mutter Lobberichs einen schlechten Einfluss auf sie hatten. Dann waren die Halcours mit ihrem Sohn Bernd nach Erkelenz gezogen. Er hatte sie gesehen und seitdem hing er an ihr, wie ein Schoßhund zuerst, dann wie ein großer Bruder, jetzt wie ein eifersüchtiger Ehemann, der für sie entschied und mitdachte. Aber welche Wahl hatte sie? Zu Hause bei den beiden Glucken hocken und ersticken oder mit diesem KZ-Aufseher und der Erlaubnis der Glucken wenigstens ein wenig vom Leben mitbekommen. Dieses Leben hieß an diesem Abend »Rockfabrik«. Wieder mal.

Sie drückte sich neben dem Ausgang an die Wand und atmete tief durch. Die Luft war kalt und feucht, es roch nach Frittenfett und Erbrochenem. Sie stieß sich von der Wand ab und ging ein paar Schritte in Richtung des Wendehammers, in den die Straße endete. Dort standen Taxen und Familienkutschen mit laufenden Motoren, um die abgetanzten Kids in Empfang zu nehmen. Einige der Mädels kannte sie aus der Schule. »Tschüs, bis Montag!«, riefen sie herüber, bevor sie in dem Volvo verschwanden. Sie winkte ihnen nach.

Dann hörte sie Bernd hinter sich. »He, Ellen! Warum sagst du nichts, wenn du gehst? Du weißt, dass ich das nicht mag!« Er trug einen Ledermantel, der bis zu den Knien ging. Seine dünnen Spinnenbeine steckten in engen schwarzen Hosen. Die langen glatten Haare hatte er zu einem Pferdeschwanz nach hinten gebunden.

Kleine, ovale Brillengläser saßen vor seinen Augen. Er wirkte wie ein bedrohliches Insekt. Aber nicht auf die Gruppe Jungs, an denen er sich vorbeiquetschte.

»Ey, hör dir den an, wat'n Idiot!«, ranzte einer aus der Gruppe los und schubste Bernd von hinten, der sie gerade passiert hatte.

Bernd stolperte nach vorne, konnte sich fangen und drehte sich um. »Hey, was geht hier ab? Seid ihr bescheuert?«

Sofort stand der Kerl vor ihm, breitschultrig, Handwerkertyp mit zu viel Restenergie fürs Wochenende. Ellen hielt Abstand, darauf hatte sie überhaupt keinen Bock. Ohne viel hin und her begann der Kerl, Bernd vor sich her in ihre Richtung zu schubsen. Mehr als ein halbherziges »Hey, lass das!« kam von Bernd nicht. Dafür kam eine so unerwartete wie eindeutige Reaktion von der Seite. Dort tauchte ein Typ auf, den die Sache überhaupt nichts anging. Er drängte sich zwischen Bernd und den Angreifer und versetzte ihm eine gehörige Schelle. Der hielt kurz inne, betastete seine Backe und stürzte sich auf den Unbekannten. Bernd stolperte einen Moment rückwärts weiter, bis er sie fast erreicht hatte, und drehte sich um. Hinter ihnen hatte sich eine ordentliche Prügelei entwickelt, in die sich nun auch die Freunde des Handwerkers einmischten. Zu viert gingen sie den Kerl an, der ziemlich in der Defensive war, aber noch ganz gut austeilen konnte, bevor es ans Einstecken ging.

Dann tauchte Lukas auf und schlug einen großen Bogen um die Gruppe. »Wow, was geht denn hier ab? Krass!«, erklärte er, als er sich unsicher neben Bernd und Ellen stellte.

»Kommt, lasst uns verschwinden«, entschied Bernd und wandte sich ab, doch Ellen hielt ihn am Arm fest.

»Sag mal, hast du sie noch alle? Warum helft ihr dem armen Kerl nicht? Schließlich kriegt der gerade wegen dir Prügel!« Sie starrte ihn böse an und er wusste, dass er mit einer seiner üblichen Floskeln nicht davonkommen würde.

Zwischenzeitlich hatten sich zwei der Angreifer ein Stück zurückgezogen, während der Handwerker und einer seiner Kumpels weiter auf den am Boden Liegenden einschlugen und traten.

»Was mischt der sich auch ein? Ich hatte die Lage voll im Griff! Soll er doch sehen, wie er klarkommt«, erwiderte Bernd und schaute sich zu Lukas um, der dem Schauspiel fasziniert zusah und »krass, Mann« murmelte.

»Ihr seid solche Wichser!«, schrie Ellen und stürmte los. Der Kumpel bekam ihre Umhängetasche an den Kopf, in der sich unter anderem auch eine Flasche Wein befand, die sie nachmittags aus dem Vorratsschrank stibitzt hatte.

»Ey, was soll das?«, schrie er und hielt sich seinen Kopf. Aber er torkelte ein paar Schritte zurück und ließ von seinem Opfer ab. Der Handwerker schaute auf, sah Ellen und bekam eine rein. Mitten auf die Nase. Auch er riss die Hände hoch und hielt sie vor die Nase.

»Bist du bescheuert, du miese Schlampe?«, presste er hervor und machte einen Ausfallschritt auf sie zu. Sie schaute sich hilfesuchend um und sah, dass sich Bernd und Lukas endlich in Bewegung setzten, zögerlich zwar, aber sie kamen. Gleichzeitig tauchten aus der Rockfabrik zwei Sicherheitsleute in blauen Sweatshirts auf, die die Gaffer wegschubsten und sich in die Szene drängten. Ohne Fragen zu stellen wurden der Handwerker und sein Kumpel in die Ecke neben der Frittenbude gedrängt.

»Was geht hier ab?«, herrschte der Kleinere der beiden Blaugekleideten sie an.

»Nichts, wirklich. Die da haben uns provoziert und …«

»Schnauze! Stimmt das?«, fragte der Blaue in Ellens Richtung.

»Die haben uns angegriffen, und sind dann auf den da los«, antwortete Bernd für sie und zeigte auf den Jungen am Boden, um den sich ein dritter Blauer kümmerte, indem er ihm leicht auf die Backen schlug und »heyhey!« sagte.

»Wir wollten gerade zu Hilfe kommen, als ihr gekommen seid.« Dafür erntete er einen vernichtenden Blick von Ellen, der ihm nicht entging. Im Hintergrund machte Lukas einen runden Rücken und versuchte, niemandem in die Augen zu schauen.

»Ihr«, sagte der Blaue und zeigte auf die beiden an der Wand neben der Frittenbude, »Ihr schert euch da rein und seid mucksmäuschenstill, sonst zieh ich euch das Fell über die Ohren.« Der Kumpel wollte etwas sagen, denn er hatte beschlossen, eine Gehirnerschütterung zu haben. Auf eine Geste des Handwerkers hin, der sich mit einer Serviette von der Frittenbude die Nase hielt, trollten sie sich, um noch eine Weile im Eingangsbereich zu stehen und böse zu gucken, während sich die anderen aus der Gruppe wieder um sie scharten.

»Und ihr«, er zeigte auf Ellen und Bernd, »Ihr nehmt euren Freund hier und schafft ihn weg, bevor der mir hier noch die Gehwegplatten vollblutet. Bringt ihn weg, wir wollen keinen Ärger! Wenn er weg ist, könnt ihr gerne wiederkommen, aber jetzt verpisst euch!«

Ellen wollte etwas antworten, aber Bernd stieß sie an und bestätigte mit einem diensteifrigen »selbstverständlich, kein Problem«. Ellen beugte sich zu dem Jungen herunter, der sich immerhin aufgesetzt hatte und sich den Kopf hielt.

»Wie geht es dir?«, fragte sie und legte ihm die Hand auf die Schulter. Er starrte sie an, kniff die anschwellenden Augen zusammen und schüttelte den Kopf. Während er sich mit dem Handrücken Blut aus dem Mundwinkel wischte, ruhte sein Blick auf ihr.

»Du bist schön, weißt du das?«, sagte er und schaute verlegen zu Boden. Sie merkte, wie sie errötete. »Du wirst mal auf den Titelseiten aller Zeitungen abgebildet, glaub's mir.« Dann kamen Bernd und Lukas, beugten sich von beiden Seiten über ihn und zogen ihn an den Armen hoch.

»Mann, du hast dich ja reingehängt wie ein Tiger, danke, Mann!«, begann Bernd, während er ihn gemeinsam mit Lukas wegführte. »Wie heißt du?«

Ellen hockte noch an der Stelle, wo er eben gelegen hatte.

»Kommst du bitte, Ellen?«, rief Bernd ihr zu, ohne sich weiter um sie zu kümmern.

»Ihr könnt mich Berger nennen«, hörte sie den Jungen in der Mitte sagen.

Erkelenz, 5. Juni 2009, 8.25 Uhr
Haus Hohenbusch

Müller hatte sich in Schale geworfen. Eine halbe Stunde lang hatte er vor dem Spiegel posiert, Klamotten aus der hintersten Ecke gezogen und war sich dabei völlig bekloppt vorgekommen. Aber wann hatte man schon mal ein Date mit einer Frau, der unter anderem ein Verhältnis mit dem neuen US-Präsidenten und weltweiten Hoffnungsträger nachgesagt wurde, als dieser noch ein junger Senator gewesen war? Natürlich hatte er sich informiert und war danach drauf und dran gewesen, die Sache unter einem Vorwand abzublasen, so aufgeregt war er gewesen. Doch er hatte beschlossen, dass dies die Krönung seines bisherigen Lebens darstellen würde, für die es sich gelohnt hatte durchzuhalten. Wer wusste schon, was noch alles kommen würde. Jetzt stand er an der Rezeption und fragte nach ihr. Er fühlte sich gut, richtig gut. Sie sei auf der Terrasse, kam die Auskunft, verbunden mit einer Geste in Richtung des Restaurants, durch das er gehen musste.

Natürlich. Da saß sie, wunderschön füllte sie die Terrasse aus und ihre Ausstrahlung legte sich wie ein leuchtender Schleier über die Anwesenden und machte auch diese schön. Er hielt kurz inne und tat so, als ob er nach ihr Ausschau halten müsste, um den Anblick einen Moment länger genießen zu können. *Eigentlich reicht das,* dachte er, *ich sollte umkehren und diesen Augenblick für den Rest meines Lebens behüten wie einen Schatz.* Er machte einen unbedachten Schritt zurück und stieß gegen eine junge Frau in weinroter Weste, die prompt ihr Tablett mit Gläsern fallen ließ. Das folgende Scheppern zerstörte den Augenblick der Perfektion.

»Ach, du Scheiße!«, sagte er.

»Oh Gott«, entfuhr es der jungen Frau. Alle Augen richteten sich auf sie. Während er sich entschuldigte und Anstalten machte, ihr beim Aufheben zu helfen, brummte die junge Frau ein paar fremdländische Worte, die nicht wirklich freundlich klangen. Ellen trat hinzu und erwiderte scheinbar etwas in derselben Sprache, denn die junge Frau wurde rot und stammelte Beschwichtigendes. Die beiden lächelten sich an und Ellen wandte sich ihm zu.

»Na, Sie haben ja ein Temperament«, sagte sie und lud ihn ein, bei ihr Platz zu nehmen, »aber bitte lassen Sie alles so, wie es ist.«

»Ich werde mich bemühen«, erwiderte er und stieß gleichzeitig die schlanke Blumenvase auf dem Tisch um, als er sich auf dem Stuhl ihr gegenüber niederließ und ihn zu heftig gegen den Tisch rückte. *Na, wenigstens lacht sie,* dachte er und betupfte die nasse Tischdecke mit einer Serviette.

Eine Tasse Kaffee später machten sie sich auf den Weg. An der Rezeption trafen sie Jacobs, wieder im Gefolge von Sonnenschein und seinem Bodyguard. Er schaute Ellen erwartungsvoll an, doch sie machte keine Anstalten, sich mit ihm auf einen Small Talk einzulassen.

»Wissen Sie, dass wir wegen Ihnen einige Pläne umschmeißen mussten?«, erklärte Sonnenschein empört in Müllers Richtung. »Ich finde das nicht sehr geschickt von Ihnen, wenn ich das mal so sagen darf.« Müller hatte auf der Zunge, was er erwidern wollte, verkniff es sich aber.

»Viel Spaß, hoffentlich reicht die Zeit, um alles zu zeigen«, erklärte Jacobs. »Ich habe ja jetzt genug Zeit, um mich hier umzusehen. Sie wissen ja sicher von Ihrem Freund, dass ich gebeten wurde, noch ein wenig hier zu bleiben, obwohl die Fortsetzung des Jubiläums durchaus in den Sternen steht, aber darüber sollten Sie mit Herrn Sonnenschein sprechen oder es im Konkurrenzblatt nachlesen.« Dann nickte er ihm zu und ging. Sonnenschein machte ein *Ich-weiß-nix*-Gesicht in seine Richtung und folgte Jacobs gemeinsam mit dem Muskelmann.

Erkelenz und Umland, 5. Juni 2009, 14.00 Uhr

Sie hatten lange vor dem Haus am Rochusweg gestanden, unschlüssig, ob sie klingeln und um eine sentimentale Hausbesichtigung bitten sollten. Hier hatte sie also rund zehn Jahre ihrer Kindheit verbracht. Ein paar Häuser weiter hatten die Halcours gewohnt. Nach der Scheidung waren sie weggezogen und die Spuren hatten sich verloren. Der Vater sollte angeblich auf Ibiza sein Glück mit Immobilien versucht und alles verzockt haben, das hatte Ellen von den Lobberichs erfahren, die sie bis zu ihrem Tod regelmäßig in Schwäbisch Hall besucht hatte. Während sie erzählte, betrachtete er sie von der Seite und sog den Anblick auf. Sie hätte ihm auch aus dem Telefonbuch vorlesen können, er hätte es als Engelsmusik auf ewig in seiner Seele bewahrt.

Sie hatten die Tour am Schulzentrum begonnen, das sie tags zuvor offiziell besucht hatte. Ein Foto in der »Heinsberger Zeitung« zeigte sie inmitten ihrer Klassenkameradinnen, von denen einige aussahen, als ob es ihre Tanten wären. Eine davon war seine Kollegin Gerlinde, die sich mit einem miesepetrigen Gesicht im Hintergrund hielt. Die Bildunterschrift berichtete von einem gemütlichen Abend und dem Austausch gemeinsamer Erinnerungen, doch Ellen hatte ihm erzählt, dass sie nach zwanzig Minuten wieder draußen und auf dem Weg zu einem weiteren Termin gewesen war, den Sonnenschein mit der Wassenberger CDU organisiert hatte. »Die wollen wohl dafür sorgen, dass ich irgend so eine Schlemmerente verliehen bekomme, die auch schon Schauspieler und Köche bekommen haben«, hatte sie erzählt, während sie nebeneinanderher liefen. Sie waren hinten an der alten Turnhalle der Schule entlang gestiefelt und hatten ein paar Kinder aufgescheucht, die schnell ihre Zigarette weggeworfen hatten. Das Schulzentrum hatte sich im Laufe der letzten zwanzig Jahre verändert. Von drei Seiten aus war der zur Verfügung stehende Raum zugebaut worden und mit der Zeit waren die Realschule und die beiden Gymnasien derart verwoben, dass man zwischen den einzelnen Schulen auf den ersten Blick keine klare Grenze mehr ziehen konnte. Ellen war aus dem Staunen kaum herausgekommen und Müller hatte einiges erfahren aus ihren Erinnerungen an die eigene Schulzeit. Er selbst hatte das Cusanus nur drei Jahre vor ihr verlassen. Für junge Menschen eine unüberwindbare, zeitliche Barriere, aus seiner heutigen Sicht fand er es unverständlich, dass sie ihm nie aufgefallen sein sollte. Das habe bestimmt an der Zahnspange gelegen, hatte sie ihm erklärt, als sie in seinen Wagen einstiegen, um die Tour fortzusetzen. »Mag sein«, hatte er gesagt und gedacht: *So ein Quatsch, ich stand schon immer auf Frauen mit Zahnspange, von denen ein ganz besonderer Reiz ausgeht. Wie ein Jungfernhäutchen.* Beim Zurücksetzen hatte er das Auto hinter ihnen angestoßen und war forsch mit einem verlegenen »Hoppla« losgefahren.

Er hatte ihr Anekdoten erzählt, die man mitbekam, wenn man das Jahr über in den Gaststätten, Sälen und Rathäusern der Gegend unterwegs war, von der fünften Jahreszeit und dem, was einen Lokaljournalisten dann erwartete. Da er es verstand, viele der Handelnden schillernd und gleichzeitig auf menschliche Weise komisch darzustellen, waren sie bald bester Laune und auch Ellen hatte ein paar Geschichten beizusteuern gewusst. Vieles hatte sich verändert seit 1988, überall gab es jetzt Kreisverkehre und die Stadt war tatsächlich gewachsen und tat es weiterhin. Die Ortschaften, die dem Tagebau zum Opfer fallen würden, wurden am Stadtrand neu angesiedelt und aus dem Boden gestampft. »Suburban« hatte sie es genannt, als er ihr die neuen Ansiedlungen mit den alten Namen Immerath und Borschemich zeigte.

Sie waren durch die umliegenden Dörfer gefahren, hatten die vom Tagebau bedrohten Ortschaften besucht und von der Aussichtsplattform aus einen Blick in das riesige Loch geworfen, das sich unaufhörlich in das Gebiet der Stadt hineinfraß. So sehr er sich in ihrem Anblick verloren und durch witzige Geschichten zu punkten versucht hatte, die Geschichte mit Berger hatte er im Hinterkopf. Nicht zufällig fuhren sie daher über Venrath zurück, sodass der Weg an Bergers Haus vorbeiführte.

»Halt doch mal eben an.« Längst waren sie zum Du übergegangen. Er stoppte gegenüber dem Haus, das schon bessere Tage hatte. Das Haus war alt, bestand ursprunglich aus Fachwerk und war irgendwann geklinkert worden. Die Frontseite des Erdgeschosses bestand fast vollständig aus Fenstern. Darüber sah man noch den verblassten geschwungenen Schriftzug »Edeka« auf dem Mauerwerk, wo einmal die Leuchtreklame installiert gewesen war. Die Schaufenster waren von innen mit alten Decken verhängt, die einen Blick in das Innere des Ladens verwehrten. Die Fensterrahmen sahen aus, als ob sie weit im vergangenen Jahrtausend den letzten Klecks Farbe gesehen hatten. Der Briefkasten, auf dem ein blauer Aufkleber mit Friedenstaube prangte, quoll über vor bunten Postwurfsendungen und einigen Ausgaben der wöchentlichen Werbezeitung. Das Dach war an einer Stelle eingesackt, was darauf hindeutete, dass bald eine Renovierung nötig wäre. Sie schaute es sich an, wie einen alten Freund, den sie lange nicht gesehen hatte.

»Hat sich überhaupt nicht verändert. Als wäre ich nie wirklich weg gewesen«, murmelte sie mehr zu sich. »Du weißt, wer hier wohnt?«

»Berger, den wir wegen Martens im Visier hatten.« Er schaute hinüber zum Haus. Man konnte nicht erkennen, ob gerade jemand da war. Es wirkte tot.

»Du kennst ihn?«

»Nicht mehr, aber als ich ihn kannte, waren wir gut befreundet«, antwortete sie und schaute noch einmal hinüber. »Lass uns weiterfahren, ja?«

»War er auch mit Martens und Jacobs befreundet?«, fragte er.

»Ich glaub schon, aber lass uns jetzt über was anderes reden. Das ist alles schon so lange her.«

»Alles? Was meinst du?«

Aber sie reagierte nicht. Er schaute sie an und bemerkte, dass sich hinter ihr im Haus ein Vorhang bewegte. Dann fuhr er los.

Langsam fuhren sie wieder in Richtung Stadt. Nach einer Weile begann er erneut.

»Was hattest du mit ihm zu tun?«

»Wir waren jung und haben zusammen von der Freiheit geträumt.«

»Das tun alle, wenn sie jung sind. Er hat es ja dann auf die harte Tour probiert, was seiner Oma nicht gut bekommen ist. 1988 war das. Das war doch auch das Jahr, in dem ihr abgehauen seid, du und die beiden.« Müller schaute weiter auf die Straße und versuchte, nicht zu drängend zu sein.

»Das stimmt, es ist eine Ewigkeit her«, erwiderte sie. »Oft glaube ich, es ist nie passiert und ich hab es mir bloß ausgedacht.«

»Wann genau war das?«

»Es war am …«, begann sie und dachte dann doch nach. »16. Juni, genau. Wie konnte ich das vergessen? Es war ein solcher Sprung ins kalte Wasser, alle Brücken hinter sich abzubrechen und sein Glück zu suchen.«

Sie bemerkte nicht, dass ihm das Datum mehr als bekannt war. Auch bei Becker würde es klingeln, wenn er davon erfuhr. Konnte das wirklich Zufall sein? Waren das nicht sehr viele Zufälle für ein so kleines Erkelenz, wenn man bedenkt, dass die Wahrscheinlichkeit eins zu zig Millionen war. Zuerst beginnen drei Abiturienten zufällig am selben Tag ihre Zugreise durch Europa und beschließen zufällig jeder für sich, dass sie nie mehr zurückkehren werden. Am selben Tag wird ein Junge festgenommen, der kurz zuvor die Sparkasse um einige Hunderttausend erleichtert hat. Zufällig kennen sie sich, er ist sogar in der Nähe, als einer der drei ermordet wird. Er wird angeblich von Jacobs gesehen, was sich auf einmal als Lüge herausstellt.

»Was hast du?«, fragte Ellen und riss ihn aus seinen Gedanken.

»Oh, ich habe nur nachgedacht. Aber sag, was möchtest du als nächstes sehen? Wünsche werden gerne entgegengenommen.«

Sie überlegte kurz. »Ins Freibad. Das schöne alte Freibad. Lass uns ein paar Bahnen schwimmen und uns dann in der Sonne räkeln.« Sie konnte sehr überzeugend sein. So hielten sie am Markt und sie verschwand schnell in einem Geschäft, um ihnen Badesachen zu kaufen. Während er im Auto auf sie wartete, erledigte er ein paar Telefonate, um mehr über den lange zurückliegenden Fall Berger zu erfahren. Drei Komplizen hatte er damals gehabt. Drei Mitwisser, von denen bis heute ebenso jede Spur fehlte, wie von der Beute. *Klingeling,* dachte er. Sollte es wirklich so einfach sein? Dann wäre klar, weshalb Berger sie aufsuchen wollte. Er hätte einen sehr guten Grund, mit ihnen ein Hühnchen zu rupfen. Insgesamt machte ihn das wieder sehr verdächtig. Er sah Ellen, die ihm entgegenkam. Ungeschminkt und in lässiger Kleidung fiel sie nicht mehr auf als jede andere gutaussehende Frau im Sommer. Den von ihm befürchteten Auflauf provozierte sie auf jeden Fall nicht. Auch wenn er sie begehrte, würde er trotzdem dieser Spur nachgehen. Das war klar. Unklar war, wie sie ihm gegenüber stehen würde, wenn etwas an der Sache dran war und sie damit in Verbindung gebracht wurde. Das würde ihm später mehr als genug Kopfzerbrechen bereiten, also beschloss er, sich nun erst einmal treiben zu lassen und jeden Atemzug zu genießen.

Im Freibad war nicht viel los. Die Massen der Schüler fehlten noch. Das Erkelenzer Freibad hatte etwas Ewiges. Seit den Sechzigern hatte sich dort nichts verändert, mochte man glauben. Eingepfercht in der Innenstadt zwischen Schulen war es schnell erreichbar und somit der ideale Anlaufpunkt an warmen Tagen. Seine Existenz stand aber auf der Kippe, weil die Bewilligung von Fördermitteln Begehrlichkeiten geweckt hatte und nun diskutiert wurde, ob das Freibad dem Neubau eines Hallenbades weichen sollte. Ein Frevel, wie viele Erkelenzer meinten. Eine Notwendigkeit, wie Verwaltung und Politik dagegen hielten. Ellen erschlug ihn mit ihrem Anblick, als sie aus der Umkleide kam. Makellos und ebenmäßig, sportlich und trotzdem unendlich zart und feminin. Sie war sich ihrer selbst bewusst wie keine andere Frau, die er kannte. Tatsächlich vollführte sie einen formvollendeten Kopfsprung ins Wasser und zog ein paar Bahnen, die ihr die Aufmerksamkeit aller Badegäste einbrachten. *Mann, die ist sogar schwimmend schön,* dachte er und versuchte gleichzeitig, auch eine gute Figur zu machen. Doch sein in den Vierzigern Sein hatte mit ihrem nichts zu tun. *Egal, du hast es dir verdient. Die Stunden heute sind mehr, als so ziemlich jeder andere Mann auf dem Globus von ihr bekommen wird. Unter den Top Hundert worldwide werde ich mich auf jeden Fall halten,* ging es ihm durch den Kopf. Dann musste er grinsen und an Becker denken.

»Woran denkst du?«, fragte sie ihn und ihr nasses Haar streifte über seinen heißen Rücken, als sie sich zu ihm hinunterbeugte.

»Wenn ich dir das sage, verzichtest du bestimmt auf Details und knallst mir eine«, erwiderte er.

»Kommt auf die Details an, findest du nicht?« Diese Antwort und das strahlende Lächeln waren etwas, mit dem er nicht gerechnet hatte. *Jetzt einfach tot umfallen und denken können, wow, was für ein Ende,* dachte er.

»Wo waren wir eben stehen geblieben?«, fragte sie. Er schaute sie verständnislos an, traute sich jedoch nicht, ein zweites Mal so forsch vorzupreschen. Also sprach sie seinen Gedanken aus. »Bei der Location. Wollen wir die wechseln? Vielleicht kennst du ja ein lauschiges Plätzchen, wo man ein wenig ungestört ist. Ich werde dir auch keine knallen, wenn du brav bist.«

Erkelenz, 5. Juni 2009, 17.50 Uhr
Goswinstraße, Bei Peter Mevissen

»Na, das ist ja mal ein Ding, dass sich tatsächlich jemand nach so langer Zeit für die Geschichte interessiert«, sagte Mevissen nicht ohne Stolz und machte es sich in seinem Sessel bequem. »Ich hätte mir damals fast in die Hose gemacht, das dürfen Sie mir glauben.« Sein Gesicht war offen, er freute sich, dass er wieder etwas über das Abenteuer seines Lebens erzählen konnte. »Ich bin beim besten Willen kein Held.« Es hatte Müller nur ein paar Anrufe gekostet, um den Namen des Angestellten herauszubekommen, der bei dem Überfall dabei gewesen war. Peter Mevissen. Müller kannte ihn sogar beruflich von einigen Terminen als ewigen Kassierer des Stadtmusikbundes, einen gewissenhaften und freundlichen Menschen, der es zuließ, in Abwesenheit wiedergewählt zu werden. »Pennings-Pitter«, wie man ihn dort liebevoll nannte, war ein unscheinbarer, schlanker Mann mit schütterem weißem Haar. Er trug eine beige Strickjacke und eine Cordhose, in die er locker zweimal hineingepasst hätte. Unter der Strickjacke schaute ein kariertes Hemd hervor. Er hatte auffallend große Hände, die trotz ihrer Größe und des Alters sehr fein wirkten. Am Telefon hatte er sich sofort bereit erklärt, Müller am selben Tag zu empfangen. Frau Mevissen servierte den Kaffee und zog sich zurück.

»Erinnern Sie sich noch genau an die Ereignisse?«, fragte Müller und schüttete Milch in seinen Kaffee. In Wirklichkeit war er abgelenkt und fühlte sich wie einer der hundert glücklichsten und wichtigsten Männer des Planeten. In seiner eigenen Einschätzung stand er auf derselben Stufe wie Barak Obama und weit über Becker, was eigentlich wichtiger war. Das Gefühl der eigenen Wichtigkeit, ausgelöst durch schwitzende Intimität mit dieser wunderbaren Frau, hatte ihn dazu getrieben, der Sache auf den Grund zu gehen, nachdem er Ellen am Hotel abgesetzt hatte. *Erfolg beflügelt,* dachte er und musste innerlich grinsen. Also wollte er diesen wunderbaren Schub an Selbstbewusstsein ausnutzen und in seinen Ermittlungen die Nase vorn haben. Immer wieder kehrte er zurück an die lauschige Stelle im Lövenicher Wald, wo sie sich einander ungestört gewidmet hatten. Er schloss kurz die Augen und konnte wieder den salzigen Geschmack ihrer Haut schmecken und die Mischung aus Sonne und Chlor riechen, nach der ihre Haare geduftet hatten, während er ihren Nacken mit Küssen bedeckt hatte. Die Sonne hatte es geschafft, das Laub der Bäume zu durchbrechen, und ihre Körper mit flatternden Schattenmustern tätowiert, die sie zeitweise wie eine Raubkatze aussehen ließen. Kein überflüssiges Wort war zwischen ihnen gefallen, denn sie wussten automatisch, was zu tun war. Er hatte es genossen, an nichts zu denken und sich einfach der Lust und der Situation hinzugeben. Einer Situation, die ihm in den Schoß gefallen war und dort umgehend für einige Blutstauung gesorgt hatte. Als sie keuchend nebeneinander auf der alten karierten Autodecke gelegen hatten, hatte er wieder kurz an Jette gedacht. Schadenfroh und gleichzeitig sehr stolz. Würde er wirklich weiterhin sein Leben lang nach dem Sex an sie denken? In dem Moment und auf dem Sessel in Mevissens Wohnzimmer war es ihm egal. Er spürte zufrieden in sich hinein und fand da nur eine wunderbare nachträgliche Erektion vor. Am liebsten hätte er in dem Sessel ein wenig vor sich hin gedöst.

»Na, an den Tag werde ich mich bis zu meinem letzten Atemzug erinnern«, riss ihn Mevissens Stimme aus seinen Gedanken und Müller wusste im ersten Moment nicht, wovon er sprach. »Der 16. Juni 1988. Wir waren eigentlich soweit durch und wollten gerade alles für den Abtransport vorbereiten. Zu der Zeit wurde bei uns umgebaut und deshalb kam das Geld natürlich an einen sichereren Ort, wissen Sie. Ich wollte gleich weiter zum Turnen, damals war ich ja noch aktiv im ETV. Wir warteten also auf den Geldtransporter, als die vier plötzlich durch den Hintereingang kamen.«

»War der nicht abgeschlossen oder wie sind die reingekommen?«

»Das hat mich auch ein wenig gewundert. Hinten war eigentlich zu. Es gab einen Durchgang für die Mitarbeiter, aber die mussten den fünfstelligen Sicherheitscode benutzen. Und auf einmal tauchen da diese Gestalten mit den Masken auf.«

»Haben Sie das der Polizei mitgeteilt?«

»Ich hab es erwähnt, hab sogar darauf hingewiesen, dass es einer gewesen sein muss, der sich auskannte, vielleicht ein Kollege.«

»Aber?«

»Man hat es sich angehört und scheinbar nicht so ernst genommen, zumal ja wenige Stunden später der eine festgenommen wurde.« Mevissen nahm einen Schluck aus seiner Tasse. »Und dann hat sich niemand mehr recht darum gekümmert. Alle waren ja so geschockt wegen des Mordes an der alten Frau Berger. Sie war übrigens Kundin bei uns, schon viele Jahre. Für ihren Enkel, also den … äh … Mörder, hatte sie sogar ein Sparbuch angelegt, auf das sie jeden Monat eingezahlt hat.«

»Das ist ja schön«, erwiderte Müller. »Aber erzählen Sie doch mal genau, wie ist das abgelaufen?«

»Na, sie kamen herein, brüllten sofort los und haben uns in die Ecke neben dem Tresor getrieben. Da blieb gar keine Zeit zum Nachdenken oder Handeln, obwohl wir ja angehalten waren, so schnell wie möglich den Alarmknopf zu drücken. Aber mal im Ernst, für das Geld anderer Leute hätte ich nicht meine Gesundheit riskiert. Und das haben alle Kollegen so gesehen.« Anscheinend war es ihm wichtig, sich zu rechtfertigen.

»Ist Ihnen irgendetwas aufgefallen?«

»Sie waren zu viert, drei Kerle und eine Frau, glaube ich.«

»Eine Frau?«

»Ja, unter der Maske des damaligen Präsidenten von Amerika, diesem Schauspieler.«

»Reagan.«

»Ja, der war's. Sie fiel mir auf, weil ihre Bewegungen so … elegant … waren. Ein Mädchen, von der Bewegung her, jung. Verstehen Sie? Außerdem habe ich ihre … ihre … naja, ihre Brüste unter dem Pullover gesehen, also die Konturen, meine ich. Sie hat weiter hinten gestanden und die Tür im Auge behalten. Das hab ich damals auch erzählt, aber es hat die Polizei wohl nicht weitergebracht, zumindest ist von denen keiner darauf angesprungen.«

»Unfassbar«, murmelte Müller. »Sie kamen also rein, was passierte dann?«, drängte er. Ein übler Verdacht stieg in ihm auf und verdichtete sich ohne sein Zutun zur sehr unangenehmen Gewissheit, vor der er nicht die Augen verschließen konnte. Das gute Gefühl wich einer schal schmeckenden Erkenntnis.

»Der größte von ihnen, der hatte eine Gorbatschow-Maske auf, ist sofort zum Alarmknopf und hat ihn gesichert. Woher der wusste, wo sich der befand, hat mich auch gewundert. Dann hat der eine mit der Maske von diesem nervenden Fernsehmoderator mit den fünfzig Zähnen, der immer für Gummibärchen Werbung macht …«

»Gottschalk.«

»Wenn Sie das sagen. Also der, dieser Berger, den sie ja verurteilt haben, der hat in die Luft geschossen. Ab dem Moment haben meine Beine geschlottert, was ich nicht mehr kontrollieren konnte, und ich hab nur noch gebetet, dass ich da lebend und mit trockener Hose rauskomm. Die haben eine derartige Hektik verbreitet, dass wir ganz nervös wurden. Wissen Sie, ich bin kein Held.«

»Das haben Sie schon erwähnt, und ich glaub es Ihnen aufs Wort«, schob Müller ihn wieder sanft auf den Punkt. »Wie lang hat der Überfall alles in allem gedauert?«

Mevissen legte die Stirn in Falten und schaute hinauf zur Zimmerdecke, als ob sich dort die Antwort verbergen würde. »Na, vielleicht vier, höchstens fünf Minuten. Am Ende haben sie uns in den Tresor gesperrt und sind getürmt. Ein Handwerker hat sie wohl flüchten gesehen und die Polizei alarmiert. Das ist eigentlich alles.«

»Und mit der Frau sind Sie sich sicher?«, fragte Müller und steckte seinen Notizblock ein.

»Aber hundertprozentig, ich erkenne eine Frau, wenn ich sie sehe«, antwortete Mevissen mit etwas lauterer Stimme.

»Ist was, Schatz? Hast du gerufen?«, kam es augenblicklich aus der Küche nebenan.

»Ist schon gut, Liebes. Wir reden nur«, rief er zurück und schaute Müller entschuldigend an.

»Dann ist ja gut, braucht ihr noch was?«

Aus dem entschuldigenden würde ein fragender Blick. Müller schüttelte den Kopf und machte Anstalten aufzustehen. Das Zeug in seiner Tasse schmeckte wie Spülwasser, davon brauchte er nicht noch mehr. »Vielen Dank, aber ich muss jetzt gehen. Herr Mevissen, Sie haben mir sehr geholfen«, sagte er und erhob sich, um klar zu machen, dass jedes weitere Wort unnötig war.

»Das freut mich«, entgegnete sein Gegenüber und begleitete ihn bis zur Tür. »Oh, und ehe ich es vergess, kommen Sie nächste Woche auch zur Jahreshauptversammlung des Stadtmusikbundes? Am Donnerstag bei Kirchhofer. Unter anderem sind Neuwahlen, aber da ändert sich ja eh nichts. Immer dieselben Tatverdächtigen, stimmt's?«

»Natürlich«, antwortete Müller und bedankte sich. Nun musste er zuerst mit Ellen telefonieren und ein paar Fragen stellen. Denn ab und zu waren es eben nicht immer dieselben Tatverdächtigen.

Er saß in seinem Wagen vor Mevissens Haus. Mit vor Aufregung zitternden Fingern wählte er Ellens Nummer. Er sah Mevissen und dessen Frau hinter dem Wohnzimmerfenster stehen, wie sie ihn beobachteten. Nach dem dritten Läuten war Ellen dran.

»Hallo, du kannst es wohl kaum erwarten«, hörte er ihre schnurrende Stimme. In seinem Kopf drängte sich das Bild einer Katze. »Was kann ich für dich tun?«

»Du kannst mir eine Frage beantworten«, erwiderte er knapp, wobei er sich darum bemühte, nicht allzu unfreundlich zu klingen, schließlich war er nach wie vor verdammt geil auf diese Frau. Für ein paar weitere intime Minuten mit dieser Göttin hätte er seinen rechten Arm hergegeben. Aber vorher wollte er ein paar Dinge ganz genau wissen.

»Geht es darum, ob wir uns heute noch mal treffen sollen?«, fragte sie, wobei ihre Stimme verführerisch in seinen Kopf kroch und sich breit machte. Auch wenn er sich gleich dafür hassen würde, musste er es fragen.

»Es ist nur eine einzige sehr konkrete Frage. Was habt ihr – du, Jacobs und der tote Martens – am 16. Juni 1988 gemacht?«

Schweigen. Ellen war aus dem Konzept gebracht, das war klar. Und das tat ihm aus verständlichen Gründen unendlich leid. Vor seinem inneren Auge sah er sie kreidebleich werden, sah sie irritiert und mit weit aufgerissenen Augen auf den Hörer starren, während irgendwo tief in ihr eine rosa Seifenblase zerplatzte. Die Seifentröpfchen spritzten bis in seine Augen.

»Du weißt es doch anscheinend schon«, kam ihre Stimme endlich wieder aus dem Handy. Sie klang tatsächlich enttäuscht und ein wenig traurig.

»Also stimmt es.«

»Ja, wie bist du darauf gekommen?«

»Kombination, würde ich mal sagen«, erwiderte er so ruhig er konnte. Er kam sich mies vor, wie jemand, der gerade sein eigenes Glück lebendig beerdigt hatte. Die Mevissens starrten ihn weiterhin hinter ihrer Gardine an. *Worauf die wohl warteten?*

»Erzähl es mir. Erzähl mir alles, wenn du willst«, sagte er mit trockener Kehle, da seine Zunge am Gaumen zu kleben schien.

»Warst du deshalb heute bei mir?« Ihre Stimme hatte etwas Flatterndes, sicher kämpfte sie mit den Tränen oder spielte es ihm zumindest sehr gut vor, was er nicht glauben wollte. Die Präsentation der eigenen Schwäche war die wirksamste Waffe der Frauen im Kampf der Geschlechter. Das macht jeden Mann hilflos, wenn auch nur ein Funke Gefühl in ihm schwelt.

»Nein! Denk das bitte nicht«, sagte er schnell. »Ich bin eben erst daraufgekommen und hab eins und eins zusammengezählt.«

»Vielleicht wird es ja Zeit, mit der Geschichte aufzuräumen«, entschied Ellen und ihre Stimme klang fester. Er bewunderte und begehrte sie noch mehr als zuvor. »Wird es etwas zwischen uns ändern?«

»Das kann ich mir nicht vorstellen«, war seine entschiedene Antwort und spürte den Steifen in seiner Hose, der sich vorgenommen hatte, ihm das Denken zu erschweren. Er wertete das folgende Schweigen am anderen Ende der Leitung positiv.

Dann begann sie erneut. »Wir wollten einfach nur weg, raus aus der Enge und dorthin, wo man leben kann. Dafür brauchten wir das Geld.« Das konnte er nur zu gut nachvollziehen, hatte er doch in seiner Jugend ähnliche Vorstellungen gehabt, aber nicht den Mut besessen, zur Tat zu schreiten. Jetzt hatte er sich in eine Frau verliebt, die weitaus mehr Mut besessen hatte als er. Der schwelende

Funke wurde immer größer und füllte bald schon seine gesamte Brust und den Schritt seiner Hose aus.

»Also besorgten wir uns bei Puppen-Jansen Plastikpistolen, die verdammt echt aussahen. Der einzige mit einer echten Waffe war Berger. Glaub mir, ich hatte die ganze Zeit Angst, er würde jemanden mit dem Ding verletzen.«

»Wessen Idee war es?«, fragte er.

»Spielt das heute noch eine Rolle?«

»Für mich schon.«

Sie zögerte. »Es war Bernds Idee. Er hat uns überredet. Ohne ihn wären wir gar nicht reingekommen, er kannte den Code.«

»Und Berger?«

»Keine Ahnung«, räumte sie seufzend ein. Die Mevissens hatten sich zwischenzeitlich mit Harken und einem Eimer bewaffnet vor die Tür begeben und taten, als ob sie den Vorgarten säubern wollten. Ellen klang, als wäre ihr ein riesiger Stein vom Herzen gefallen, so sprudelte es aus ihr heraus. »Wir haben gedacht, dass er uns um die Beute betrogen hätte. Wir haben uns eingeredet, dass es die gerechte Strafe sei, dass er uns abgezogen hat. Er kam nicht zum Treffen am Bahnhof. Als wir ihn anriefen …«

»… war die Polizei dran, ich weiß. Ich kenne die Geschichte von der anderen Seite ziemlich gut. Habt ihr euch nie Gedanken gemacht, wo die Beute abgeblieben ist?«

»Das war doch egal. Wir konnten nicht mehr zurück, wir hatten Angst, dass sie uns auch kriegen. Wir wussten ja nicht, ob er nicht längst unsere Namen ins Spiel gebracht hatte. Wir waren auf uns gestellt. Wir sind zusammen bis Düsseldorf gefahren und haben uns dann getrennt.« Wieder schwieg sie.

»Habt ihr je daran gedacht, dass Berger …«

»… unschuldig war? Nicht eine Minute. Ich hab alles verdrängt, was damit zu tun hatte. Als ich nach ein paar Tagen in München ankam, stand etwas darüber in der Zeitung. Da habe ich erst davon erfahren, dass er … dass jemand … seine Großmutter umgebracht hat. Das ist so grotesk.«

»Das heißt, du glaubst selber nicht mehr daran, dass er es war, sehe ich das richtig?«

Schweigen.

»Ich weiß es nicht! Ich will es nicht wissen. Das ist doch alles schon so lange her.«

»Mag sein, aber für einen ist es noch ziemlich real. Und ich denke, dass da mehr im Argen liegt, als du dir vorstellen kannst.«

»Ich weiß«, unterbrach sie ihn. Dann überlegte sie. »Hör zu, vor seinem Tod hat Lukas mir einen Umschlag gegeben, für den Fall, dass ... naja, dass ihm etwas zustößt.«

»Was ist drin?«

»Ich weiß es nicht, ich habe ihn nicht geöffnet und ich möchte ihn auch nicht öffnen. Am liebsten hätte ich ihn weggeworfen und vergessen, aber ... das geht ja auch nicht. Vielleicht ist es besser, wenn wir reinen Tisch machen und endlich ein Schlussstrich unter die Sache gezogen werden kann.« Nach einer kurzen Pause setzte sie erneut an. »Heute sind wir zum Essen eingeladen, aber ich hinterleg den Umschlag für dich an der Rezeption. Du kannst ihn heute noch holen kommen. Mach damit, was du für richtig hältst.«

»Sag mal, mit wem hat sich Martens am Tag seiner Ankunft getroffen? War da irgendjemand dabei, der ihm das Heroin gegeben haben könnte? Berger kann es nicht gewesen sein, das ist ja nun klar.«

Ellen überlegte. »Ich glaube nicht. Bernd, ich und Sonnenschein waren da. Sonnenschein ist früh wieder gefahren. Er war anscheinend etwas verstört, als ob sie sich gestritten hätten. Markus, was hat das zu bedeuten?«

»Ich weiß es nicht, aber ich werde es herausbekommen.« Er hatte eine leise Vorahnung, was er herausbekommen würde, und dass es sicherlich nicht angenehm für die Beteiligten sein würde.

»Und was wird aus mir?«, fragte sie, als ob sie seine Gedanken erraten hätte.

»Becker und ich werden nichts tun, was dir schaden könnte, da kannst du sicher sein«, erklärte er entschieden. Hoffentlich hatte er da den Mund nicht zu voll genommen. Er wollte ihr imponieren und derjenige sein, der ihre Probleme löst. Er wollte, dass sie ihm vertraut.

»Sehen wir uns morgen?«

»Auf jeden Fall«, war seine prompte Antwort, wobei er sich ein »Schatz« gerade noch verkneifen konnte. »Ich freue mich drauf, meine kleine Bankräuberin.«

Nachdem sie aufgelegt und er sich selbst ausgiebig für die letzte dumme Bemerkung gescholten hatte, rief er Becker an. Die Mevissens hatten sich zwischenzeitlich auf einen Plausch mit den Nachbarn eingelassen, und abwechselnd warfen sie ihm interessierte Blicke zu. Was wollte er noch dort, wo doch angeblich alles gesagt war? Es war an der Zeit, zu verschwinden.

Erkelenz-Tenholt, 5. Juni 2009, 19.15 Uhr
Beckers Küche

Nachdem sich die Ereignisse in den Stunden zuvor überschlagen hatten, wedelte nun Jettes Hintern verführerisch und zugleich einlullend beruhigend vor seinen Augen hin und her, während sie am Herd hantierte. Müller liebte den Anblick. Daran würde sich auch jetzt so schnell nichts ändern. Diesmal hatte er jedoch nicht die Muße, er war ein wenig abgelenkt. Seine Gedanken flogen immer wieder nach Hohenbusch und zu Ellen. Was für eine Frau. Was für ein Mut. Wer hatte schon mit knapp achtzehn den Mut, mit einer Spielzeugpistole in die Bank zu marschieren und diese um einige Hunderttausend zu erleichtern. Geträumt hatte er oft von so etwas, auch zusammen mit Becker und ein paar anderen Kumpels aus der Zeit. Diese vier hatten es tatsächlich getan. Allerdings war es für zwei von ihnen ziemlich in die Hose gegangen.

Wenn Jette noch sauer war, auf Becker und natürlich auch auf ihn, dann wusste sie es gut zu verbergen. Sie pfiff vor sich hin und versprühte eine wunderbare Leichtigkeit, wie es nur Frauen können, die etwas im Schilde führen. Jeden Moment konnte es passieren. Aber so ist das im Leben. Irgendwas ist immer.

»Sag mal, woran arbeitet ihr beide eigentlich gerade?« Die Frage erwischte ihn kalt, denn Jette hatte sie unvermittelt in Richtung des Herdes ausgesprochen. Als er aufschaute, stand sie vor ihm, schaute freundlich-streng zu ihm herunter und bedrohte ihn mit einem Löffel voller dampfender Masse, den sie in Höhe seiner Augen auf ihn zubewegte. Er zuckte zurück und verbrannte sich den Mund an dem glühend heißen Zeug.

»Und?«, kam die unschuldige Frage.

»Heiß!«, zischte er und suchte nach seinem Glas.

»Und weiter?«, kam es unerbittlich fordernd, während der Löffel nach wie vor in Kopfhöhe vor ihm schwebte.

»Ja, irgendwie ... lecker?«, fragte er vorsichtig. »Also, ich meine ...«

»Nein, mit eurem Fall, erzähl! Willst du noch einen Löffel?«

»Nein, nein, schon prima«, beeilte er sich. »Naja, das mit dem toten Rocker ist natürlich ein Riesending, wie du dir vorstellen kannst.«

»Kann ich, und was ist mit der Kamps?«

»Mit wem?«

»Hallo? Der Etepetete-Kamps, der Jubiläums-Tante da in Hohenbusch.« Jetzt klang ihre Stimme nicht mehr so zuckersüß.

»Ach die, nee, ja, nee!«, wiegelte Müller ab, denn er fühlte sich ertappt und spürte gleichzeitig, wie das Blut in seine Ohren schoss. »Die hat ihn ja gefunden, deshalb ist sie als Zeugin interessant.«

»So interessant, dass dein Freund Becker sie nachts googelt und sich stundenlang Fotos reinzieht wie ein pubertierender Geisteskranker, so interessant, ja?« Ihre Stimme hatte sich kurz überschlagen, Müller starrte sie fassungslos an und überlegte fieberhaft, was er sagen sollte.

»Ja, weißt du, das weiß ich jetzt auch nicht, ich ...«

»Ach was! Mein Mann ist verliebt, aber leider nicht in mich! Das wäre dem Herrn ja zu langweilig! Dieser W–!«

Sie zuckte zusammen und stoppte, als Becker in den Raum gestolpert kam. Das angezischte Schimpfwort hing unausgesprochen im Raum und war förmlich zu spüren. Draußen startete Zorro vom Club sein Motorrad und fuhr davon.

»Der Zorro hat sich mal die Schlüssel für den Wohnwagen geholt«, erklärte Becker und zeigte dabei bestätigend hinter sich, als ob er seine Worte unterstreichen müsste. »Der hat grad Stress mit Judith, wisst ihr?« Er blieb stehen und schaute Jette fragend an.

»Ist was?«

»Nein, hol mal die Kinder rein«, sagte sie knapp und begann den Tisch zu decken, indem sie Müller ein paar Teller vor die Nase knallte und einen Haufen Besteck folgen ließ.

»Sag mal, was hast du ihr da drinnen erzählt?«, fragte Becker. Sie saßen zusammen in der Garage zwischen Motorradteilen und Kinderspielzeug und rauchten.

»Was soll ich erzählt haben, was meinst du?«, erwiderte Müller. »Viel interessanter ist, was du nachts am Computer so anschaust und dann nicht einmal die Spuren verwischst. Es gibt da eine Funktion, die heißt ›Verlauf löschen‹, weißt du …«

Becker starrte ihn an. »Ach, du Scheiße, sie hat …«

»Hat sie, und sie ist deshalb ziemlich sauer auf den Herrn Kommissar.«

Becker schaute vor sich auf den Betonboden und dachte nach. »Meinst du, ich kann es Felix in die Schuhe schieben?«

»Der ist erst elf, vergiss es«, sagte Müller. »Aber mal was anderes, ich hab da einiges zu erzählen, was dir sehr gefallen wird.«

»Dann schieß los.«

»Sie waren es.«

»Sie waren was?«

»Na, die drei haben damals zusammen mit Berger die Sparkasse klar gemacht. Verstehst du, das sind die Komplizen, nach denen ihr gesucht habt.«

Becker starrte ihn an, als ob er nicht mehr ganz klar im Kopf war, aber Müller achtete nicht darauf.

»Wie bist du drauf gekommen?«

»Ellen hat es mir erzählt.«

»Nein!«

»Ja!«

»Die drei haben das Ding zusammen mit Berger durchgezogen. Am 16. Juni 1988. Abhauen wollten sie zusammen, getarnt als Interrail-Touristen. Er hatte als einziger eine echte Waffe, die anderen drei waren von Puppen-Jansen. Am Bahnhof haben sie dann wohl vergeblich auf ihn gewartet und angerufen. Aber da waren die Bullen dran.«

»Bullen, na danke. Ich erinnere mich. Und sie hat das wirklich zugegeben? Ich fass es nicht.«

»Ja, hör weiter zu. Sie haben also angenommen, dass Berger sie ausgetrickst hat und sind getürmt. In Düsseldorf sind sie dann getrennte Wege gegangen und den Rest kennst du.«

Becker schaute ihn schweigend an.

»Etwas hinkt an der Geschichte.«

»Was denn?«

»Wie sind die an diesen Berger gekommen? Ich hab den heute mal ein wenig durchleuchtet, nachdem wir ihn wieder auf freien Fuß gesetzt haben. Über den gibt es eine schöne und aussagefähige Akte, die mit seiner Verhaftung 1988 abbricht, und die sagt mir: Das passt nicht zusammen. Das sagt mir mein Instinkt. Der hatte mit den Abiturienten nichts am Hut.«

»Hmm … und wenn es wegen der Waffe war? Das war ja die Pistole von Bergers Opa, Kriegssouvenir. Irgendeine Waffe brauchten sie schließlich.«

»Also eine Zweckgemeinschaft. Und wieso hat er dann so eisern geschwiegen, als wir ihn am Haken hatten? Wieso hat er nicht die Namen genannt und sich damit ein paar Jahre weniger gesichert?« Eine Frage, auf die auch Müller keine Antwort wusste.

»Ich habe ihn ja ein paar Tage lang im Gerichtssaal beobachtet, er wirkte verstockt und kam mir vor, als ob er nicht ganz bei der Sache war. Vielleicht hat er ja darauf gewartet, dass sie irgendetwas tun, um ihn rauszuholen.« Er überlegte und schüttelte den Kopf. »Nein, das klingt zu bescheuert, finde ich. So debil könnte selbst der nicht gewesen sein.«

»Und wo ist die Beute? Wenn er sie gehabt hätte, würde der nicht hier und in einer solchen Bruchbude hausen, meinst du nicht?«

»Was, wenn nicht der sie, sondern die ihn beschissen haben? Oder zumindest einer von ihnen. Derjenige hat das Geld kassiert und wahrscheinlich auch Bergers Großmutter auf dem Gewissen. Oder Berger hat sie aus Wut umgebracht.«

»So einer ist das nicht«, widersprach Becker. »Und überhaupt: Was will er? Rache? Das Geld? Oder beides?«

»Da sind noch ein paar holprige Stellen, aber ansonsten wird das Brett langsam glatt. Da müssen wir uns weiter schlau machen. Ich muss Ellen weiter ausfragen, wenn ich sie morgen seh.« Müller straffte sich und warf die Zigarettenkippe vor sich auf den Boden, um sie auszutreten.

»Mann, du lässt es aber raushängen. ›Ellen hier, Ellen da.‹ Geht dir das nicht selber auf den Sack?«

»Anscheinend nicht. Und wo wärst du ohne mein ›Ellen hier, Ellen da‹? Anstatt dich zu freuen, dass ich dir die Sache auf dem Tablett serviere, hackst du auf mir rum. Was kann ich dafür, wenn du zu blöd bist, den Verlauf zu löschen und deshalb Ärger mit Jette kriegst?«, erwiderte Müller mit scharfem Unterton.

»Ach, ich habe auch was Neues beizusteuern«, begann Becker erneut und ging auf das Streitangebot nicht ein. »Martens ist nicht an der Überdosis gestorben.«

»Nicht?«

»Nein. Die Droge wurde ihm postmortal injiziert.«

»Bitte?«

»Na, er war bereits tot, als er das Zeugs reingepumpt bekommen hat. Wahrscheinlich mit einem weichen Gegenstand erstickt, einem Kissen zum Beispiel. Sagen unsere Leichenfledderer. Das wird morgen überprüft. Als wir ihn gefunden haben, sah alles so eindeutig nach Überdosis aus, dass wir uns nicht die Mühe gemacht haben, in eine andere Richtung zu denken. Aber das holen wir jetzt nach, die Zimmer sind ja noch versiegelt. Und jetzt kommt das Beste: Sein Körper war in erstaunlich guter Verfassung. Nirgendwo Spuren von übermäßigem Drogen- und Alkoholkonsum. Leberwerte, von denen wir nur träumen können. Der Mann war bis zu seinem Tod über eine sehr lange Zeit hinweg clean.«

»Scheiße«, murmelte Müller. »Das heißt ja dann ziemlich eindeutig, dass er …«

»Umgebracht wurde. Genau! Und um uns auf die falsche Spur zu locken, hat ihn der- oder diejenige mit Heroin vollgepumpt.« Becker schaute Müller herausfordernd an.

»Diejenige? Du verdächtigst doch nicht etwa Ellen.«

»Ich verdächtige derzeit jeden, der nicht schnell genug auf dem Baum ist, weil Köhler mich an den Eiern hat und langsam zudrückt. Ich brauche verwertbare Erfolge. Berger hat aber bis auf weiteres ein Alibi, also nehme ich wieder Wetten an.«

Sie schwiegen und widmeten sich ihren Bierflaschen.

»Aber da fällt mir etwas ein. Ellen ...« (Becker verdrehte die Augen) »... hat etwas von einem Umschlag gesagt, den sie für mich an der Rezeption hinterlegt hat. Dass ich das vergessen konnte!«

»Was für ein Umschlag? Mit schriftlichem Geständnis drin?«, fragte Becker angenervt.

»Weiß ich nicht. Martens hat ihn ihr wohl gegeben und gesagt, sie solle ihn in die richtigen Hände weiterleiten, wenn ihm etwas zustoßen würde.«

»Interessant. Wann war das?«

»Vorhin.«

»Vorhin? Und wo ist der Umschlag?«

»Hab ich doch gesagt, an der Rezeption!«

»Das darf nicht wahr sein. Los, auf mit dir! Den gehen wir jetzt holen!«

Becker zog Müller am Arm hoch. Auf dem Weg zum Wagen steckte er den Kopf durch die Tür.

»Jette, ich muss noch mal los.«

»Zu deiner Kamps? Bestell ihr einen schönen Gruß von mir! Oder zieh am besten gleich ins Hotel!«, kam es etwas gedämpft, aber nicht weniger wütend aus dem Haus.

»Mach ich«, erwiderte Becker halblaut und machte sich auf den Weg. Jette ging ihm echt auf den Sack und hatte auch noch recht damit. Er fühlte sich beschissen.

Erkelenz, 5. Juni 2009, 21.50 Uhr
Landstraße zwischen Gerderath und Erkelenz

Die Fahrt nach Hohenbusch über hatten sie geschwiegen und Rolf Zukowski gelauscht. Becker hatte versunken in seinen Gedanken auf Müller gewartet, der losmarschiert war, um den Umschlag zu holen. Nach wenigen Minuten war er zurückgekehrt und wortlos eingestiegen. Auf der Allee hatten sie angehalten und den Umschlag geöffnet. Er enthielt eine Liste mit deutschstämmigen Namen, von denen ihnen viele bekannt vorkamen, auch ein paar Ratsmitglieder und der Landtagsabgeordnete der Grünen waren aufgezählt. Außerdem hatten sie ein Schreiben von Martens aus dem Umschlag befördert, in dem der tote Rockstar niemand geringeren als Dr. Hermann Sonnenschein anklagte, sich an ihm und den aufgelisteten Personen vergangen zu haben. Wenn man Martens Glauben schenken wollte, hatte Sonnenschein als junger Referendar begonnen, einige Schüler besonders zu »fördern«. Martens hatte ausgiebig von privaten Nachhilfestunden bei Sonnenschein geschrieben, von denen bereits die zweite in dessen Bett geendet hatte. Dann ergoss er sich in relativ unappetitlichen Detailbeschreibungen und wusste auch um einen kreuzförmigen Leberfleck auf Sonnenscheins linker Pobacke. Die Beziehung war über einige Jahre gelaufen und Sonnenschein hatte dafür gesorgt, dass der an sich mittelmäßige Schüler über die Runden gekommen war. Kurz vor dem Abitur hatten sie scheinbar die alten Zeiten aufleben lassen, was Martens einen Notendurchschnitt von zwei eingebracht hatte. Sonnenschein galt überall als sehr guter Pädagoge, der es geschafft hatte, sein Gymnasium durch alle Untiefen zu führen, und der ein gutes Verhältnis zu den Schülern pflegte. Offensichtlich ein zu gutes. Bei der nächsten Wahl hatte er vor, den Sprung ins Wassenberger Rathaus zu schaffen und als Bürgermeister seine Karriere zu beenden. Dieser Brief würde seine Pläne mit einem Streich zunichtemachen. Harter Tobak.

»Was denkst du?«, hatte Müller gefragt und den Umschlag auf die Ablage des Armaturenbretts geworfen.

»Ich denke, wir gehen den feinen Herrn Sonnenschein mal besuchen und stellen ein paar dumme Fragen«, hatte Becker erwidert und seine Zigarettenkippe hinausgeschnippt. »Wie ich das sehe, haben wir einen Tatverdächtigen mehr. Und was für einen. Wenn das rausgekommt, kann Sonnenschein einpacken.«

Später hatten sie vergeblich in Myhl vor Sonnenscheins Haus gestanden und geklingelt, bevor sie beschlossen, sich erst einmal bei Walli ein Bier zu genehmigen. Nun zuckelten sie über die Landstraße, die von Wassenberg über Myhl und Gerderath nach Erkelenz führte. Rolf Zukowski hatte für Neil Young Platz machen müssen.

»Kannst du dir vorstellen, dass Sonnenschein ihn kaltgemacht hat?«, fragte Müller und schaute auf den Umschlag in seinen Händen.

»Du etwa nicht?« Becker stierte weiter vor sich hin und trommelte mit den Fingern im Takt. »Keep on rockin' in the free world.«

»Und das Heroin? Woher sollte er das haben?«

»Du glaubst also nicht, dass es Sonnenschein war«, konstatierte Becker.

»Ich weiß es nicht. Einen Grund hätten beide gehabt, Sonnenschein und Jacobs.«

»Und deine Ellen?«

Müller verdrehte die Augen. »Und warum bitteschön hätte sie mir dann den Umschlag geben sollen?«

»Na, eben genau deshalb, Mann.« Becker zündete seine Zigarette an und nahm kurz vor dem Kreisverkehr das Lenkrad wieder in die Hände.

»Na, jetzt geht aber der Monk in dir durch«, erwiderte Müller empört. »Wenn sie tatsächlich Martens um die Ecke gebracht hätte, erstickt, wie du sagst, dann wäre das ein ziemlicher Kraftakt. Das schafft die gar nicht. Und glaub mir, ich weiß, wovon ich rede, ich habe ihren Körper gesehen.« Becker bremste scharf. »Außerdem hieße das«, fuhr Müller unbeeindruckt fort, »dass sie folgerichtig die Oma umgebracht hätte, stimmt's?«

»Stimmt.« Beide starrten sich an, als ob sie im Gesicht des anderen abzulesen hofften, was er wirklich meinte.

»Vergiss es«, entschied Müller. Die Ampel vor ihnen sprang auf grün und sie rollten stadteinwärts.

Erkelenz, 5. Juni 2009, 22.30 Uhr
Aachener Straße, »Sokrates«

»Auch nicht übel«, sinnierte Becker. »Zuerst haben wir einen falschen Tatverdächtigen und plötzlich zwei heiße Spuren auf einmal. So gesehen sogar drei. Ab und zu kommt mir meine Arbeit vor wie Pferdewetten oder Lotto.«

Die Kneipe war so gut wie leer. Sie saßen im hinteren Bereich an einem Tisch und hatten den Stand der Dinge erneut von vorne bis hinten rekapituliert. Es stand zwei zu eins. Walli und Müller tendierten zu Jacobs, während Becker sich zwischen Sonnenschein und Ellen entscheiden musste.

Bevor Müller etwas sagen konnte, schaltete sich Walli ein. »Ja, was, kann dir doch egal sein. Spur ist Spur. Jede ist die richtige bis sich herausstellt, dass es die falsche war, verstehst du?«

»Prima, das hilft mir unheimlich weiter, danke «, bemerkte Becker ironisch.

»Kein Problem, wenn du nicht mehr weißt, frag mich. Ich kann dir erklären«, erwiderte Walli lächelnd und stand auf, um vorne ein paar neue Gäste zu begrüßen.

»Weißt du was, er hat recht«, begann Müller und drückte seine Zigarette aus.

»Klar hat er das, aber was nutzt uns das?«

»Na, ganz einfach. Wir werden selber Fakten schaffen.«

»Und wie willst du das anstellen?«

»Nicht ich, wir!«

»Und wie werden *wir* das anstellen?«

»Wir erpressen Jacobs«, fuhr Müller mit gedämpfter Stimme fort.

»Wir tun was? Sag mal, drehst du jetzt ab oder was soll das?«

»Das könnte durchaus sein, aber es ändert nichts an meinem Plan«, fuhr Müller unbeirrt fort.

»Und wie geht der, wenn ich das wenigstens erfahren darf?«

»Ganz einfach: Ich rufe Jacobs an, erzähle ihm, dass ich Dinge weiß, die ihm viel Geld wert sein dürften und dass ich mich deshalb mit ihm treffen will.«

»Aha, und du meinst, der sagt dann ›Oh ja, klar. Wie viel darf es denn sein?‹ und dann sagen wir ›April, April‹ und nehmen ihn fest. So in etwa?«

»Ja, so in etwa. Bis auf das mit dem ›April, April‹, das ist ziemlich kindisch, aber ansonsten hattest du da eine sehr gute Idee«, sagte Müller und grinste überzeugend. »Wenn er zu einem Treffen bereit ist, hat er Dreck am Stecken. Wenn er auch noch Geld rausrücken will, ist das doch wohl so gut wie ein Geständnis. Oder siehst du das anders?«

»Du hast sie nicht mehr alle, das kann ich nicht machen!«

»Du nicht, aber ich. Und ich mache es, worauf du Gift nehmen kannst.«

»Du spinnst, das ist strafbar«, setzte Becker erneut an. »Und gefährlich.«

»Egal, wenn es der Sache dient«, entgegnete Müller.

»Find ich auch, macht das, ist guter Plan. Frag für mich auch gleich für zwanzigtausend mit, okay?«, schaltete sich Walli ein, der wieder dazugekommen war, und stellte ungefragt zwei volle Gläser vor ihnen auf den Tisch. »Wollt ihr noch zwei Bier?«

Becker ließ langsam den Kopf auf seine Unterarme sinken. Manchmal hasste er seinen Beruf und seine Freunde sowieso. Aber anscheinend war es schon beschlossene Sache. Naja, und den Schwanz einziehen, das wollte er nicht unbedingt, um es sich später jahrelang anhören zu können. Eines stand für ihn fest: Er würde am Ende den Ärger ausbaden müssen.

»Guten Abend, Herr Jacobs. Bitte verzeihen Sie die späte Störung«, eröffnete Müller den ersten Erpressungsversuch seines Lebens. »Aber ich denke, dass Sie das Thema interessieren wird.«

»Das möchte ich Ihnen angesichts der Uhrzeit aber auch geraten haben. Mit wem spreche ich denn überhaupt?«

»Oh, wir kennen uns, aber Sie werden sich nicht an meinen Namen erinnern. Deshalb brauche ich ihn auch nicht zu nennen.«

»Dann lege ich jetzt auf, es hat mich gefreut«, begann Jacobs mit resolutem Ton.

»Das wäre schade«, beeilte sich Müller nachzuschieben. »Dann müsste ich mit der Geschichte leider an die Zeitungen gehen.«

»Welche Geschichte, wenn ich fragen darf?« Jacobs klang mit einem Mal hellwach und vorsichtig.

»Dürfen Sie, mein Bester«, begann Müller. »Ich meine die Geschichte, mit der alles angefangen hat. Ich meine den 16. Juni 1988.« Stille. »Erinnern Sie sich? Sie waren der Generalsekretär der Sowjets, wenn ich mich recht entsinne.«

»Ich weiß nicht, wovon Sie sprechen. Bitte fassen Sie sich kurz«, erwiderte Jacobs mit eisiger Stimme.

»Also die Kurzfassung, wie Sie wollen. Sie haben die Sparkasse um einige Hunderttausend erleichtert. Zusammen mit Berger, der Kamps und dem mittlerweile verstorbenen Rockstar Luc Martens. Und weil ich das weiß, hätte ich gerne fünfhunderttausend Euro von Ihnen, damit ich es wieder vergessen kann. War das kurz genug?«

Jacobs schwieg. »Nun fragen Sie sich sicherlich, wie es denn wohl weitergehen könnte mit uns, nicht wahr?«, fuhr Müller fort.

»Angenommen, ich würde mich das fragen, was dann?« Die Antwort kam langsam und abwartend.

»Nun, ich würde einen verschwiegenen Ort vorschlagen, an dem wir uns treffen und alles Weitere regeln können. Wenn Sie so freundlich wären und das Geld gleich mitbringen, wäre ich Ihnen sehr verbunden.«

»Und wenn ich das tue?«

»Na, dann vergesse ich die Angelegenheit und Sie hören nie wieder von mir. Hallo? Ich glaube, Sie haben mir nicht richtig zugehört«, sagte Müller ruhig.

»Gut, wann und wo?«

»Morgen, elf Uhr abends, Baumschulpark Mennekrath«, sagte Müller, spielte mit seinem Handy und schaute Becker an. »Auf der Lichtung.« Nach dem Telefonat hatte er sich erst einmal einen Cognac genehmigt. Er hatte selbst nicht damit gerechnet, dass es so leicht sein würde.

»Der ist da echt drauf eingegangen, ich fasse es nicht«, murmelte Becker. Er hob den Blick und schaute Müller an. »Ok, der Baumschulpark ist gut geeignet«, überlegte er. »Ich werde früher dort sein und mir einen Platz in der Nähe suchen, an dem ich nicht auffalle.

Sobald ihr da drinnen so weit seid, höre ich das auf deinem Handy und komm rein.«

»Was ist, wenn er vorher da ist und mir eine Falle stellt?«

»Unwahrscheinlich«, erklärte Becker. »Er wird den Park tagsüber in Augenschein nehmen und feststellen, dass man mit dem Wagen nur von einer Seite rankommt, über die Kreisstraße an Neuhaus vorbei. Von Mennekrath aus ist die Autobahn im Weg. Am zweiten möglichen Weg, den er auch sehen wird, wenn er sich umschaut, werde ich abends auf der Lauer liegen und aufpassen, dass er nicht noch Freunde einlädt zu eurer Party. Du bist eine Zeit lang von der Leine, aber wir können übers Handy in Kontakt bleiben. Ich rufe dich an, sobald ich einen Wagen sehe, der sich dem Weg in dem Baumschulpark nähert, ab dem Zeitpunkt bleiben wir verbunden. Du steckst das Handy in die Jackentasche und ich weiß, wann ich zuschlagen kann. Ich brauch knapp anderthalb Minuten, um bei euch zu sein, also lass dich um Himmels willen auf keine Mätzchen ein.«

»Hatte ich nicht vor«, erwiderte Müller.

»Und steck dir ein Aufnahmegerät in die Tasche, damit nachher nicht gesagt werden kann, ihr hättet bloß übers Wetter geredet.«

Erkelenz, 29. April 1988, 21.30 Uhr
Am Ziegelweiher

Die beiden Jungs saßen nebeneinander auf der Banklehne und schauten auf den Weiher vor ihnen, auf dem einige Enten schnatternd ihre Runden drehten.

»Was würdest du mit so viel Kohle machen?«, fragte Bernd und schaute Lukas von der Seite her interessiert an. Lukas nahm einen tiefen Zug an seiner Selbstgedrehten und zog die Stirn in Falten.

»Kann ich dir nicht sagen, echt nicht«, murmelte er. »Zumindest nicht so im Detail. Aber auf jeden Fall erst mal weg von hier, weit weg.«

»Ja, das wäre das erste«, bestätigte Bernd träumerisch. »Die Sachen packen und abhauen, irgendwohin.«

»Genau, Mann! Und dann würde ich mir irgendwo in der Sonne meine Gedanken machen, was ich vorhabe.« Lukas schüttelte die Bierdose in seiner Hand, sie war leer. Deshalb schleuderte er sie gekonnt in den Papierkorb neben der Bank.

»Wir sollten das wirklich machen«, begann Bernd erneut. »Wenn du mitmachst, sind auch die beiden dabei, das weißt du doch.«

»Ich? Was habe ich damit zu tun? Nein, mein Lieber! So was entscheidet man nicht so hopplahopp aus dem Handgelenk, als ob man nachdenkt, ob man zu einer Fete will und hingeht, weil irgendwer da ist, den man gut leiden kann, verstehst du? Und euer Berger, naja, der ist mir sowieso unangenehm. Den kann ich leiden wie Akne.«

Bernd grinste. »Du weißt genau, was ich meine, oder?«, entgegnete er langsam und betont. »Wir beide wollen hier raus. Die beiden nehmen wir mit, auch wenn du Berger nicht leiden kannst, aber er kann uns nützlich sein, verstehst du?«

»Und wenn was schiefgeht? Ich möchte nicht mit ansehen, wie einer von euch in den Knast wandert«, sagte Lukas nachdenklich. »Von mir mal ganz zu schweigen. Je größer du die Gruppe machst, desto angreifbarer werden alle, die mitmachen, ist doch logisch. Wenn du ein Ding drehen willst, dann halt den Kreis der Mitwisser so klein wie möglich.«

Seine Worte beeindruckten Bernd diesmal wirklich. Trotzdem ließ er nicht locker und setzte erneut an. »Schau mal, Lukas, wenn in einem dieser Horrorfilme, die Berger sich immer reinzieht, eine Gruppe amerikanischer Teenager wie üblich vor etwas Furchtbarem davon rennt, einem Monster oder Maskenträger mit Kettensäge, verstehst du, wer wird da zuerst erwischt?«, fragte Bernd freundlich und beobachtete Lukas bei jedem Wort genau.

Der zog die Stirn in Falten und kratzte sich am Hinterkopf. »Na, immer die Schwachen. Einer oder zwei von den Starken kommen meistens irgendwie durch. Am Ende, mein ich. Meinst du das?«, fragte er und schaute Bernd verunsichert an.

»Bingo!«, entfuhr es Bernd. »Deshalb sollte man, wenn man was richtig Derbes vorhat, ein paar Schwächere in der Hinterhand haben.«

»Warum?«

»Mann, damit sie draufgehen, wenn man abhauen muss, kapiert?« Bernds Stimme war ungeduldig, trotzdem presste er die Worte leise heraus. »Wer sich geschickt anstellt, der kommt durch, das ist doch klar. Der Ballon soll steigen, also wirfst du Ballast ab.«

»Du willst mir gerade sagen, wir sollten Ellen und Berger mitmachen lassen, damit sie von den Bullen hopps genommen werden können, versteh ich das richtig?« Lukas wurde unruhig. Seine Stimme schallte laut durch den Park, als er sich erhob und vor Bernd aufbaute. Der machte schnell einige beschwichtigende Gesten und rückte seine Brille zurecht.

»Mann, hör auf so zu schreien«, sagte er betont ruhig. »He, komm wieder runter. Was hast du für ein Problem? Wir haben hier gesessen, gekifft, getrunken und uns Quatsch erzählt. Warum willst du ein Problem daraus machen? Wir haben rumgesponnen. Wir hätten auch darüber spinnen können, wie es wäre, wenn wir im Lotto gewinnen würden. Komm runter. Als ich dir von der Sache erzählt habe, war doch klar, dass wir das zusammen durchziehen würden. Die beiden gehören doch dazu, oder hast du das je anders gesehen?«

Lukas entspannte sich. Trotzdem wirkte er weiter skeptisch und hatte ein seltsames Gefühl im Magen. Es sagte ihm, dass es an der Zeit sei zu gehen. Aber er blieb.

»Mann, du kannst einen ja hochnehmen«, begann er verunsichert. »Ich hab jetzt echt geglaubt, dass du …«

»Was? Meine besten Freunde ans Messer liefern würde, um abhauen zu können?«, unterbrach Bernd ihn belustigt. »Ich bin ein verdammt guter Schauspieler, oder?«

»Ich weiß nicht.«

»Mann, ich will, dass wir alle zusammen irgendwo was Geiles aufziehen können. Warum sollte ich einen von euch austricksen wollen?«

»Ich weiß nicht, es klang sehr real, weißt du?«

»Tut mir leid, Mann, tut mir leid«, sagte Bernd und zog Lukas an der Schulter wieder in Richtung Bank. Der stützte sich kurz ab und kletterte wieder auf die Lehne.

»Weißt du, Lukas, ich wollte vor allem wissen, ob ich mich auf dich verlassen kann und ob du tatsächlich der Richtige bist. Für das, was wir da vorhaben, müssen wir uns blind vertrauen können. Du, ich und die beiden anderen. Und ab und zu muss ich auch mal rumspinnen, einfach so, verstehst du? Wenn du wüsstest, was ich mir alles ausmalen kann. Da hättest du garantiert Schiss vor mir«, erzählte Bernd und klopfte Lukas beruhigend aufs Knie. »Komm, dreh noch einen. Ich hab morgen erst zur Dritten, da können wir ruhig noch was rumspinnen. Und bei deinem guten Draht zu Sonnenschein wird er dir schon nicht die Note versauen, oder?«

Lukas fingerte Blättchen aus der Packung und begann, sie konisch aneinander zu kleben. Er schaute Bernd böse an. Die Erwähnung Sonnenscheins schien ihm unangenehm zu sein. »Ab und zu machst du mir echt Angst, weißt du das?«

»Ich mir auch, Mann, ich mir auch«, murmelte Bernd und grinste.

Erkelenz, 6. Juni 2009, 6.45 Uhr
Haus Hohenbusch, Innenhof

Sie liebte den Morgen. Immer schon. Das war ihre Tageszeit, sie fühlte sich jung, frisch und unverbraucht und die Luft roch nach Aufbruch. Sie trat aus dem Haupteingang des Hoteltrakts, in dem ihre Suite lag. Vom Gestüt nebenan drangen ihr nur zu gut bekannte Geräusche ins Ohr. Sicher hätte sie ausreiten können, sie war eine gute Reiterin, hatte in einem Gestüt nahe Paris zwei Pferde stehen. Aber heute musste sie selbst laufen, sich verausgaben und die eigene Kraft spüren. Sie schob die Stöpsel in ihre Ohren und drückte auf Start. Auf dem iPod war Musik für viele Stunden. Peter Fox begann, über Berlin zu singen. Ellen trabte langsam los und grüßte einen Angestellten, der damit beschäftigt war, die großen Blumenkübel entlang des Weges unter Wasser zu setzen. Durch das große Tor gelangte sie hinaus und bog links ab in Richtung der Felder. Dort würde sie ungestört ihre Runden drehen können und sich Gedanken machen. Über Müller, über Lukas, über Bernd und über ihren schlimmen Verdacht. Immerhin hatte sie etwas getan, wenn auch zwanzig Jahre zu spät. Aber sie hatte sich nichts vorzuwerfen. Sie hatte wenigstens gehandelt. Notgedrungen. Hätte sie geahnt, was hier in Erkelenz auf sie wartete, hätte sie Sonnenschein garantiert einen Korb gegeben. Tote sollte man ruhen lassen.

Und mit seinem Freitod hatte er gedroht. Am Telefon. Nachdem sie ihm von Lukas' Umschlag erzählt hatte. Und dass sie wusste, was er enthielt. Was sie damit getan hätte, hatte er wissen wollen. Hier hatte sie Müller ins Spiel gebracht und sein gemurmeltes »Oh Gott« als Kapitulation gedeutet. »An Ihrer Stelle wüsste ich, was ich zu tun habe«, waren ihre letzten Worte gewesen, bevor sie auflegt hatte.

Im lockeren Trab lief sie die Allee entlang, vorbei an dem Parkplatz und ein paar Wiesen. Rechts ging es zur Golfanlage, sie bog links ab und befand sich auf dem freien Feld. Ein asphaltierter Feldweg führte auf Hetzerath zu, von wo aus sie den nächsten in Richtung Doveren nehmen konnte. Langsam steigerte sie das Tempo.

Sie dachte an Müller, diesen seltsamen Kauz, der scheinbar drauf und dran war, sich in sie zu verlieben. Das kannte sie, hatte es tausendmal erlebt. Trotzdem schmeichelte es ihr, wenn ihr ein Männerherz bedingungslos zuflog. Und sie musste zugeben: Sie konnte sich durchaus vorstellen, mit ihm zu –

Dann traf sie der Schlag von hinten. Sie sackte zusammen und landete hart auf dem Asphalt. Den zweiten und den dritten Schlag spürte sie schon nicht mehr. Sie zertrümmerten ihren Schädel. Der Stöpsel rutschte aus ihrem Ohr und lag in der Blutlache, die sich um ihren Kopf bildete.

Erkelenz, 6. Juni 2009, 7.45 Uhr
Cusanus-Gymnasium

Das Schulzentrum von Erkelenz bestand aus den beiden Gymnasien, der Realschule und der Förderschule. Morgens und mittags ging es zu wie in einem Bienenstock. Müller stand vor dem Haupteingang des Cusanus und wartete auf Becker, der sich Zeit ließ. Er atmete tief durch und konzentrierte sich darauf, dass das Pochen in seinen Schläfen aufhören würde. Langsam gingen ihm die durchwachten

Nächte gehörig auf den Sack, musste er feststellen. Dann sah er Beckers silbernen Opel langsam näherkommen. Becker hupte und gab ihm ein Zeichen, er solle warten. *Ja, was denkst du, was ich die ganze Zeit getan habe,* dachte Müller und schaute wieder den Schülern zu, die in Trauben durch den Haupteingang ins Gebäude strömten. Seit seiner eigenen Schulzeit hatte sich viel verändert. Der Eingang in grauem Waschbeton war geblieben. Doch nach links und rechts war die Penne gewachsen und mit der Zeit mit den angrenzenden Schulen verschmolzen. *Wie mochte das Gebäude heute auf Ellen und diesen Jacobs wirken,* fragte er sich. Sie hatten es seit zwei Jahrzehnten nicht gesehen, während er immer wieder hier zu tun hatte und die Veränderungen über die Jahre verfolgen konnte.

»He, Mann, träumst du?«, fragte Becker und schlug ihm zur Begrüßung auf die Schulter. »Ist dir mal aufgefallen, dass die heute alle mit Autos zur Schule kommen? Ich glaube, die haben schon ab der siebten Klasse einen Wagen«, fuhr er fort.

»Kann sein«, murmelte Müller und riss sich aus seinen Betrachtungen los. Sie betraten das Gebäude und bogen nach rechts ab, um in den Verwaltungstrakt zu gelangen. Auch dort hatte sich auf den ersten Blick nicht viel geändert. Im ersten Stock gleich rechts befand sich das Sekretariat, dahinter Sonnenscheins Büro. Die Nähe des Büros, in das sie als Schüler so oft zitiert worden waren, schien sie zu verjüngen. Sie warfen sich einen Blick zu und grinsten vor sich hin, als sie in das Sekretariat hineingingen. Hinter dem Tresen war eine junge Frau damit beschäftigt, Kopiensätze zu sortieren und zu heften. In den Vitrinen standen Pokale und andere Auszeichnungen, die Schüler im Laufe der Zeit erringen konnten. Aus den Augenwinkeln hatte die junge Frau sie bemerkt.

»Ja, bitte?«, sagte sie, ohne aufzuschauen.

»Becker, Kripo Heinsberg«, wies sich Becker aus und freute sich darüber, dass diese Auskunft Bewegung in die junge Frau brachte. Sie schnellte förmlich hoch, trat an den Tresen heran und drückte die Schultern durch. Ein Namensschild an ihrem Pullunder stellte sie als Frau Weber vor.

»Das ist Markus Müller«, ergänzte Becker mit einer Geste in Müllers Richtung, wobei er die Funktion seines Begleiters nicht weiter ausführte. Sollte sie ruhig glauben, dass sie es mit zwei Polizisten zu tun hatte. Frau Weber lächelte maskenhaft.

»Was kann ich für Sie tun?«

»Wir wollen zu Sonnenschein«, erklärte Becker und deutete auf die Bürotür, unter der Licht hervorschimmerte. »Er ist doch sicher da, oder?«

»*Herr* Sonnenschein, wenn ich bitten darf«, entgegnete Frau Weber schnippisch und warf ihm einen vernichtenden Blick zu.

»Von mir aus dürfen Sie, aber sprechen müssen wir ihn«, fuhr Becker fort und warf seinem Freund einen fröhlichen Blick zu. Frau Weber taxierte beide abschätzend.

»Haben Sie einen Termin?«

»Nein, aber ein paar Fragen, die wir gerne beantwortet hätten.«

»Worum geht es?«

»Das besprechen wir mit Sonnenschein ... *Herrn* Sonnenschein.« Frau Weber drehte sich mit einem »Moment bitte« abrupt um und steuerte die Bürotür ihres Chefs an.

Müller beugte sich zu Becker vor und deutete auf den Türspalt. »Schau mal, wieso hat der denn tagsüber das Licht an? Merkwürdig, oder?« Becker schenkte ihm einen ernsten Blick, bevor er sich in Bewegung setzte und den Tresen umrundete. Müller folgte ihm. Manchmal war es einfach ganz praktisch, wenn man mitlief. Sie standen neben Frau Weber, als die klopfte und leicht nach vorne gebeugt auf Antwort wartete. Sie schaute die beiden missbilligend an und klopfte erneut.

»Herr Sonnenschein! Da sind zwei Herren von der Kripo für Sie.« Gleichzeitig öffnete sie die Tür und schob ihren Oberkörper durch den Spalt. Eine Sekunde später stieß sie einen Schrei aus.

»Oh mein Gott!«, brachte sie gepresst hervor.

Müller schob sie resolut zur Seite und folgte seinem Freund ins Büro. Frau Weber taumelte zur Seite, hielt eine Hand vor den Mund und suchte mit der anderen Halt am Tresen.

Sie sahen ihn zeitgleich. Sonnenschein hing etwas links von der Tür mitten im Raum an der Decke. Neben ihm lag ein umgestürzter Stuhl, dasselbe Modell, das sie aus ihrer Schulzeit im Oberstufenanbau kannten. Auf der anderen Seite standen ordentlich nebeneinander seine Schuhe, braune Gesundheitsschuhe mit atmungsaktiver Sohle, Lehrerschuhe. Sein Kopf war auf unnatürliche Art schräg nach vorne geneigt, die Augen halb geschlossen. Hinter der benommenen Frau Weber drängte ein Mann in den Raum. »Was ist hier los?«, fragte er, bevor er es sah.

»Das hängt ganz davon ab«, antwortete Müller mehr zu sich selbst und musste ein Lachen unterdrücken.

Wenig später trafen die Kollegen aus Erkelenz und der Notarzt ein. Sonnenschein wurde von der Decke genommen, nachdem er von allen Seiten fotografiert worden war. Draußen bemühten sich Frau Weber und der Lehrer, die alarmierten Kollegen zu beruhigen. Drinnen schauten Müller und Becker vom Schreibtisch aus zu, wie ein geschlossener Blechsarg hereingetragen wurde.

»Musstest du unbedingt diesen dämlichen Schenkelklopfer raushauen? Wir haben ziemlich bescheuert ausgesehen, weißt du das?«, zischte Becker Müller zu.

»Ich weiß, aber es passte so gut, oder?«, gab Müller zurück und beugte sich über Sonnenscheins Abschiedsbrief, den er in der Unterschriftenmappe unter dem aktuellen Datum gefunden hatte.

»Mann, der hat es scheinbar ganz schön heftig getrieben mit einigen seiner Schüler«, wechselte er das Thema und hob den Brief etwas in die Höhe. »Hör dir das an. *Niemand wird mir je vorwerfen können, ich hätte auch nur eines der Kinder missbraucht. Es war Liebe, geprägt von Vertrauen und gegenseitigem Respekt.* Der muss ja einen Lattenschuss gehabt haben. Mir kam er ja immer etwas seltsam vor. Der glaubte selbst in dem Moment, als er sich erhängt hat, dass es in Ordnung war. *Alle würden für mich die Hände ins Feuer legen. Ich habe nie einen dieser jungen und wunderbaren Menschen zu irgendetwas gezwungen. Ich konnte nicht ahnen, dass dieser undankbare Drogensüchtige nur gekommen war, um mich zu zerstören. Alles, was ich aufgebaut habe, zu zerstören, obwohl ich ihm sein Abitur regelrecht geschenkt habe. Er hat mich benutzt. Seine ruchlose Freundin setzt sein schändliches Werk nun fort. Aus Scham und um meine geliebte Frau zu schützen, wähle ich den Freitod, den unschuldigen Freitod!* Mein lieber Scholli, wenn ich gewusst hätte, dass man sich bei dem ein Abitur erpoppen kann, dann …«

»… hätten Sie nicht so viel zu lernen brauchen«, vollendete eine müde und genervte Stimme von hinten seinen Satz. Beide drehten sich um und schauten auf Köhler. Der massige Mann in den späten Fünfzigern hatte einen traurigen Blick, den er aus verquollenen Augen direkt auf Becker richtete.

»Was macht der hier?«, fragte er und deutete mit dem Kopf auf Müller. »Macht der neuerdings ein Praktikum bei uns oder warum in Herrgottsnamen tauchen Sie immer mit dem im Schlepptau auf, wenn was los ist? Gibt es darauf eine zufriedenstellende und am besten noch dienstvorschriftenkonforme Antwort, Becker?«

»Äh … ja, gibt es«, begann Becker und räusperte sich.

»Ich war nur zufällig hier, weil ich Sonnenschein etwas fragen wollte. Ihren Kollegen hab ich quasi am Tresen getroffen – zwei Doofe, ein Gedanke, oder wie heißt das?«

Köhler starrte ihn an. »Doofe, ja, das glaub ich. Aber wo Sie nun schon mal hier sind, werden Sie Ihre Aussage gleich zu Protokoll geben können.«

»Also, eigentlich waren die beiden ja …«, schaltete sich Frau Weber von hinten ein und wurde gleich von Becker unterbrochen. »Danke, Frau Weber. Wir brauchen Sie vorerst nicht mehr. Sie haben sicher Dringenderes zu tun, oder?« Sie warf ihm einen vielsagenden Blick zu und verschwand tatsächlich.

»Was wollten Sie von Sonnenschein?«, fragte Köhler und lehnte sich an den Schreibtisch, wobei er den Brief überflog.

Becker warf Müller einen *Halt's-Maul*-Blick zu. »Nun, gestern haben sich Verdachtsmomente in seine Richtung ergeben. Martens …«

»Wer?«

»Der tote Rockstar – hatte detaillierte Dokumente hinterlassen, in denen er Sonnenschein des Missbrauchs beschuldigt. An ihm und einigen anderen Schülern, die auch namentlich genannt sind.«

»Missbrauch?« Köhler legte den Brief zur Seite. »Wann soll das gewesen sein?«

»Vor mindestens einundzwanzig Jahren, nehme ich mal an, als Martens noch Schüler war.«

»Hmm«, machte Köhler und kratzte sich am Kinn. »Dafür hängt man sich doch nicht auf. Das wäre ja schon schwer geworden, ihn juristisch zu belangen, denk ich mal.« Er schaute Becker an. »Was meinen Sie, weshalb er zu so was fähig war?«

Becker zuckte mit den Schultern, doch Müller schaltete sich ein. »Vielleicht weil er für die CDU Bürgermeister in Wassenberg werden sollte. In den letzten Monaten hat er da eine Karriere hingelegt, dass schon klar war, wer bei der nächsten Kommunalwahl von den Plakaten herunter gegrinst hätte. Das hätte er sich alles von der Backe putzen können, wenn Martens damit an die Öffentlichkeit gegangen wäre. Und seinen Posten hier sowieso.«

»Ja, das wäre ein Grund gewesen, um ihn aus dem Weg zu räumen. Aber wieso hat er die Unterlagen nicht ebenfalls beseitigt?«, fragte Köhler.

»Die lagen bei der Kamps. Martens hat sie ihr kurz nach der Ankunft anvertraut, anscheinend wollte er auf Nummer Sicher gehen.«

»Was hat Ihnen die Kamps dazu erzählt?«, fragte Köhler. Beckers Jackentasche gab Geräusche von sich. Er begann nach dem Handy zu kramen.

»Bisher noch nichts, ich werde sie gleich besuchen und ausfragen«, erklärte Müller.

»Das wird schwierig«, unterbrach Becker ihn und schaute ihn ernst an. Müller kannte seinen Freund gut genug, um zu wissen, dass der Blick nichts Gutes zu bedeuten hatte.

»Was ist los?«

»Ellen Kamps ist heute Morgen überfallen und übel zugerichtet worden. Sie wurde vor ein paar Minuten gefunden und ins Krankenhaus gebracht. Sie ist nicht bei Bewusstsein und es sieht wohl nicht allzu gut aus.« Becker steckte das Handy wieder ein. »Ich fahr hin.«

»Warte, ich komm mit«, sagte Müller hastig und setzte sich zeitgleich mit ihm in Bewegung. Zurück blieb Köhler, der sich in dem nun leeren Raum umschaute. Er fragte sich, wann Becker aufgehört hatte, ihn als Vorgesetzten ernst zu nehmen. Man kam und ging und am Ende war es egal. Oder wie man in dieser Gegend sagte »Et kütt, wie et kütt, un wat fott is, is fott«. Der feine Herr Sonnenschein hat sich sein Ende bestimmt anders vorgestellt, als sich mit einem Hanfseil ans Belüftungsrohr zu hängen. Köhlers Blick fiel auf ein Mikrofon, das auf dem Tisch aus einer etwas veralteten Anlage herausragte. Davor waren zwei Knöpfe angebracht. Er schaute sich um, beugte sich nach vorne und berührte den grünen Knopf leicht mit den Fingern.

»Hallo, hier spricht Ihr Kapitän. Wir haben unsere Flughöhe von elftausend Fuß erreicht und werden in …«

»Was soll das denn jetzt?«, platzte Frau Weber dazwischen, die in den Raum gekommen war und ihn mit weit aufgerissenen Augen anstarrte.

»Verzeihung, ich muss los«, murmelte er und drückte sich schnell an ihr vorbei in Richtung Ausgang. Dann besann er sich und drehte sich um. »Wann haben Sie Sonnenschein eigentlich zum letzten Mal lebend gesehen?«

»Herrn …«, setzte sie an, doch er unterbrach sie. »Geschenkt, also wann?«

»Gestern gegen sieben Uhr abends, da hab ich mit ihm gesprochen, als ich den Anruf von Frau Kamps zu ihm reingestellt habe. Gesehen hab ich ihn allerdings nicht. Aber gehört, denn er hat sich sehr aufgeregt. Meinen Sie, dass das etwas zu bedeuten hat?«

»Soso«, murmelte Köhler und ging nicht auf ihre Frage ein. Vor dem Sekretariat trudelten weitere Lehrer ein, um zu sehen, was denn los war und was es mit der seltsamen Durchsage auf sich hatte. Die Gute würde einiges zu erzählen haben.

Erkelenz, 6. Juni 2009, 22.45 Uhr
Beckers Arbeitszimmer

»So, Jette, ich bin noch mal weg«, rief Becker unnötigerweise in Richtung Küche. Jette zog es nämlich vor, ihn völlig zu ignorieren, seit sie seiner Internetleidenschaft auf die Schliche gekommen war.

Er hatte die Dienstwaffe geladen und überprüft und steckte sie in das Lederfutteral unter seiner Jacke. Er griff nach dem Handy und wollte es einstecken, als es zu brummen begann.

»Becker!«

»Kommen Sie zum Hermann-Josef-Krankenhaus, wir haben ein Problem mit Berger«, hörte er die Stimme von Gerards, der in seiner Abteilung arbeitete. »Er hat sich bei der Kamps im Zimmer verschanzt und droht, sie zu töten, wenn du nicht kommst. Er will nur mit dir sprechen, scheint dich zu mögen.«

»Ach du Scheiße«, murmelte Becker. Das fehlte noch.

»Was ist los, schon wieder betrunken?«, fragte Gerards mit gehässigem Unterton. Wenn Becker mit Köhler Probleme hatte, würde er davon profitieren.

»Arschloch«, knurrte Becker und stieg in seinen Wagen. »Sag den Kollegen vor Ort, ich bin gleich da, das schaffst du sicherlich.« Sofort drückte er die Kurzwahltaste mit Müllers Nummer, während er mit quietschenden Reifen losfuhr. »Los, geh ran, du Armleuchter!«, rief er und zirkelte den Wagen an einer Gruppe Radfahrer vorbei, die im Pulk über die Straße radelten und scheinbar beschlossen hatten, dass die Straße nur ihnen gehörte. »Macht Platz, ihr Arschlöcher!«, schrie er aus dem Fenster und wandte sich dann wieder dem Mobiltelefon zu. »Nun mach schon.« Nichts. Keine Verbindung möglich, ließ ihn die Anzeige auf dem Display überflüssigerweise wissen. Hinter ihm plusterten sich ein paar Pensionäre auf ihren Rädern auf und reckten drohend ihre Fäuste in die Luft. Er schlug aufs Lenkrad und überlegte. Vielleicht würde Jacobs auf sich warten lassen, vielleicht würde er überhaupt nicht kommen und Müller stand sich im Gestrüpp an der alten Baumschule die Beine in den Bauch. Sicher war nur, dass man ihn im Krankenhaus brauchte. Das bedeutete, er musste das so schnell und unspektakulär wie möglich über die Bühne bringen, um rechtzeitig zu Müller zu kommen und im Idealfall Jacobs hochzunehmen. Er versuchte noch mehrmals, Müller zu erreichen, aber Fehlanzeige. Am Krankenhaus angekommen, gab er auf und steckte das Handy ein.

Erkelenz, 6. Juni 2009, 22.45 Uhr
Einfahrt des alten Baumschulgeländes Mennekrath

Müller war frühzeitig erschienen. Er schaute sich nach allen Seiten um, nachdem er sein Fahrrad am Rand der Straße ins Gebüsch geschoben hatte. Niemand zu sehen. Langsam ging er über den zugewucherten Trampelpfad in Richtung der verwilderten Anlage, die einmal eine Baumschule gewesen war und nun einen Großteil des städtischen Waldgebietes darstellte. Je weiter er sich von der Straße entfernte, umso mehr zweifelte er daran, dass der Treffpunkt gut gewählt war. Im Zwielicht war kaum zu erkennen, was ihn erwarten und ob er vielleicht sogar in eine Falle laufen würde. *Hoffentlich kommt Becker wenigstens pünktlich,* dachte er und ging vorsichtig weiter. Er brauchte sich nur einen guten Platz zu suchen und auf Beckers Anruf zu warten. Dann hieß es, die Rolle gut zu spielen und sich selbst die Daumen zu drücken. Etwas in ihm wünschte sich allerdings, dass Jacobs nicht kommen würde, aber er spürte, dass das vergebens war.

Erkelenz, 6. Juni 2009, 22.55 Uhr
Hermann-Josef-Krankenhaus

Becker stieß die Schwingtür auf und blickte auf ein Szenario, das nichts Gutes verhieß. Vor einigen Wochen hatten sie im Training etwas Ähnliches geübt. Die Übung hatte mit dem Tod der Geiseln geendet. Mehrere Beamte in kugelsicheren Westen standen in Deckung und mit ihren Waffen im Anschlag links und rechts von der Tür, hinter der Ellen lag. Nun kam es auf ihn an, Berger aus der Scheiße herauszuholen, in die er sich selbst hineinmanövriert hatte. Sollte ihm das nicht gelingen, würde es am Ende mindestens einen Toten und viel schlechte Presse geben. Von der mittlerweile vollkommen unkontrollierbaren Situation mit Müller ganz zu schweigen. Das würde ihn den Job kosten.

»Mensch, da sind Sie ja endlich!«, wurde er von Köhler begrüßt, der in seiner kugelsicheren Weste aussah wie ein überquellender

Hotdog. »Noch dazu ohne Ihren Schatten von der Zeitung. Ich bin hocherfreut.«

Becker schob sich an ihm vorbei, ohne ihm große Beachtung zu schenken, und sprach einen Kollegen an. »Wie sieht es aus, bitte einen Kurzbericht.«

»Der Geiselnehmer ist vor einer knappen halben Stunde in das Zimmer eingedrungen und droht damit, Frau Kamps zu töten, wenn Sie nicht reingehen und mit ihm reden.«

»Na, dann will ich ihn mal nicht unnötig warten lassen. Wie sieht es mit der Bewaffnung aus?«

»Da können wir nur vermuten.«

»Und was vermuten wir?«

»Keine Ahnung.«

»Na prima«, beendete Becker das Briefing und wandte sich an das Kommando neben der Tür. »Ihr haltet euch bitte zurück. Ich will nicht zufällig eine Kugel in den Rücken bekommen, wenn ich gleich da drin bin.«

»Ach, woher denn?«, brummte der vordere Beamte. Becker kannte ihn, die Kollegen nannten ihn liebevoll »Blindschleiche«.

Er klopfte an die Tür.

»Wer ist da?«, kam es prompt von innen.

»Pizzataxi«, erwiderte Becker. »Mann, wer wird hier wohl sein? Der liebe Onkel Becker von der Polizei. Und der kommt jetzt rein, also machen Sie keinen Scheiß!« Er öffnete langsam die Tür und schaute hinein.

Der Raum strahlte die medizinische Kälte aus, die auch Gesunde krank machen konnte. Die Wände waren bis auf halbe Höhe in einem schrecklichen Grünton gekachelt, der sicher wunderbar mit den Kitteln der Ärzte und des medizinischen Personals korrespondierte. Berger stand neben Ellens Bett zwischen Geräten und Maschinen, die dezent piepend ihre Anwesenheit verkündeten. Er sah nicht aus wie ein zu allem entschlossener Geiselnehmer, fand Becker sofort beim Eintreten, eher wie ein besorgter und liebender Angehöriger. Ein Arm lag auf dem Kopfende der Matratze. Doch diese Geste hatte auf den ersten Blick nichts Bedrohliches, wenn man von dem Messer absah, das neben Ellens Kopf in Höhe des Halses lag.

»Mann, Berger, was soll denn das? Hatten Sie nicht schon genug Ärger?«

»Das stimmt.« Ein Ruck ging durch Bergers Körper, er straffte sich. »Deshalb ist es an der Zeit, ein paar Sachen richtigzustellen.« Obwohl er sich bemühte ruhig zu wirken, spürte Becker die Anspannung des Mannes am Bett. Er konnte sie förmlich riechen. Und Berger war dumm. *Wieso hatte er nicht darauf bestanden, dass ich meine Waffe draußen lasse? Der wirkt nicht wie jemand, der davon ausging, dass er wieder rauskommt, als er hineinging und die Sache anzettelte.* Becker blieb trotzdem vorsichtig. Vielleicht genügte ein falsches Wort und er müsste einschreiten, um das Leben der Kamps zu retten. Dafür hatte er überhaupt keine Zeit, verdammt!

»Also, was wollen Sie?«

»Was ich will? Mann, ich will endlich die Wahrheit wissen!«

»Das will ich auch. Und wie haben Sie sich das vorgestellt?«

»Holt Jacobs her!«, sagte Berger und seine Stimme klang schon etwas weniger selbstbewusst. Der angenervte Unterton Beckers irritierte ihn. »Er … er muss endlich auspacken, sonst …«

»Sonst was?«

Anstelle einer Antwort drückte Berger die Messerklinge an Ellens Hals.

»Mann, bleiben Sie ruhig!«, sagte Becker schnell und trat mit halb erhobenen Armen einen Schritt vor. Am liebsten hätte er hinzugefügt, dass diese dämliche Aktion ihn nur aufhielt und er keine Lust darauf hatte, aber er wusste, dass man Leuten, die gerade ihren persönlichen Showdown zelebrierten, die nötige Beachtung schenken musste, weil es sonst schnell nach hinten losgehen könnte.

»Keinen Schritt weiter!« Berger erhöhte den Druck der Klinge auf Ellens Hals.

»Wenn Sie sie unbedingt umbringen wollen, dann schalten Sie einfach ein paar von den Maschinen aus.« Becker zeigte auf die Geräte neben dem Bett. Bergers Blick folgte seiner Geste für einen Moment.

»Na? Bloß Stecker ziehen und die Sache ist erledigt«, fuhr Becker fort. »Das erspart uns beiden einen Haufen Stress und sie merkt eh nichts davon. Na?«

»Hören Sie auf!«, herrschte Berger ihn an. Der Gedanke an Ellens Tod schien ihm zuzusetzen. »Schaffen Sie dieses Schwein her!«

»Da kenn ich ein paar, die es wert wären. Sie meinen Jacobs?«

»Wen denn sonst! Die Sache muss zu Ende gebracht werden!«

»Aber doch bitte nicht so. Außerdem stört Ihre Aktion gewaltig. Ich war auf dem Weg zu Jacobs, als Sie das große Fass aufgemacht haben und ich meine Pläne ändern musste.« *Jetzt bekommst du Oberhand,* dachte Becker. *Nachsetzen.* »Mal unter uns: Das hier geht mir gerade ziemlich auf den Zeiger.«

Berger starrte ihn irritiert an.

»Mann, das stört jetzt wirklich, verstehen Sie das nicht?«, begann Becker erneut. Dann schaute er auf seine Armbanduhr. Die Zeit lief ihm davon. »Also gut, fünf Minuten müssen reichen«, beschloss er. »Hören Sie zu.«

»Nein, ich habe lange genug zugehört! Jetzt bin ich dran. Ich habe lange genug alle Schuld auf mich genommen. Es reicht!«

Becker merkte, dass es nicht leicht werden würde, ihn zu überzeugen. Also begann er ganz vorne.

»Das mit der Sparkasse, das waren Sie, oder?«, sagte er ruhig und ließ die Arme langsam sinken. Er war sich sicher, dass von dem Messer an Ellens Hals keine Gefahr ausgehen würde, solange die Kollegen draußen die Nerven behielten. Bergers Gesichtsausdruck hatte sich verändert. Die Verwirrung und die Wut, die er anfangs bei ihm gespürt hatte, schienen verflogen.

»Natürlich war ich das, das wissen Sie doch längst! Dafür habe ich zu Recht gesessen, jeden einzelnen Tag«, bestätigte Berger, der das Messer endgültig sinken ließ.

»Das war uns wirklich schon klar, aber was ist mit Ihrer Großmutter?«

Bergers Augen zuckten. »Ich hätt ihr nie etwas angetan. Sie war das Einzige, was ich an Familie hatte.«

»Aber am Ende lag sie erschossen auf dem Linoleum ihrer Küche«, hakte Becker ein. »Wenn Sie es nicht waren, wer war es dann?«

»Sie waren bei der Festnahme dabei«, sagte Berger. »Ich erinner mich sehr gut an Sie.«

Becker grinste ein wenig verlegen und nickte. »Ja, Sie waren meine erste große Sache, Mann, war ich aufgeregt.«

Bergers Augen verengten sich. »Ja, ich schätze mal, dass es das war.«

»Was?«

»Schon gut, ist lange her. Wissen Sie, was das Schlimmste war?« Er nahm den Faden wieder auf. »Das Schlimmste war, dass ich irgendwann selber anfing zu glauben, dass ich es war. Irgendwann nach den ersten zwei, drei Jahren hab ich es wirklich selber geglaubt.« Seine Stimme wurde leise. »Und dann tut es nicht mal mehr weh. Dann ist alles nur noch leer. Du schlägst dir auf die Hand und spürst nichts. Du spürst nicht die Schnitte der Glasscherben an deinen Unterarmen. Du spürst nichts, wenn sie dich in der Dusche in die Mangel nehmen, weil du der Omamörder bist. Du kannst eigentlich aufhören zu atmen, aber das lässt der Körper nicht zu, ich hab es tausendmal versucht.«

Becker hatte sich schweigend neben Berger auf die Bettkante gesetzt. Obwohl er ihm zuhörte, fragte er sich einen Moment lang, wie sich die Brüste der Kamps anfühlten, deren Umrisse er unter der grünen Decke sah.

»Das Einzige, was dich am Durchdrehen hindert, ist die Frage, wer dir das angetan hat. Ich hatte auf Lukas getippt, der war link wie eine Ratte, bloß nicht für die Scheiße einstehen, die man anrichtet – verstehen Sie, so einer. Das war erbärmlich. Sogar Ellen hatte ich eine Zeit lang im Verdacht.« Er schaute entschuldigend auf ihren reglosen Körper. »Wissen Sie, dass ich ihr noch nie so nahe war?« Er gab sich einen Ruck und schaute Becker ernst an. »Dann blieb irgendwann nur noch einer übrig.«

»Jacobs.«

»Bernd Halcour, oder Jacobs, wie er sich jetzt nennt. Er war der Kopf. Ihm haben wir uns nur zu gerne untergeordnet und ihm absolut vertraut. Er war … mein Freund, obwohl ich so gar nichts bei denen verloren hatte. Ich war der Loser, der nicht mal Englisch kann und er war – einfach stark. Groß, selbstsicher, der brauchte sich nicht zu prügeln, verstehen Sie?«

»Schöner Freund, der Sie verpfeift und ans Messer liefert«, brummte Becker. »Warum haben Sie später nie etwas gesagt?«

»Was hätte das bringen sollen?«, erwiderte Berger mit spöttischem Unterton. Das Messer lag auf der Matratze und stellte keine Bedrohung mehr dar. »Ich war doch das Monster, dem man alles zutrauen, aber nichts glauben konnte. Also hab ich die Strafe angenommen, um hier drinnen überleben zu können.« Er deutete auf seine Brust. »Aber ich wollte wenigstens verstehen, was passiert war. Der Zeitpunkt dafür ist jetzt. Ich will meinen Frieden mit meinem Leben, verstehen Sie?«

Becker verstand. Allerdings kam das äußerst ungünstig, denn Müller stürzte sich gerade in ein Risiko und vertraute darauf, dass er früh genug kommen und die Reißleine ziehen würde. Deshalb fasste er einen Entschluss.

»Wir können hier nicht bleiben. Mein Freund, der Journalist, den Sie ja schon kennen, trifft sich in diesem Moment mit Jacobs! Ich muss da hin, um ihn festzunehmen.« Wie zum Beleg hielt er sein Handy hoch. »Ich muss ihn anrufen, okay?«

Berger starrte ihn an. »Festnehmen? Dann glauben Sie mir wirklich?«

»Ja, und das Beste ist, dass wir von selbst draufgekommen sind. Aber wir haben leider ebenso wenig Beweise in der Hand wie Sie.« Er hielt das Handy ans Ohr. Besetzt.

»Also wird er davonkommen«, sagte Berger mit düsterer Stimme und schaute hinüber zu dem Messer, das in Reichweite neben Ellen lag. Becker folgte seinem Blick.

»Hören Sie zu«, sagte er eindringlich und jedes Wort abwägend, während er das Handy sinken ließ. »Wir wollen ihn zum Schein erpressen, um ihn zu überführen. Ich muss da jetzt hin. Denn es scheint etwas aus dem Ruder gelaufen zu sein. Aber wir kommen hier beide nicht so schnell raus. Draußen stehen ein paar Kollegen und warten nur darauf zuzugreifen. Wir haben keine Zeit, das ist jetzt vielleicht unsere letzte Chance.«

Berger starrte ihn ungläubig an. »Also ergebe ich mich besser«, folgerte er.

»Auf keinen Fall«, widersprach ihm Becker. »Dann haben wir hier stundenlang zu tun, Sie sogar noch länger, viel länger. Das muss anders gehen.« Spontan hatte er eine Idee. »Sie nehmen mich als Geisel und wir verschwinden von hier.«

»Was?«

»Natürlich, so haben wir wenigstens einen Vorsprung, bevor die sich an unsere Fersen heften. Ich will nicht zu spät kommen, Jacobs traue ich langsam alles zu.« Er zog seine Pistole unter der Jacke hervor, was Berger zu einer ruckartigen Bewegung in Richtung Messer veranlasste. Sofort stoppte Becker. »Vertrauen Sie mir. Eine andere Chance gibt es nicht, wenn wir Jacobs kriegen wollen.«

»Vertrauen? Einem Bullen? Oh Mann, das habe ich ja noch nie gehört«, sagte Berger, dessen Bewegung hin zum Messer ebenfalls eingefroren war.

»Na, dann wird es aber Zeit.« Becker warf erneut einen Blick auf das Handy, als von außen eine Stimme zu vernehmen war.

»He, lebt ihr noch da drinnen. Gebt ein Zeichen, sonst kommen wir rein!«

»Schon gut!«, rief Becker zurück. »Alles bestens, wir sind ein gutes Stück weiter!«

»Sind wir das?«, fragte Berger.

»Etwa nicht?«, erwiderte Becker. In der Hand hielt er das Handy, Müllers Nummer war nach wie vor besetzt.

Berger dachte nach. »Okay«, begann er. »Wie machen wir es?«

Becker atmete erleichtert auf, also musste er ihn nicht zwingen, ihn als Geisel zu nehmen, um hier rauszukommen. Die Zeit saß ihm im Nacken und ließ keine weitere Verzögerung zu. Er zog seine Pistole, entfernte das Magazin und steckte es in die Tasche.

»Hier, damit halten wir sie in Schach. Drehen Sie denen nie den Rücken zu. Gehen Sie rückwärts hinter mir, auf mich werden die nicht schießen.« Obwohl er sich da bei Köhler nicht hundertprozentig sicher war. »So kommen wir durch den Korridor und raus auf den Parkplatz«, fuhr er fort. »Mein Wagen steht hinten am Noteingang. Auf geht's«, schloss er und schlug Berger aufmunternd auf das Knie. Der musterte Becker interessiert.

»Okay, aber ich hab noch einen gut bei Ihnen, klar?«

Becker verstand nicht, nickte aber. »Klar.«

Sie gingen zur Tür. »Achtung, wir kommen jetzt raus«, rief Becker und gab Berger die Pistole.

»Gibt's ein Problem?«, fragte Blindschleiche.

»Kann man so sagen.« Die Tür ging auf und Becker erschien im Türrahmen. Von hinten hatte Berger den Arm um seinen Hals gelegt und presste ihn eng an sich. Mit der anderen Hand drückte er Beckers Pistole gegen dessen Schläfe.

»Ach, du Scheiße«, stöhnte Köhler auf. »Mensch, Becker. Können Sie nicht mal irgendwas richtig machen?«

»Ich versuch's grade, Chef«, antwortete Becker gepresst und um einen ängstlichen Ausdruck bemüht. »Wenn Sie uns kurz entschuldigen würden.« Berger schob ihn zwischen sich und die bewaffneten Beamten und setzte sich rückwärts gehend in Bewegung, bis Köhler vortrat.

»Hören Sie, Mann! Das ist doch sinnlos! Wo wollen Sie denn hin? Geben Sie mir die Waffe und wir können über alles sprechen, ja?«

»Vergessen Sie es, ich hab genug gesprochen. Jetzt bin ich am Zug. Und kommen Sie bloß nicht auf die Idee, uns zu folgen! Ich meine es ernst!«

»Das befürchte ich auch«, brummte Köhler und unternahm keinen weiteren Versuch, mit ihm zu verhandeln. Berger hatte mit Becker im Schlepptau die Glastür erreicht und schob sich dagegen.

»Wenn da draußen jemand auf uns wartet, ist der hier tot.«

»Würden Sie mir das versprechen?«, murmelte Köhler, wechselte einen Blick mit Blindschleiche und drückte auf den Knopf seines Funkgerätes. »Achtung, zwei Männer kommen raus, nichts unternehmen. Ich wiederhole: nichts unternehmen! Lassen Sie sie gehen!«

Becker gestikulierte und bewegte die Lippen. Er hielt sich die linke Hand an den Kopf und spreizte den Daumen und den kleinen

Finger ab. »Ich rufe an!«, sagten seine Lippen lautlos. Dann waren sie durch die Tür verschwunden.

»Scheiße«, murmelte Blindschleiche und schaute zu, wie die Tür wieder zurückschwang und mit einem dumpfen Geräusch in den Rahmen schlug.

Erkelenz, 6. Juni 2009, 23.05 Uhr
Altes Baumschulgelände Mennekrath

Müller hatte sich einen strategisch günstigen Platz am Rande der Lichtung ausgesucht, von dem aus er unbeobachtet sehen konnte, wer sich über den Weg von der Landstraße her näherte. Jacobs war noch nicht gekommen. Langsam kamen Müller Zweifel, ob es wirklich eine gute Idee gewesen war, ihn mit der Erpressung herauszufordern. Er hoffte darauf, dass wenigstens Becker in der Nähe auf der Lauer lag und zur richtigen Zeit alles mithören würde, während er sich mit Jacobs auseinandersetzen musste. Im Kopf ging er alle möglichen anderen Optionen durch und konstruierte anhand der Fakten immer neue Zusammenhänge, bis sein Mobiltelefon klingelte. *Becker, es geht los!*

»Ja.«

»Ich bin's. Hör mal, Müller, wir müssen reden.« Jette. Ausgerechnet. »Was heckt ihr beide da aus? Und was ist mit Ben los? Ich …«

»Hör zu«, unterbrach er sie. »Das ist gerade sehr ungünstig, ich bin hier auf einem Termin.«

»Wieso sagt mir keiner, was hier los ist?«, begann Jette sich aufzuregen. Müller war ein paar Schritte gegangen, wie er es meistens tat, wenn er das Handy benutzte. Er drehte sich um und wollte sich wieder in Bewegung setzen, als er in die Mündung einer Pistole blickte. Er hatte das Telefon noch am Ohr und hörte bruchstückhaft Jettes Klagen.

»Moment bitte«, sagte er ruhig und nahm die Hand vom Ohr und ließ das Handy in seiner Jackentasche verschwinden. Er erkannte den Mann hinter der Pistole, es war Jacobs' Bodyguard. Dieser trat einen Schritt vor und zwang Müller zurückzuweichen, bis er gegen eine zweite Person stieß und sich ruckartig umdrehte. Jacobs.

»Einen guten Abend wünsche ich«, begann dieser mit freundlicher Stimme. »Herr Meier?«

»Müller.«

»Na, auch nicht einfallsreicher.« Jacobs grinste ihn herablassend an. »Sie wollen also mit mir ins Geschäft kommen, sehe ich das richtig?«

»So ist es, ich hatte mir das jedoch etwas anders vorgestellt. Ohne Zeugen, wissen Sie?« Er versuchte, einen selbstbewussten Eindruck zu machen, aber sein Herz klopfte bis zum Hals und seine Knie schlotterten.

»Nun, darauf kann ich leider keine Rücksicht nehmen, wie Sie sich sicherlich vorstellen können. Claude.« Jacobs gab seinem Begleiter ein Zeichen, der sofort begann, Müller abzutasten. An der Tasche, in der das Handy steckte, stoppte er und fühlte noch einmal. Dann klappte er das Jackett hoch und zog das kleine Diktiergerät und das Zweithandy aus der Hosentasche, zeigte beides Jacobs und warf es ins Gebüsch.

»He, mal sachte, wenn ich bitten darf«, begann Müller, der vom Handy ablenken wollte, das durch das Loch im Taschenfutter in die Tiefen seiner Jacke verschwunden war.

»Sie dürfen gar nichts«, fauchte Jacobs und riss ihn am Kragen zu sich heran. Der Bodyguard trat einen Schritt zurück. »Haben Sie immer noch nicht verstanden? In dem Moment, als Sie mich mit Ihrer lächerlichen Drohung angerufen haben, war Ihr Schicksal besiegelt.« Seine Augen funkelten böse, gleichzeitig spiegelte sich in seinem Gesicht etwas wie Fassungslosigkeit wider. »Wie kann man nur so dämlich sein. Sie kommen tatsächlich hierher, ohne Waffen, bis auf das lächerliche Diktiergerät und Ihr Spielzeug-Handy, und glauben allen Ernstes, dass ich mit dem Koffer in der Hand bereitstehe und für Sie den Weihnachtsmann spiele? Mann, sind Sie eine taube Nuss!«

Er stieß Müller angeekelt von sich, sodass er gegen den Muskelmann stolperte, der ihn mit hartem Griff in Empfang nahm.

Plötzlich tauchte ein Schäferhund auf, drei Meter vor ihnen, die Ohren aufgerichtet und neugierig auf die drei Männer schauend. Claude richtete sofort seine Pistole auf den Hund, als von hinten eine Stimme erklang und er die Waffe hinter seinem Rücken verbarg.

»Fussel! Kommst du jetzt!« Aus dem Dunkeln trat ein Mann auf sie zu. Er trug einen Trainingsanzug und hatte einen ganz und gar untrainierten Körper, von dem war sicher keine Hilfe zu erwarten

»Oh, verzeihen Sie, ich hatte nicht damit gerechnet, dass hier so spät noch jemand ist. Fussel! Bei Fuß!«

»Kein Problem, schönen Abend noch«, antwortete Jacobs, wobei er es jedoch vermied, den Mann direkt anzuschauen. Dieser leinte Fussel an und trottete zurück in die Dunkelheit. Eine Weile blieben sie schweigend stehen, Müller spürte den Lauf der Pistole an seinem Hinterkopf.

»Na, wenn das nichts ist«, begann Jacobs und wandte sich ihm wieder zu. »Wissen Sie, was da eben passiert ist? Nein? Fussel hat Ihr Leben verlängert. Jetzt werden wir Sie natürlich nicht mehr hier umbringen, sondern wir machen zuvor eine kleine Spritztour. Sie sind doch so ein guter Fremdenführer, wie Ellen erwähnte.« Er drehte sich um und Claude schubste Müller voran.

Becker könnte aber wirklich langsam mal kommen, dachte Müller und horchte auf ein vertrautes Zeichen oder Geräusch, wie auch immer es aussehen mochte. Sie gingen den schnurgeraden Weg entlang, der zu einem Feldweg führte. Wenn sie erst im Auto waren, war es für Becker kaum möglich, ihnen zu folgen. Wo blieb der bloß? Die Sache war ganz gehörig aus dem Ruder gelaufen, Jacobs hatte Recht. *Mann, Becker, wo bist du?* Dann kam ihm das Handy wieder in den Sinn. *War Jette noch dran oder hatte sie vor Wut aufgelegt und belämmerte nun ihren Mann?* Es war ein Hoffnungsschimmer und seine derzeit einzige Option.

»Wohin soll die Reise denn gehen?«, begann er.

»Schnauze«, knurrte Claude und verpasste ihm eine Kopfnuss.

»Das ist eine berechtigte Frage«, nahm Jacobs den Ball auf. »Ich würde gerne in das Tagebaugebiet fahren. Da sind wir bestimmt ungestört. Außerdem finde ich es eine wunderbare Vorstellung, dass es dort einen riesigen Bagger gibt, der Erkelenz auffrisst. Leider ja nur einen Teil, aber der Ansatz gefällt mir.«

»Na, da haben wir ja eine schöne Auswahl«, fuhr Müller fort. »Und Sie sollten wegen Ihres Autos aufpassen, da sind nicht mehr alle Straßen befahrbar.«

»Das lassen Sie ruhig meine Sorge sein. Der Cayenne ist für ganz andere Aufgaben gebaut.« Hoffentlich hatte Jette das gehört. Sie erreichten den Wagen, dessen Blinker kurz bei einem zeitgleichen Pfeifen aufflackerten.

»Ist es das wert?«, fragte Müller. »Ich meine, zwei Morde – mich eingeschlossen – und die Sache mit Ellen? Ist es das wirklich wert?«

»Ach, nun kommen Sie mir doch nicht mit der Nummer. Außerdem werden es am Ende mehr als zwei sein.«

»So?«

»Sie haben den Junkie am Bahnhof vergessen, von dem wir das Heroin für Lukas hatten«, erzählte Jacobs fröhlich.

»Das waren auch Sie?«

»Claude, ich vertraue ihm in solchen Sachen absolut.«

»Danke, Herr Jacobs«, kam es stolz von hinten.

»Wenn ich bitten dürfte«, sagte Jacobs und öffnete eine Tür. »Claude, wenn du so freundlich wärst.«

Dann krachte etwas gegen seinen Kopf und Müller verlor das Bewusstsein.

Erkelenz, 6. Juni 2009, 23.30 Uhr
Auf dem Weg zum Baumschulgelände

Becker hatte sich gehörig ins Zeug gelegt und dem Wagen alles abverlangt. Berger hatte ihm vom Beifahrersitz aus manchen besorgten Blick zugeworfen. Aber er konnte keine weitere Sekunde verlieren. Panik stieg in ihm auf, dass es zu spät sein könnte. Und dass er Müller tot auffinden würde. Das Handy war weiterhin besetzt, was immer das zu bedeuten hatte. Sie hielten auf die ehemalige Baumschule zu. Ohne abzubremsen, riss Becker das Steuer herum und lenkte den Wagen in den Weg hinein. Es krachte und ratschte links und rechts am Wagen vorbei, einmal setzte er kurz auf, schob sich aber mit jaulendem Motor weiter auf die Lichtung zu. Egal, wo er gleich hineinplatzte, Becker würde die Aktion offiziell beenden und seinen Freund einsammeln. Sie hielten auf der Lichtung. Er schaltete das Fernlicht an und stieg aus.

»Müller!« Kein Mucks. Berger tat es ihm gleich und schaute sich um. Becker drehte sich um und schlug auf die Motorhaube.

»Verdammte Scheiße!« Wieder drückte er die Kurzwahltaste und das Display zeigte an, dass Müllers Nummer besetzt war.

»Siehst du jetzt, was uns deine Scheißaktion da im Krankenhaus eingebrockt hat?«, brüllte er Berger an. Der gab der Autotür einen gehörigen Schlag und stapfte um den Wagen herum.

»Ach, und ihr mit eurer Scheißerpressung? Was hat das gebracht? Wo ist die Ratte, und wo ist dein Freund, hä?« Berger redete sich in Rage. »Warum habt ihr mir Bernd nicht einfach auf dem Silbertablett ins Krankenhaus gebracht, wie ich es gefordert habe, dann wäre die Sache längst erledigt!«

»Und du Idiot wärst es auch, ich hab dir den Arsch gerettet!«

»Ja, prima Leistung, Herr Oberforstrat! Dafür kriegen sie mich wegen Geiselnahme dran, zu der du mich überredet hast!«, höhnte Berger. Eigentlich hätten sie nun übereinander herfallen müssen, aber Fussel tauchte auf. Angelockt durch das Geschrei der beiden fühlte sich der Schäferhund seinerseits ermutigt und fletschte knurrend die Zähne, als er aus dem Dunkeln auftauchte. Becker reagierte sofort und zog seine Pistole.

»Wem immer der Köter gehört, augenblicklich antraben, sonst knallt's!«

Aus dem Unterholz kam ein Geräusch. »Mensch, machen Sie keinen Scheiß. Fussel tut doch keinem was.« Ächzend und schnaufend kam Herrchen näher und hielt die Hände beschwichtigend vor sich ausgestreckt. Fussel trollte sich sofort zu ihm.

»Jungs, ihr seid aber auch einfach zu laut. Und dann das Zeug, das ihr redet. Das hört man bis zur Straße.« Ihm wurde klar, was er den beiden über seine Mitwisserschaft offenbart hatte und sah gleichzeitig die Pistole in Beckers Hand. »Und … und … ich meine, ich werd nichts den Bullen erzählen, Ehrenwort, stimmt's, Fussel?« Dabei machte er langsam zaghafte Schritte rückwärts.

»Nun machen Sie sich nicht ins Hemd, ich bin die Bullen«, erwiderte Becker. »Und haben Sie schon mal was von Leinenpflicht gehört?«

»Hab ich, aber wir sind hier sonst nicht so viele Leute gewohnt um diese Uhrzeit, und –«

»Viele Leute? Wer war denn noch hier?«

Herrchen hatte sich scheinbar in Trance geredet, denn er reagierte nicht auf Beckers Frage. »... sonst ja immer Leine, ich sage auch immer zu meiner Frau, nie ohne Leine, sag ich, wirklich, aber –«

»Heeh! Komm mal zu dir! Wer war heute Abend noch hier?«

»Vorhin standen genau hier schon drei Gestalten rum.«

»Wann vorhin?«

»Na, vorhin eben«, antwortete Herrchen ausweichend.

»Geht das auch konkreter?«, herrschte Becker ihn an.

»Geht es nicht und Sie können mir nichts tun, wenn Sie ein Bulle sind.«

Wenn es denn sein sollte. Becker zielte auf Fussel und grinste. »Ihnen nicht, stimmt.«

»Schon gut, schon gut, vor vielleicht fünfzehn oder zwanzig Minuten waren die hier.«

»Wo sind sie hin?«

»Was weiß ich? Ich bin mit Fussel weitergegangen. Vorne den Weg zur Straße bin ich lang.«

»Wohin führt der Weg?«, fragte Becker und deutete in die Richtung, in die seine Scheinwerfer strahlten.

»Da hinten ist ein Wirtschaftsweg, aber Sie werden mit dem Wagen nicht durchkommen. Da liegt auf halber Höhe ein Baum.«

Becker gab Berger ein Zeichen und sie stiegen wieder ein. Der Wagen raste mit jaulendem Motor rückwärts, was weder den Stoßdämpfern noch den hinteren Kotflügeln gut tat. Tatsächlich schafften sie es zurück bis zur Straße. Der Wagen brach aus dem überwucherten Weg heraus und Becker riss das Steuer herum.

»Was jetzt?«, fragte Berger.

»Ich ...«, setzte Becker an, da klingelte das Handy.

»Ja.«

»Ich bin's«, sagte Jette.

»Hör zu, ich hab jetzt keine Zeit für Beziehungskisten und Herzscheiße, verstehst du?«, fauchte Becker.

»Ich auch nicht, du Volltrottel«, antwortete Jette, und ihre Stimme verriet, dass sie es ziemlich ernst meinte. »Ich habe vorhin Müller angerufen ...«

»Warum?«

»Was spielt das jetzt für eine Rolle? Hör doch zu. Auf einmal waren da zwei Leute, einer hat ihn wohl mit einer Waffe bedroht. Ein Jacobs hat ihm gesagt, dass er ziemlich sauer auf ihn sei. Er hatte sein Handy nicht ausgeschaltet, deshalb konnte ich es hören.«

Becker atmete tief durch. »Sehr gut. Was hast du noch gehört?«

»Sie wollen zum Tagebauloch und das mit einem Cayenne, was immer das ist.«

»Danke, Jette«, sagte er hastig. »Hast du Köhler schon angerufen?«

»Noch nicht.«

»Dann tu das jetzt.« Er drückte das Gespräch weg und wählte die Nummer von Gerards, der hoffentlich im Büro und am PC saß.

»Hallo Becker, ich denke, du bist entführt worden«, meldete sich Gerards.

»Freu dich nicht zu früh, aber du kannst dich nützlich machen. Du musst eine Nummer über GPS orten. Und das schnell.«

»Nana, mal langsam, wie schnell ich arbeite, das ...«

»... kann dein Leben retten. Wenn du Scheiße baust, komm ich und reiß dir den Arsch auf. Und da wird es dir nichts nutzen, wenn du dich in Köhlers Enddarm versteckst, klar?« Gerards verstand, er war zwar nicht sehr mutig, aber ziemlich helle im Kopf. Becker gab ihm Müllers Nummer durch und legte auf. Dann ging es grob in Richtung Tagebau. Ohne konkrete Anhaltspunkte würde die Suche viel zu lange dauern. Das Tagebaugebiet Garzweiler II griff auf breiter Front das Erkelenzer Stadtgebiet an und würde sich im Laufe der nächsten Jahre bis auf wenige Kilometer an die Stadtgrenze herangefressen und bis dahin einige Ortschaften verschlungen haben. Uralte Orte wie Immerath und Borschemich waren bereits zu großen Teilen umgesiedelt und warteten auf die Abrissbirne. Dort brannten nachts über weite Strecken keine Lichter mehr. Hinweisschilder waren abmontiert worden und zierten heute so manchen Partykeller im Ruhrgebiet oder sonstwo. Schnäppchenjäger, die im Umgang mit den wenigen verbliebenen Bewohnern nicht zimperlich waren, fielen immer wieder über die Orte her und nahmen mit, was ihnen gefiel. Dabei wurde nicht darauf geachtet, ob das begehrte Fundstück noch einen Besitzer hatte. Dank der guten Autobahnanbindung waren die Übeltäter längst über alle Berge, bis die Polizei aus der Wache in der Innenstadt anrückte. Nachts dort einzutauchen, setzte Geduld und Ortskenntnisse voraus, da bekannte Straßen und markante Bauten am Wegesrand oft nicht mehr existierten, je näher man dem großen Loch kam. Dafür gab es neue Wege, die dem Energieriesen gehörten, der nicht viel Wert auf Hinweisschilder legte. Zumindest optisch konnte man in dem Gebiet für eine kurze Zeit völlig verschwinden. *Hoffentlich hat Müller sein Handy am Körper und hoffentlich war dieser Körper noch warm,* dachte Becker besorgt. *Ich hätte den Scheiß nie zulassen dürfen.*

»Wie geht's nun weiter?«, fragte Berger und schaute Becker von der Seite her an.

»Der Saukerl hat uns ausgetrickst. Müller spielt mit seinem Leben und ich häng mittendrin«, brummte Becker und steuerte in Richtung Keyenberg. Da sie nichts tun konnten außer zu warten, hielten sie Ausschau nach einem Porsche Cayenne und hofften auf ihr Glück.

»Dreh mir mal eine«, sagte Becker und warf das Tabakpäckchen in Bergers Richtung. »Sag mal, hättest du der Kamps eigentlich wirklich die Kehle durchgeschnitten?«

»Oh Gott, nein!«, entfuhr es Berger. »Das würde ich nie. Ich ... ich meine, ich ...«

»Du liebst sie, stimmt's?«

»So was in der Art, ja«, brummte Berger und drehte die Zigarette. »Ich hatte lange Jahre Zeit, die ich mit ihr verbringen konnte. Nächtelang. Und weißt du was?«

»Nee«, sagte Becker und nahm die Zigarette entgegen.

»Sie hat's mir immer genau so besorgt, wie ich es wollte«, sagte Berger und lachte leise vor sich hin.

»Na, das ist doch mal was«, pflichtete Becker bei und hielt sich den Zigarettenanzünder vor das Gesicht.

»Und dann stehe ich nach einundzwanzig Jahren wieder wahrhaftig vor ihr und sie sieht aus wie eine Tote. Überall an Maschinen angestöpselt und Sabber in den Mundwinkeln, oh Mann. Wer war das?«

»Ich hatte unter anderem dich im Verdacht.«

»Mich. Klar. Wenn nichts mehr hilft, dann war's der Berger. Mann, ihr könnt mich langsam alle mal.«

»Nun stell dich mal nicht so an, du hast ja auch eine Menge dazu bei –«

Das Handy unterbrach ihn. Er trat auf die Bremse. Gerards.

»Ja? Bei Titz. Gib mir die Koordinaten.« Parallel tippte er die Daten in sein Navigationsgerät ein. Schließlich rang er sich zu einem »Danke« durch und legte auf. Berger schaute ihn erwartungsvoll an. »Und?«

»Die Jagd ist eröffnet. Dreh mir noch mal eine.«

»Mann, du rauchst ja wie ein Schlot.«

»Folgen Sie dem Straßenverlauf zwei Kilometer in Richtung Unterwestrich«, meldete sich eine angenehme Frauenstimme.

Erkelenz, 6. Juni 2009, 23.30 Uhr
Im Tagebaugebiet

Er fühlte sich, als ob er aus einem langen und erholsamen Schlaf erwachte, für eine Sekunde. Dann verflogen die Bilder und die Erinnerung an Omas Gästezimmer in Grambusch verblassten. Ihnen folgte der Schmerz, der sich von hinten wie ein Netz über seinen Kopf legte. Er vermengte sich mit dem Geruch von Lederpflegespray, der seine Nase ausfüllte. Er lag mit dem Gesicht nach unten auf der Rückbank und wurde ziemlich durchgerüttelt. Anscheinend hatten sie die befestigten Straßen verlassen und waren nun auf einem der unzähligen Feldwege unterwegs, die das zum Tode verurteilte Kulturland im Tagebaugebiet in alle Richtungen durchschnitten. Die Hände konnte er nicht bewegen, sie waren hinter dem Rücken gefesselt. Er versuchte, sich zu sammeln. Seine Lage war beschissen und wurde von Minute zu Minute schlimmer, da brauchte er nicht groß zu überlegen. Jetzt kam es darauf an, das Notfallprogramm in Gang zu bringen und so viel Zeit herauszuschinden wie möglich und dabei auf eine günstige Gelegenheit zu warten. Mit tauben Fingern befühlte er die Fesseln. Scheinbar ein Schlips. Er blieb ruhig liegen und wartete.

»So, mein lieber Claude. Dort vorne können wir anhalten. Schließlich wollen wir unseren Freund nicht allzu lange warten lassen. Nicht wahr?« Mit den letzten Worten drehte er sich um und gab Müller ein paar Schläge auf den Hinterkopf. »Aufwachen, Schlafmütze. Sonst verpassen Sie noch den Höhepunkt.«

Der Wagen wurde langsamer und bog nach links ab, wo er nach einigen holprigen Metern zum Stehen kam. »Endstation, alle aussteigen«, verkündete ein aufgekratzter Jacobs. Hinter Müller wurde die Tür aufgerissen. Claude packte ihn an den Unterarmen und riss ihn aus dem Auto.

»Oh-oh, Claude. Pass bitte auf, ich möchte keine unnötigen Kratzer an der Verkleidung.« Jacobs stand etwas abseits und ließ seinen Blick schweifen.

»Lässt diese Aussicht nicht hoffen? Da kommt ein riesiger Bagger und rührt diese ganze Scheiße mal richtig um, holt sich raus, was man brauchen kann und am Ende wird der Rest unter Wasser gesetzt. Mich stimmt diese Aussicht fröhlich.«

Er drehte sich um und kam auf Müller zu, den Claude zwischenzeitlich auf die Beine gezogen hatte, sodass er nun schwankend mit seinen abgestorbenen Extremitäten kämpfte.

»Na, dann gehen wir doch ein paar Schritte, damit wieder Leben in Sie kommt – bevor wir es dann wieder ausblasen. Herrlich, n'est-ce pas?«

»Ich schmeiß mich weg vor Lachen«, brummte Müller und schaute sich um. Der Wagen stand neben den Mauerresten einer Scheune. Von dort aus führte ein Weg vorbei an Gestrüpp in eine

Senke, die sie ansteuerten. In diese Gegend, die von den Bewohnern aufgegeben worden und die für Landdiebe vom Energieriesen noch uninteressant war, verirrte sich höchstens mal der Werksschutz alle paar Tage. Während er sich von Claude vorwärts schubsen ließ, überlegte er, aber seine Karten standen schlecht. Wieso war der verdammte Becker vorhin nicht da gewesen, wo er sein sollte? Wieso war er so blauäugig gewesen, sich überhaupt auf diese ganze Scheiße einzulassen? Wahrscheinlich hatte tatsächlich Ellen damit zu tun, sie und die Tatsache, dass er es ihr und auch sich selbst mal wieder so richtig zeigen wollte. *Armleuchter.*

»Na romantischer hätten wir es kaum antreffen können«, erklärte Jacobs und drehte sich einmal um die eigene Achse, als sie Senke erreicht hatten. »Ich denke, hier lässt es sich eine Zeit lang aushalten, oder? Ich meine, lange werden Sie ja nicht hier rumliegen. Dann werden Ihre Überreste vom Bagger wieder rausgeholt und Sie landen auf dem Förderband und ab ins Kohlekraftwerk. Für den Bruchteil einer Sekunde, tun Sie dann mal was Nützliches: Sie werden leuchten. Ich schätze, ich werde in nächster Zeit meine Beleuchtung mit ganz anderen Augen sehen. Vielleicht besuchen Sie mich ja mal durch die Steckdose, wenn ich ein gutes Buch lese oder den Herd anmache, um Wasser für einen Tee zu kochen. Also, ich mag den Gedanken. Sie nicht?«

Müller verzog unter Schmerzen den Mund zu einem schiefen Lächeln. »Reizvoll fände ich die Idee, wenn wir in Amerika wären und ich Teil der Ladung, die Sie auf dem elektrischen Stuhl zu Tode brutzelt. Das wäre nach meinem Geschmack.«

»Ooch, er nu wieder«, empörte sich Jacobs gespielt. »Sie sind ein ganz undankbarer Geselle. Claude, das war's dann.« Mit diesen Worten drehte er sich um und hatte eine Pistole in der Hand. »Wenn ich bitten darf?«

Müller hätte jetzt einfach so umfallen können, aber hinter ihm stand Claude. Das Herz schlug ihm bis zum Hals. Wie lange würde es das noch können? Immerhin verspürte er nicht den Drang, sich in die Hose zu pinkeln, wovor er angesichts dieses Arschlochs, das da mit der Pistole herumfuchtelte, am meisten Angst gehabt hätte. *Wenn es jetzt sein muss, dann muss es eben jetzt sein,* dachte er. *Aber warum muss es so ein Arschloch wie Jacobs sein, das mir die Lampe ausknipst?*

»Claude, mein Lieber, wenn du bitte zur Seite treten würdest«, sagte Jacobs mit zuckersüßer Stimme.

Müller hörte einen Schuss. Dumpf und hart. Sonst nichts. Bis Claude umfiel. Erstaunt schaute er neben sich, wo der tote Bodyguard ausgestreckt lag, mit einem ungläubigen Ausdruck im Gesicht. »Da waren's nur noch zwei«, sagte Jacobs und grinste breit.

»Kann es sein, dass Sie ein gestörtes Verhältnis zu Ihren Mitmenschen haben?«, fragte Müller. »Was hatte der Ihnen jetzt getan?«

Jacobs überlegte kurz. »Nichts, warum? Er war durchaus treu und nützlich. Und das ist er ja auch weiterhin. Schließlich wird er Sie im Kampf töten, aber leider selber über die Klinge springen, durch Ihre Hand natürlich. Oh, und der ist dafür, dass Sie so unhöflich sind.« Dann machte Jacobs einen Schritt vor und versetzte ihm einen Schlag ins Gesicht.

Sein Kopf rauschte und das Rauschen nahm zu, bis es sein Bewusstsein völlig außer Kraft setzte. Er spürte seine Beine nicht mehr und fiel um. *Wieso glaubt in letzter Zeit eigentlich jedes Arschloch, mir in die Fresse schlagen zu müssen?*, dachte er. Dann überrollte ihn der Schmerz und er ließ für einen Moment los.

Erkelenz, 6. Juni 2009, 23.30 Uhr
Auf der Straße

»Biegen Sie nach fünfhundert Metern links ab«, sagte die Frauenstimme. Becker raste über die Straße, die eigentlich für Tempo 80 ausgelegt war. Berger hielt sich am Armaturenbrett fest.

»Keine Angst, wir kriegen regelmäßig Fahrtraining«, brummte Becker und riss das Lenkrad herum.

»Das freut mich. Wie oft hast du schon teilgenommen?«

»Noch nie. Keine Zeit.«

»Ah, okay.«

Erkelenz, 6. Juni 2009, 23.35 Uhr
Im Tagebaugebiet

Müller fühlte sich zum Kotzen, als er langsam die Augen aufschlug. »Alles Improvisation«, erklärte Jacobs stolz und schaute hinunter zu dem muskulösen Mann, der vor ihm im Gras lag. Er hatte mitbekommen, dass Müller nach einer kurzen Bewusstlosigkeit wieder zu sich kam. Müller wusste nicht, wie viel er von Jacobs' Monolog verpasst hatte. Sein Kopf hallte und drohte zu zerspringen. Der Schlag hatte ihn ziemlich brutal erwischt. »Er wird Sie übrigens später umgebracht haben, um mein Leben zu retten, das ist Ihnen klar, oder?«

»Nee, is' klar, anders wär ja auch doof«, murmelte Müller und hätte sich gerne mal ausgiebig das schmerzende Gesicht gerieben. »Mit so was haben Sie ja Erfahrung, stimmt's?«

»Bitte?«, tat Jacobs verwundert. »Ach, Sie meinen Bergers Oma, Gott hab sie selig.«

»Hat er bestimmt. Und Martens.«

»Ja, den natürlich auch«, tat Jacobs den Einwand ab. »Das war ein Versehen. Ich hatte glatt angenommen, der wollte unser Ding mit der Sparkasse ausplaudern, nachdem er diese dämliche Ankündigung vor laufenden Kameras gemacht hatte. Das konnte ich ja nun nicht zulassen, also musste ich schnell handeln. Zuzutrauen wär es ihm gewesen. Dass er dann nur diesen Sonnenschein in die Pfanne hauen wollte, ist natürlich tragisch – für ihn. Er hat zuerst gar nicht mitbekommen, wie ihm geschah. Aber dank des guten Claudes hat er schnell unter dem Kissen seinen letzten Atemzug versucht, noch ein wenig gezuckt und dann war es um ihn geschehen. Claude hat ihm die Dosis reingesetzt und eigentlich hätte es für eure Kleinstadtmediziner reichen müssen. Wir hatten den Plan ja sehr schnell entwickeln müssen, deshalb hatte er vielleicht seine Schwachstellen.« Er grinste breit. »Naja, Berger kam mir gerade gelegen. Und dafür, dass ich da nicht lange überlegen konnte, ist es ganz gut gelaufen, finden Sie nicht?«

»Naja, das haben Sie aber nicht besonders gut hinbekommen, wenn ich das mal so sagen darf«, bemühte sich Müller um einen geschäftsmäßigen Ton.

»Ach, meinen Sie, ja?«

»Natürlich, warum mussten Sie Berger ins Spiel bringen? Den hatte vorher niemand auf der Peilung. Das, mein Lieber, war ein Fehler. Und der wird Sie den Kopf kosten.« Jacobs starrte ihn finster an.

»Mein Kopf, mein Lieber? Mein Kopf wird noch von der Sonne angestrahlt, wenn Sie längst verrottet sind. Zugegeben, bei der Sache mit Berger sind mir die Nerven ein wenig durchgegangen, aber – hallo? – wer trotz kleiner Fehler am Plan festhält, der gewinnt auch. Meine Devise, wissen Sie? Was Berger betrifft, naja, wir haben alle drei viel zu viel an ihn gedacht, nachdem wir hier angekommen waren. Der war die ganze Zeit irgendwie dabei, schwebte über uns wie ein Geist aus vergangenen Tagen. Also habe ich ihn eingebaut. Spontan und nicht so erfolgreich, wie ich es gehofft hatte, aber es hätte auch klappen können. Wie beim ersten Mal. Aber stellen Sie sich vor, dann hätten wir nie das Vergnügen gehabt, hier so nett miteinander zu plaudern, bevor ich Sie gleich umbringe. Außerdem hat mich ja Ihr unterbelichteter Kumpan, dieser Dorfbulle, auf Berger gebracht. Und in der Not nimmt man, was einem geboten wird.« Er schien einen Moment zu überlegen, bevor er erneut ansetzte, als ob ihm gerade eine wichtige Erkenntnis gekommen sei. »Und wissen Sie was? Hätten Sie nicht versucht, Ellen zu imponieren und sich als harter Junge aufzuspielen, wäre nach Martens' Ableben nichts mehr passiert. Sie würden weiterleben, mein guter Leibwächter auch. Aber nein, Sie mussten sich ja reinhängen wie ein Wilder. Hat es sich wenigstens gelohnt?«

»Bitte?«

»Na, hat sie Sie rangelassen? Wenigstens ein einziges Mal?« Jacobs' Augen funkelten böse und hasserfüllt. So lief der Hase also.

»Da können Sie aber einen drauf lassen«, erwiderte Müller. »Und zwar richtig. Das war nicht von schlechten Eltern, wie Sie bestimmt selber wissen.« Er zögerte, als ob ihm etwas dämmerte. »Oder … oje, Sie hatten nie das Vergnügen, stimmt's?«

»Halten Sie Ihre Fresse!«, brüllte Jacobs los und fuchtelte mit der Pistole in Müllers Richtung. *Bingo*, dachte der. *Nagel auf den Kopf getroffen.*

»Sie!«, begann Jacobs drohend. »Sie sind es nicht wert, auch nur in ihrer Nähe zu sein! Sie sind es nicht wert, dass Ellen sich mit Ihnen abgibt, sie hat was viel Besseres verdient als einen kleinen Schmierfinken wie Sie, verstanden?«

»War ja nicht zu überhören«, erwiderte Müller. »Also sehe ich das richtig: Sie haben sie nicht flachgelegt.« Er grinste für einen Moment, bekam er es aber mit der Angst zu tun, als Jacobs einen Schritt auf ihn zu machte und die Waffe mit ausgestrecktem Arm an seinen Kopf hielt.

»Was wissen Sie Wicht von Liebe, hä? Sie wissen gar nichts. Für Sie ist es doch schon Liebe, wenn Sie nicht dafür bezahlen müssen.«

»Ich halte fest: Sie hat Sie nicht rangelassen, korrekt?« Müllers Bemerkung war der Tropfen, der das Fass in Jacobs' heißgelaufenem Hirn zum Überlaufen brachte. Er schlug hart zu, Müller kippte zur Seite und wartete mit zusammengekniffenen Augen auf den Knall. Aber nichts passierte. Also rappelte er sich mühsam wieder halbwegs hoch. Er sah Jacobs an, der sich durch den Schlag so abreagiert zu haben schien, dass er beinahe ruhig wirkte.

»Zurück zu Bergers Großmutter«, hakte Müller schnell ein und leckte das Blut von seinen Lippen. Zeit gewinnen, ihn am Reden halten, das war wichtig. Die Geschichte war ihm in Wirklichkeit gerade scheißegal, er wollte nur überleben. Jacobs sprang darauf an.

»Mein Gott, *die* Alte hat mich sowieso genervt. Sie hätte halt nicht da sein sollen, als ich das Geld geholt hab. Wollen Sie wissen, wie das war? Also: Ich bin mit meinem Mofa – für die Akten: eine rote Kreidler Flory – nach Venrath, um das Geld zu holen. Berger war in Erkelenz unterwegs. Hat mich noch gefragt: Wie sag ich's meiner Oma. Ich will ihr doch nicht wehtun … Daher hab ich ihm geraten, es möglichst kurz vor der Abreise zu sagen. Das heißt: ihr aus dem Weg gehen. Ich hatte folglich freie Bahn, weil er sich natürlich an meinen Rat gehalten hat, der Schwachkopf. Ich also rein in den Laden, standen ja immer alle Türen offen, und das Geld aus seinem Dopeversteck geholt. Als sie mir dann dazwischen gekommen ist, während ich in der Küche die Masken für die Polizei hinlegte, den Rucksack voll mit dem ganzen schönen Geld, da hab ich sie halt erschossen. So einfach war das. Piffz! Und«, er machte eine Kunstpause, um in einem versöhnlichen Tonfall fortzufahren, »es war nicht geplant. In Anbetracht der Zeit, die inzwischen vergangen ist, und angesichts meines jugendlichen Alters zur Tatzeit sollte eine Bewährung drin sein, da bin ich mir sicher.« Jacobs strotzte vor Selbstbewusstsein. Müller empfand nicht einmal Wut auf ihn.

»Wissen Sie, diese Frau war indiskutabel«, fuhr Jacobs fort. Müller wunderte sich, dass er tatsächlich dem Klischee entsprach und sich nun, da er sich sicher glaubte, mit seinen Taten prahlte. Irgendwie fand er das billig. »So etwas haben Sie bestimmt auf Ihrer Tour durch die Niederungen des hiesigen Vereins- und Pfarrgemeindewesens selber erlebt. ›Gottfried, Gottfried, ist dein Besuch auch zufrieden oder soll ich Kekse hochbringen? Gottfried, Gottfried‹«, äffte Jacobs eine fast vergessene alte Frau nach, wobei er die Arme etwas anwinkelte und mit den Händen wedelte. »Aber es hat mir nichts ausgemacht, wissen Sie?«

»Kann ich mir denken«, brummte Müller und versuchte mit gefesselten Händen Haltung zu bewahren, während er sich ein wenig aufrappelte.

»Ach, was können Sie sich denn sonst noch denken, Müller?«, fragte Jacobs und schaute ihn mit hochgezogenen Augenbrauen von oben herab an. »Lassen Sie mal hören, was sich Ihr kleines Lokalhirn so ausgedacht hat. Kombiniere, kombiniere, es wird sowieso niemand erfahren.«

Zeit gewinnen! Jede Minute ist ein Punkt auf deinem Konto, dachte Müller. *Irgendwas passiert schon. Es kann nicht sein, dass Becker das hier vergessen hat und nicht eins und eins zusammenzählen kann. Also fang an und biete dem mit der Waffe eine gute Show.* Er straffte sich und drückte die Schultern durch, während seine Hände den Boden hinter ihm nach etwas Scharfem abtasteten.

»Sie hatten nie vor, mit den anderen dreien zusammen zu verschwinden«, setzte er an. Jacobs grinste zufrieden. »Sie hatten die Wahl, einen von ihnen zu opfern, um Ihren Rückzug zu decken.«

»Falsch!«, unterbrach Jacobs. »Alle drei waren dafür vorgesehen. Stellen Sie sich das vor, wie abgrundtief gemein! Sogar Ellen wäre irgendwann dran gewesen. Aber der liebe Zufall wollte es so, dass Berger ausreichte, um die Bullen und alle anderen zu beschäftigen. Da hatten der liebe Lukas und die zauberhafte Ellen richtig Schwein gehabt.«

»Das heißt, Sie hätten alle drei nacheinander wie Raketentriebwerke abgestoßen, wenn sie unnütz geworden wären?« Müller staunte nicht schlecht. Der ihm da gegenüberstand, war mit das Übelste, was er je kennen lernen durfte. Jacobs nickte fröhlich, als handle es sich um ein Ratespiel.

»Sehr schönes Beispiel, ja, das kommt der Sache nahe. So war es geplant. Clever, oder?«

»Wie man es nimmt, ich persönlich halte es eher für hinterhältig und abartig. Aber das ist ja nur meine kleine Lokalmeinung.« Müller verzog den Mund zu einem schmerzhaften Grinsen und spürte, wie sich wieder Blut in seinem Mund ansammelte.

»Na, jetzt übertreiben Sie aber, mein Lieber. Das ist sicher nur der Mut des Fatalisten. ›Wo ich jetzt sowieso sterbe, kann ich ja noch mal ne dicke Lippe riskieren. Mann, bin ich cool.‹« Jacobs hockte sich vor ihn. »Was ich getan habe, mein Lieber, das ist klares und zielorientiertes Handeln unter der alles außer Kraft setzenden Maxime des eigenen Wohlergehens. Dabei habe ich sogar einige Risiken auf mich genommen, wodurch sich mein Handeln letztendlich legitimiert. Das ist nach logischen Gesichtspunkten der einzige Weg, den jemand gehen kann, der der Umwelt überlegen ist und sich vor dem Schicksal bewahren will, im Mittelmaß zu ersaufen. Es war sozusagen Notwehr. Außerdem brauchte ich das Geld schließlich als Startkapital, ich habe damit mein Studium und die erste kleine Firma finanziert. Ich habe es sinnvoll arbeiten lassen und nicht irgendwo auf den Kopf gehauen, wie es die anderen getan hätten. Achtzig Prozent der Leute, mit denen ich im richtig schweren Business täglich umgehe, würden genauso handeln oder haben es ähnlich getan. Das, mein Lieber, das sind die, die am Ende überleben und obenauf schwimmen, die den Takt angeben und jemanden wie Sie oder wie Erkelenz aus der Portokasse klarmachen. Glauben Sie wirklich, ich hätte irgendwelche Konsequenzen zu tragen? Ich habe Freunde in allen wichtigen Schaltstellen, die ohne viel Federlesen dafür sorgen, dass alles zu meinen Gunsten ausgeht. Denn ich bin Teil der Elite, die Sie bewundern. Ich habe damals mehr Geld in Guidos Spaßmobil gesteckt, als Sie in Ihrem ganzen Leben zu sehen bekommen werden. Ich verteile meine milden Gaben an fast jede Partei im Bundestag. Wenn ich will, stelle ich meine eigene Fraktion zusammen. Wir haben die Macht und wir werden uns immer gegenseitig stützen. Und uns darf kein minderwertiges Wesen im Wege stehen, jemand wie …«

»Ich!« Eine Stimme unterbrach Jacobs' Monolog. Eine Stimme, die er auch in hundert Jahren aus Tausenden heraushören würde. Berger! *Jetzt bekommt die Sache Schwung,* dachte er und spürte, wie sich seine Blase langsam meldete. *Kann denn in diesem verdammten Kaff nicht mal irgendetwas wie geplant über die Bühne gehen? Aber wer erfolgreich handelt, erledigt zuerst die unangenehmen Dinge. Also los!*

»Hallo, mein Freund, lange nichts mehr voneinander gehört, stimmt's?« In seiner Bewegung riss Jacobs die Waffe hoch und richtete sie auf Berger. Neben ihm stand noch jemand. *Der Bulle! Mist, Polizistenmord ist kein Kavaliersdelikt. Aber er richtet eine Waffe auf mich, also mach ich da auch Notwehr draus. Jetzt bloß keinen Fehler machen. Du machst nie Fehler! Noch hast du die Sache im Griff, und daran wird der da nichts ändern.*

»Waffe runter, Jacobs!«, brüllte Becker ihn an und zielte mit seiner Pistole auf ihn. *Wenn der abdrückt, ist mein Hirn weg,* durchschoss es Jacobs. Ein Impuls wollte ihn zwingen, die Waffe sinken zu lassen, aber er verscheuchte den Gedanken. Den Plan bis zum Ende durchziehen und Erfolg haben, eine andere Möglichkeit kannte er nicht. Letztendlich würde er davonkommen, vielleicht mit einem blauen Auge, vielleicht etwas gerupft. Vielleicht würde er den Vorsitz niederlegen und sich mit einem riesigen Handgeld aufs Altenteil zurückziehen müssen. Prima, hätte er immer noch gewonnen. Auf einmal musste er an Goa denken, vielleicht hätten sie damals doch zusammen dorthin abhauen sollen. Vielleicht wäre

Ellen heute seine Frau und die Mutter seiner braungebrannten Kinder. Zum ersten Mal fühlte er sich müde. Aber dafür war keine Zeit. Er schluckte. Wie immer es enden würde, der letzte Akt war eingeleitet.

»Wie komme ich denn dazu, meine Pistole sinken zu lassen?«, begann er. »Sie sind doch so einer, Sie schießen, sobald ich das tue, oder?«

»Wollen wir es drauf ankommen lassen?«, kam es knurrend von der anderen Seite zurück. »Wie geht's Müller? Alles fit?«

»Ging schon besser.«

Während Jacobs sich auf Becker konzentrierte, sah er im Augenwinkel, wie sich Berger langsam auf ihn zu bewegte. Er riss die Waffe herum und richtete sie auf ihn. Berger blieb stehen und hob andeutungsweise die Arme. »Wie wäre es, wenn wir die Sache endlich klar machen, die damals begonnen hat. Ich hätte gerne meinen Anteil. Das ist doch nur gerecht, findest du nicht?«

»Meinst du, aber ich denke, du hast bekommen, was du verdient hast, mein guter Gottfried.« Jacobs war zu allem entschlossen. Wie eine in die Enge gedrängte Ratte kannte er nur einen Weg. Hier und heute sollten weitere Menschen sterben, um die Welt wieder so herzustellen, wie sie einmal gewesen war.

»Kannst du dir vorstellen, wie es ist, wenn man nächtelang da liegt und ins Dunkle starrt und sich immer wieder diese eine Frage stellt: Wer hat mich reingelegt? Kannst du dir das vorstellen, Bernd?« Berger ließ sich von der Waffe, die auf ihn gerichtet war, nicht beeindrucken. »Kannst du dir vorstellen, wie es sich anfühlt, wenn die Hoffnung in dir langsam abstirbt. Die Hoffnung auf ›Einer für alle‹, auf ›Loyalität‹. Doch wenn das passiert ist, ist das noch nicht das Schlimmste, denn vor dir liegen viele tausend Tage, an denen du die Leere auskosten kannst. Durch diese Leere hallt immer dieselbe Frage und auf diese Frage will ich endlich eine Antwort. Warum? Warum, verdammt, hast du Schwein mich über die Klinge springen lassen? Bin ich denn nichts wert?« Mit den letzten Worten wollte sich Berger auf Jacobs stürzen.

»Nein!«, rief Becker und streckte die Hand aus, um Berger noch zu erreichen.

»Stop!«, schrie Jacobs Berger zu, riss aber die Waffe herum und drückte ab. Die Kugel durchschlug Beckers rechte Schulter. Der ließ seine Pistole fallen und sackte auf die Knie. Berger war in der Bewegung erstarrt, er schaute zu dem Polizisten, der am Boden hockte und seine Schulter festhielt. Dann schnellte er herum und stürzte sich auf Jacobs, der nicht damit gerechnet hatte. Sie fielen gemeinsam nach hinten, wobei Müller Jacobs die Beine in den Weg stellte, über die er stolperte. Die Pistole war irgendwo im Dunkeln verschwunden. Berger landete auf Jacobs und schlug hart zu. Seine Faust landete mehrmals in Jacobs' Gesicht.

Da hat sich ordentlich was angestaut, dachte Müller und rappelte sich auf. Er wankte hinüber zu seinem Freund, der sich gefangen hatte und auf dem Boden nach seiner Pistole suchte.

»Na, auch schon da?«, begrüßte er ihn.

»Du kannst mich mal«, knurrte Becker. »Hilf mir lieber, die Scheißpistole zu finden.«

»Hier«, erwiderte Müller und stieß sie ihm mit dem Fuß vor die Hand.

»Mensch, pass auf, die ist entsichert«, zischte Becker, nahm sie mit der Linken auf und stemmte sich mit gefletschten Zähnen hoch. »Scheiße, tut das weh!«

Er wollte sich einschalten, da stieß Müller ihn mit der Schulter an. »Lass ihm noch ein paar Schläge, die hat er sich verdient. Und Jacobs sowieso.« Dann drehte er sich halb um. »Mach mal ab, bitte.«

Becker beugte sich über Müllers Hände und begann, mit der linken Hand an dem Knoten zu ziehen.

»Gib Gas«, drängelte Müller.

»Jaja, gemach, das ist schwer genug mit einer Hand«, verteidigte sich Becker. »Hier halt mal«, fügte er hinzu und drückte Müller die Pistole in die nutzlos auf den Rücken gebundenen Hände.

»Sag mal, hast du denn jetzt mit der Kamps gepoppt oder nicht?«

»Wie meinst du das?«

»Na, deine Andeutungen gehen mir ziemlich auf den Sack, sag es doch einfach. Wie war's?«

»Naja, es war … naja.«

»Also habt ihr nicht«, konstatierte Becker und widmete sich wieder der verknoteten Krawatte um Müllers Hände. »Kannst du mal aufhören, mir mit der Pistole im Gesicht herumzufummeln?«

»Klar, mach mir die Hände los und ich schieb sie dir hin, wo du willst.«

»Und? Habt ihr?«

»Nein, zufrieden?«

»Ja.«

»Aber wir waren so kurz davor.« Bei der entsprechenden Geste mit den Fingern fiel die Pistole herunter und vor Beckers Füße.

»Mann, pass auf, sonst schießt du mir noch die Nüsse ab!«

Eigentlich belog er seinen Freund nicht gerne, aber wenn es dessen Seelenfrieden diente, war es sicherlich besser. Außerdem gab es ihm ein seltsames Gefühl von Überlegenheit.

Vorne war Berger von Faustschlägen zu Schütteln und Ohrfeigen übergegangen, wobei er wild auf Jacobs einschrie. »Gib mir mein Leben zurück, du verdammter Schweinehund!« Wieder traf eine Ohrfeige das Gesicht seines Opfers. Jacobs war blutverschmiert und fast nicht mehr zu erkennen. Trotzdem versuchte er, etwas zu sagen. Das Gemurmel war absolut unverständlich.

»Was?«, schrie Berger und beugte sich mit dem Ohr näher an Jacobs' Mund. »Was willst du mir noch erzählen, hä? Wieder so eine Scheiße von Loyalität und Goa? Komm, sag schon!«

Jacobs setzte erneut an. »Du … du … hast mir … den größten Freundschafts- … -dienst erwiesen, den … den … man sich vorstellen kann. Ich würde … würde es sofort wieder so … machen. Du … Pfeife.« Dann begann Jacobs hustend zu lachen. Anscheinend hatte er verstanden, dass das Spiel aus war. Nun wollte er Berger ein letztes Mal benutzen, um sich aus dem Staub zu machen. Sollte er ihn erschlagen oder erwürgen, alles war besser, als den Rest seines Lebens im Knast zu verbringen. An die Hilfe seiner einflussreichen Freunde konnte er selbst nicht mehr glauben, dafür hatte er zu viele Menschen umgebracht. Also war es nur sinnvoll, jetzt zu sterben, um so aus seinem Leben eine hundertprozentige Erfolgsgeschichte zu machen, ohne auch nur einen Tag der Buße. Berger tat ihm den Gefallen und drückte zu. Das Lachen erstickte zu einem Röcheln.

Das hatte er sich aber weniger schmerzhaft vorgestellt. Er riss die Augen weit auf und schaute Berger flehend an. *Mach schneller, erweise mir diesen Dienst.*

»Hör auf, Berger!«, mischte sich aus der Ferne eine Stimme ein. Der Journalist war auf sie zugekommen, die Hände wieder frei. »Mensch, Berger, hör auf!«

»Nein, er muss bezahlen!«, presste Berger wütend hervor und ließ Jacobs nicht aus den Augen. »Blut muss fließen, um diese ganze Scheiße wegzuwaschen!«

Jacobs' blutunterlaufene Augen und dessen Panik trösteten ihn. Wenn der Tod kam, war keiner mehr mutig.

»So hilfst du ihm schon wieder zu entkommen, schnallst du das nicht? Er will, dass du ihn tötest.« Müllers Stimme schob sich langsam von hinten in sein Bewusstsein und setzte sich gegen das Rauschen in seinem Kopf durch.

Berger hielt inne. Seine Hände um Jacobs' Hals lockerten sich ein wenig. Jacobs begann automatisch zu röcheln und zu husten.

»Die Strafe muss von jetzt an vor ihm liegen, jahrelang. Erspar ihm nicht den Knast, hörst du?«

»Mach weiter, Arschloch!«, presste Jacobs zwischen Husten hervor. »Bring es zu Ende oder kannst … k-kannst … du das auch nicht?« In der Ferne hörten sie Sirenen, die langsam näherkamen. Berger holte wieder aus und brachte so Jacobs zum Schweigen. Aus seinen geschlossenen Augen rannen Tränen.

»Deine Mutter hat sich aber beeilt, mein Lieber«, sagte Müller zu seinem Freund hinüber, der aufgrund seiner Schmerzen nur ein böses »Vollidiot« erwidern konnte. Dann erstarb die Sirene in unmittelbarer Nähe. Becker hörte, wie jemand seinen Namen rief und Unruhe in der Dunkelheit ausbrach.

»Hier bin ich, hier drüben!«

»Geht das auch etwas genauer, wo verdammt noch mal hier ist?«, kam es aus der Richtung, aus der tanzende Lichtkegel näherkamen.

Müller war zu Berger getreten und hatte ihm die Hand auf die Schulter gelegt. Der schien es nicht zu bemerken.»Komm, es ist vorbei. Du hast gewonnen«, sagte Müller sanft.

»Hab ich das?«, fragte Berger auf einmal und drehte den Kopf zu ihm. Müller half ihm hoch. Jacobs stöhnte auf, wagte aber nicht, sich zu bewegen.

Dann waren sie da. Polizisten fluteten die Szene. Sie kümmerten sich um Becker, umringten Müller und Berger, bereit zuzugreifen, wenn es nötig war, und nahmen den toten Leibwächter in Augenschein. »Der ist tot!«, meldete ein Uniformierter in Köhlers Richtung, der gerade auf den Platz gehastet kam und ziemlich außer Atem war. »Der lebt noch«, kam es aus Jacobs' Richtung. Zwei Beamte beugten sich über ihn.

»Becker, sind Sie okay?«, fragte Köhler besorgt und schaute Müller misstrauisch an. »Was will der denn hier?«, fragte er Becker und machte mit dem Kopf eine Bewegung in Müllers Richtung.

»Er hat für uns den Fall aufgeklärt, wenn es recht ist«, erwiderte Becker bissig und stellte sich zu Müller und Berger. »Und der hier«, er zeigte auf Berger, »ist unschuldig, den können wir laufen lassen. Ein für allemal.«

»Und was ist mit dem da?«, fragte Köhler und deutete auf Jacobs, der von zwei Beamten auf die Beine gezogen und gestützt wurde.

»Der hat ein Riesenproblem am Arsch«, antwortete Becker triumphierend und schaute Berger an, der erleichtert nickte. Ein Beamter kam wortlos auf Becker zu und betastete seine Schulter. »Glatter Durchschuss«, murmelte er.

»Tut aber trotzdem weh«, entgegnete Becker und versuchte, sich aus den Fängen des Mannes zu befreien.

»Wer ist das überhaupt da unter dem ganzen Blut und so?«, fragte Köhler und war einen Schritt vorgetreten, um Jacobs in Augenschein zu nehmen.

»Ihr Vorzeigemanager – Jacobs«, erwiderte Becker. Dann biss er die Zähne zusammen, denn der Kollege ging mit einem »Stillhalten, wenn ich bitten darf« ans Werk und legte ihm einen provisorischen Pressverband an.

Köhler riss die Augen auf und schaute erst Becker, dann Jacobs ungläubig an. »Ach, du Scheiße«, brummte er und rieb sich mit der flachen Hand das Kinn.

»Angenehm«, murmelte Jacobs und hob leicht die Hand.

»Schaffen Sie ihn weg«, herrschte Köhler die umstehenden Beamten an und wandte sich wieder den dreien zu. »So, und nun bin ich auf eine aufregende Geschichte gespannt«, begann er und schaute sie der Reihe nach an. »Hat mal jemand eine Zigarette? Und Sie sollten sich auch ein Pflaster geben lassen, Herr Journalist.«

Die Spannung baute sich langsam ab, der ersten Entspannung folgte eine angenehme Leere in den Köpfen. Da schlug Berger zu. Er traf Becker genau am Kinn, sodass dieser nach hinten in die Arme des Kollegen kippte. Sofort sprangen ein paar Uniformierte dazu und stürzten sich auf Berger.

»Was war das?«, fragte Köhler gelassen und versuchte dabei, sich mit Beckers Tabak eine Zigarette zu drehen.

»Jetzt sind wir quitt«, erklärte Berger und grinste Becker an. »Den hatte ich noch gut bei dir.« Die Kollegen starrten Becker irritiert an. Ein Zeichen von ihm und sie hätten gewusst, was zu tun ist. Aber das Zeichen kam nicht.

Becker hatte sich wieder aufgerappelt und rieb sich das Kinn. »Ist okay, Leute. Lasst ihn los, das geht auf meine Kappe«, sagte er widerwillig und grinste zurück, während er etwas Blut von seiner anschwellenden Lippe leckte. Müller schaute beide fragend an und zuckte dann mit den Schultern. Hauptsache, es hatte diesmal nicht schon wieder ihn erwischt.

»Wo das geklärt ist, will ich unterhalten werden«, erklärte Beckers Chef und zündete sich die krumme Zigarette an. »Erzählt mir die ganze Geschichte mit allen Details und lasst auch die schlüpfrigen Stellen nicht aus, wenn es welche gibt.«

Erkelenz, 14. März 1988, 16 Uhr
Bergers Zimmer

Die letzten schrillen Gitarrenklänge von Les Rita Mitsouko verklangen und gingen in ein sphärisches Kratzen über. Der Tonarm des Plattenspielers bewegte sich durch die Auslaufrille, hakte am Ende angekommen kurz an und schwang sich ruckend in die Höhe, um zu seiner Ausgangsposition zurückzukehren. Berger saß an sein Bett gelehnt auf dem Boden und zog noch einmal an der Wasserpfeife, bevor er sie an Bernd weitergab. Den Rauch stieß er durch die Nase aus und sah für einen kurzen Moment aus wie ein wütender Stier in einem Zeichentrickfilm. Dann musste er husten und versuchte es zu unterdrücken. Bernd hatte die Tonpfeife in Form einer sich aufrichtenden Schlange mit dem qualmenden Kopf angenommen und ihr Ende zum Mund geführt. Sofort zündete Berger das Feuerzeug an und ließ die Flamme erneut über die Mischung im Pfeifenkopf gleiten, während Bernd blubbernd und gluckernd an der Pfeife zog. Hustend hielt er die Pfeife weit von sich.

»Mach mal langsam, Kollege«, sagte Berger beschwichtigend und nahm die Pfeife an sich, die im Takt des Hustens auf und ab zuckte. »Ich hab noch genug hier liegen.«

Bernd Halcour brauchte eine Weile, um sich wieder zu beruhigen. Die Lungen brannten und er glaubte, an dem Feuer zu sterben. An Bergers Scheißpfeife konnte er sich einfach nicht gewöhnen. Gerade wollte er etwas sagen, als er ein Klopfen von draußen hörte. Bergers Oma stand wieder unten im Flur an der Treppe und schlug mit ihrem Gehstock gegen das Geländer. »Gottfried, Gooooottttt-Frieeeeeddd!!«, erscholl es von unten herauf. Berger stellte die Pfeife ab und erhob sich schwankend.

»Jahaaaaaa! Bin ja schon unterwegs, Oma!« Er machte einen großen Schritt über Bernds Beine hinweg, der ausgestreckt mitten im Raum lag und an die Decke starrte.

»Mann, die nervt, Alter«, sagte er zu Berger.

»Na, hör mal, das ist meine Oma. Da darfst du ruhig etwas Respekt zeigen!« Berger schob den Oberkörper durch die Tür. »Was ist denn los, Oma?«, rief er in den Flur.

»Junge, muss die Musik so laut sein?«, kam es von unten.

»Ja.«

»Ach, und warum?«

»Weil das Rockmusik ist, die kann man nicht leise hören.«

»Und warum nicht?«

»Das erkläre ich dir später, okay?«

»Na gut«, rief die Oma hoch. »Ach, und frag doch deinen Besuch, ob er ein paar Kekse haben will.«

Berger drehte sich um und schaute zu Bernd. »Willst du Kekse?«

»Öh … nö.« Dann kicherte Bernd los und rieb sich die Augen.

»Nein danke, Oma. Er ist auch so glücklich und zufrieden«, teilte Berger dem dunklen Flur mit.

»Na, dann ist ja gut. Ansonsten meldet euch – oh und Junge, lüfte mal durch. Eure Zigaretten stinken fürchterlich. Wenn Opa so einen Mief mit seinen Zigarren verbreitet hätte, dem hätte ich aber was …«

»Ist gut, Oma«, unterbrach Berger sie. »Bis nachher mal!«

Er drehte sich um und stieg über Bernds Beine zurück an seinen Platz.

»Sagt Bescheid, wenn ihr was braucht«, kam es gedämpft von unten.

Berger begann, in dem Stapel Langspielplatten zu kramen, die vor dem alten Kleiderschrank aufgebaut waren. »Iggy Pop?«, fragte er nach hinten und hielt ein Album hoch.

»Nee, lass mal, ich will mal 'ne Pause haben«, erklärte Bernd und setzte sich wieder auf. Es nervte ihn sehr, dass er mit Berger erst reden konnte, nachdem sie sich zusammen zugedröhnt und genug Platten konsumiert hatten. Das hielt auf und lenkte ihn von dem ab, was er sich für heute vorgenommen hatte.

»Lass uns mal weiter reden, Berger. Wo wir vorhin aufgehört haben, als du die Platte aufgelegt hast.« Seine Stimme klang ungeduldig. Wenn Berger nüchtern und ein besserer Beobachter gewesen wäre, hätte er sicherlich bemerkt, wohin das führen sollte. Seit Tagen fing Bernd immer wieder mit ernsten Themen an. Sie betrafen Freundschaft, Vertrauen und Treue. Themen, über die sich Berger bislang nie wirklich Gedanken gemacht hatte. Jetzt wurde er von Bernd förmlich damit traktiert. Ab und zu konnte er diesen Gymnasiasten absolut nicht folgen, was sie wollten und wie sie es ausdrückten. Anstatt zu sagen, was los war, mussten sie hundertmal im Kreis labern, bis sie endlich auf den Punkt kamen. Irgendwie imponierte es ihm auch, hatte er so etwas doch nie gelernt. Und es machte ihn ein wenig stolz, dass sich diese Gruppe überhaupt mit ihm abgab. Vor allem Bernd, der nüchtern so unnahbar wirkte. Vor dem hatte er fast Angst, obwohl er ihm körperlich weit überlegen war, das wusste er. Trotzdem hatte der Kerl etwas, das ihn gleichermaßen anzog wie abstieß. Wenn er ehrlich zu sich selbst war, musste er zugeben, dass er neidisch war.

»Hey, ich weiß echt nicht, warum du mich seit Tagen mit diesen … diesen … Fragen, diesen …«

»Philosophischen Fragen?«, assistierte Bernd.

»Wenn du meinst, ja … mit diesen philosophischen Fragen löcherst. Was willst du mich fragen, Mann? Sag es frei raus.« Berger fixierte sein Gegenüber und drehte sich eine Zigarette. »Was-willst-du-wissen-Mann?«

Bernd lächelte vor sich hin. Denn er spürte, dass er in die Offensive gehen konnte. Berger war so gut wie weich gekocht. Von unten drang dumpfe Schlagermusik zu ihnen herauf. Bergers Oma hatte anscheinend erkannt, dass Schlager mindestens so laut gespielt werden müssen wie Rockmusik.

»Weißt du, ich frag mich, ob ich dir trauen kann«, begann er und nahm seine Brille ab. Bevor Berger ihn unterbrechen konnte, fuhr er fort. »Nicht, dass ich dir misstrauen würde, versteh mich nicht falsch. Im Gegenteil, ich halte große Stücke auf dich. Aber es gibt Dinge, die kann man nicht mit jedem Freund durchziehen. Da muss man sich aufeinander verlassen können, wenn man es schaffen will. Da geht es um Vertrauen und um Loyalität.«

»Um was?«

»Lo-ya-li-tät«, sagte Bernd langsam. Jetzt hatte er Berger am Haken. So lange er ihm etwas erklären konnte, schaute Berger zu ihm auf. Das würde es für ihn viel leichter machen. »Das ist, wenn man bedingungslos füreinander einsteht. Verstehst du? Und ich frage mich, ob du das für mich, Ellen und Lukas tun würdest.«

»Warum?«

»Was warum?« Bernd war irritiert.

»Na, warum fragst du dich das? Es muss doch einen Grund geben, oder liege ich falsch?« Da war er, der kleine Funke Vernunft in Bergers bekifftem Gehirn. Bernd bemerkte ihn und begann zu lachen. Dabei schlug er Berger aufs Knie und straffte sich.

»Okay, also leg ich mal los. Wenn du das nicht hören willst, sag es einfach, dann steh ich auf und wir sehen uns nie mehr wieder, okay?«

Berger nickte. Die Vorstellung fand er nicht sehr verlockend. Er rutschte hoch, richtete seinen Oberkörper auf, nahm noch einen tiefen Zug an der Pfeife und griff nach dem Tabakpäckchen neben sich. Er wollte wie ein guter Zuhörer wirken, der versteht, was erzählt wird.

»Ich hab doch das Praktikum bei der Sparkasse gemacht.« Berger nickte. »Da hab ich so einiges gesehen und mir darüber meine Gedanken gemacht. Und ich bin zu der Überzeugung gekommen: Wir machen einen Banküberfall.«

Berger prustete los und stieß dabei die Wasserpfeife um, deren Inhalt sich auf dem alten Teppich ergoss und sofort anfing zu stinken. Berger japste nach Luft.

»Wir ... machen ... was?« Er hustete und stellte zu seiner Überraschung fest, dass Bernd ihm immer noch mit eindringlicher Miene gegenüber saß und ihn beobachtete. Er hustete erneut und fasste mit der Hand in die Wasserlache neben sich. »Verdammt, das stinkt morgen wie rolliger Kater.« Dann schaute er Bernd an. »Du meinst das ernst, oder?«

»Aber sicher, todernst.« Bernd grinste siegessicher.

»Mann, du solltest weniger kiffen und dir mal 'ne Freundin suchen«, erwiderte Berger und wischte sich die nasse Hand am T-Shirt ab. »Aber erzähl mal.«

Bernd lehnte sich zurück und griff nach dem Tabak. »Also, ich hab mal überschlagen, dass die da ein- bis zweimal pro Woche richtig viel Geld reinbekommen. Das glaubst du gar nicht, was die Supermärkte alles zusammenbekommen an einem Tag. Ich hab Augen gemacht wie ein Auto. Und das hier in Erkelenz. Und jetzt kommt der Hammer: Die bauen grad irgendeinen neuen Sicherheitskram ein und haben deshalb in Wirklichkeit ein riesiges Sicherheitsloch. Der Chef hat mir gesagt, wenn die Bankräuber wüssten, wie es derzeit bei denen zugeht, würden die Schlange stehen. Die Firma, die das macht, kommt wohl nicht recht in die Gänge. Das kann noch Wochen dauern.«

»Echt?«

»Echt. Und ich muss dir sagen, da kam ein gieriges Gefühl in mir auf, so eine Geilheit, die ich noch nie gespürt habe. Das ist was anders als mit Mädchen rumzumachen, das ist hundertprozentiges Leben. Münze werfen und gewinnen oder verlieren.« Seine Worte würden bei Berger das bewirken, was sie sollten.

»Ja, geil. Das klingt verdammt geil«, sagte er breit grinsend.

»Genau. Darum rede ich mit dir.«

»Was hab ich damit zu tun?«

»Du hast doch mal von der Pistole erzählt, die dein Opa im Schuppen versteckt hat. Die, mit der er nach dem Krieg den Kohlenhändler überfallen hat.«

»Klar, die liegt unter meinem Bett, der hat sie noch ein paarmal gesucht und es dann aufgegeben. Und wenig später ist er ja gestorben.« Berger grinste immer noch. »Soll ich sie dir leihen? Kannst du gleich mitnehmen. Vier Patronen sind auch da«

»Nein, Mann. Ich will, dass du dabei bist. Deshalb hab ich dich die ganze Zeit gefragt, ob ich dir vertrauen kann, verstehst du?« Den Worten folgte ein gewichtiger Blick, der Berger schlagartig ernüchtern ließ. Er schluckte und suchte wieder nach dem Tabak.

»Na, das ist aber ein starkes …«, setzte er an, aber Bernd unterbrach ihn.

»Kann ich mich auf dich verlassen?«

»Wie … äh ja … aber …«

»Bist du dabei?«

»Ja, nein, ich weiß nicht, Mann.«

»War das nur Gelaber mit der Freundschaft? Mann, enttäusch mich nicht. Du bist der einzige, mit dem ich das durchziehen würde, Ellen und Lukas kriegen das nicht hin. Enttäusch mich jetzt bloß nicht!« Bernd deutete an aufzustehen.

»Na gut, ich kann ja mal drüber nachdenken«, lenkte Berger schnell ein.

»Nicht nachdenken. Ja oder nein, jetzt!«

»Ja, aber …«

»Jetzt!«

»Okay, ich bin dabei.« Seine Stimme klang unsicher und er hoffte, dass Bernd es nicht bemerken würde. Der hatte es allerdings mit Genugtuung wahrgenommen.

»Super, Alter. Ich wusste, dass du mitmachst. Kenn ich dich besser, als du denkst, oder?«, sagte Bernd und änderte den Tonfall.

»Ja, scheint so«, murmelte Berger. Später würde er jahrelang an diesen einen Moment denken. *Nun musste er wieder Land gewinnen und sinnvolle Sachen fragen,* dachte er sich.

»Und wofür brauchen wir die beiden, wenn du es ihnen nicht zutraust?«

»Weil wir vier bewaffnete Leute brauchen, die den ganzen Raum kontrollieren, während die uns das Geld aushändigen.«

»Bewaffnet? Ich denke, wir haben nur meine alte Wehrmachtsknarre«, fragte Berger irritiert. Bernd grinste. Oh, heilige Einfalt, es war so leicht.

»Das wissen wir, aber die nicht. Du ballerst einmal in die Decke, damit die wissen, dass die Waffen echt sind, und auf einen zweiten Schuss wird es keiner ankommen lassen, verstehst du?«

Berger nickte.

»Und wenn was schiefgeht?«

»Es wird nichts schiefgehen. Sollte einem von uns was passieren, werden die anderen ihn wieder rausholen. Das mein ich mit Loyalität.« Bernds Stimme klang eindringlich in Bergers Ohren nach.

»Verstehe«, brummte er. Die Idee mit dem Überfall machte ihm Angst, aber so viel Geld und das mit seinen besten Freunden, die ein unerschütterliches Band dieser »Lo-ya-li-tät« umschloss.

»Wichtig ist, dass wir alle vier zusammen abhauen«, redete Bernd weiter. »Ich habe dir doch von Goa erzählt. Was meinst du, was wir da mit einer halben Million unter strahlend blauem Himmel anfangen werden. Mann, wir wären die Kings, die Fantastischen Vier! Uns kann keiner was anhaben, solange wir eisern zusammenstehen und uns bedingungslos vertrauen können. Ich weiß, dass du dabei bist, Mann. Du kannst gar nicht anders. Wenn ich das mit einem durchziehe, dann mit dir!« Der Gedanke gefiel Berger immer besser.

Erkelenz, 26. September 2009, 21.45 Uhr
Bahnhof, Gleis 2

Es war angenehm warm. Der Sommer hatte sich in den letzten Tagen von seiner besten Seite gezeigt. Sie standen zusammen neben dem Schild, das darüber aufklärte, was man alles auf dem Bahnhofsgelände nicht durfte, und stießen rauchend mit den Bierflaschen an. Berger hatte sich einen echten Tramperrucksack besorgt, die anderen Reisenden hatten moderne Trollis neben sich stehen. Er wirkte in seiner Interrail-Uniform aus den 90ern schon etwas exotisch, wie Müller fand. Berger hätte mit einem gemieteten Ferrari sonstwohin fahren können, aber er hatte darauf bestanden, vom Bahnhof aus zu starten und sein Leben endlich zu beginnen, wie er es geplant hatte. Müller hatte es sich nicht nehmen lassen, ihn zum Bahnhof zu bringen und zu verabschieden. Sonst war niemand gekommen. Ellen würde noch einige Monate in verschiedenen Rehakliniken zubringen, bevor sie wieder ganz hergestellt wäre. Ein paar Schönheitschirurgen würden gut an ihr verdienen, aber am Ende würde es wieder dieselbe schöne Ellen sein, deren Gesicht man auf der ganzen Welt kannte. Jette hatte sich in dem Moment beruhigt, als sie ihren Ben mit durchlöcherter Schulter in Erkelenz im Krankenhaus in Empfang nehmen konnte. Auch Müllers zerschundener Zustand, an dem in der Notaufnahme herumgedoktert worden war, hatte sie irgendwie gerührt und ihr gleichzeitig die Augen geöffnet, was da eigentlich tatsächlich passiert war. Balsam für die Seelen aller drei.

Berger hatte Glück gehabt. Er hatte im Gespräch mit den großen Illustrierten ein gutes Händchen und kaufmännisches Denken bewiesen. Müller schätzte, dass er heute in Euro weitaus mehr auf dem Konto hatte, als der Bankraub damals in Mark eingebracht hätte. Die ersten Tage nach dem Showdown waren wie im Fluge vergangen. Er und Becker hatten viele Fragen beantworten müssen und sicherlich das eine oder andere etwas zurechtgebogen, damit es keinen Ärger mit Köhler und den Dienstvorschriften geben würde. Jacobs hatte im Gefängniskrankenhaus erfolglos versucht, sich das Leben zu nehmen und wollte allem Anschein nach auf geistig unzurechnungsfähig plädieren. Nun, da er erkannt hatte, dass seine Felle weggeschwommen waren und er bis zum Hals in der Scheiße saß, wollte er wohl wenigstens den Prozess, der ihn erwartete, zu einer Farce machen und ein letztes Mal zeigen, dass er die Fäden in der Hand hielt. Angeblich hatte er seine Verteidigung selbst in die Hand genommen und neben Altbundeskanzler Gerhard Schröder Bill Clinton und Fidel Castro als Zeugen benannt. Seine beratenden Anwälte wechselte er im Stundentakt. Sein Plan, wenn er denn einen hatte, würde ihm angesichts der Skrupellosigkeit, mit der er jahrelang vorgegangen war, jedoch nicht gelingen, hatte der Staatsanwalt gegenüber Becker anklingen lassen. »Der Kerl mag ja alles sein, aber verrückt ist er sicher nicht«, hatte der Staatsanwalt gesagt. Becker selbst war aufgrund der Schussverletzung krankgeschrieben und hatte die meiste Zeit in Roermond in seinem Wohnwagen verbracht.

Die Firmenleitung der ECO-COM in Hamburg hatte ein gewisser Schneider an sich gerissen, der sich durch die Aufregung, die die Enthüllungen um Jacobs verursacht hatten, selbst aus der Schusslinie seines eigenen kleinen Skandals ziehen konnte. Wenn Müller sich recht erinnerte, ging es um dessen Vergangenheit bei irgendeinem braunen Heimatschutz an der Grenze nach Polen. Es hatte ihn nicht wirklich interessiert, hatte er doch genug um die Ohren gehabt. Zuerst hatte die PR-Abteilung des Unternehmens wegen Jacobs von »unglaublichen Vorwürfen« gesprochen, dann von »tragischen Ereignissen«. Die nächste Verlautbarung betraf schon ein neues Marketing-Tool für das Internet, mit dem die nächste Dimension im Web eingeläutet wurde. Von Jacobs keine Rede mehr, Schnee von gestern. Vom Vorzeigemanager zum Abschaum in nur einer Woche. Wie so oft bei Ungeheuerlichkeiten flachte das öffentliche Interesse ebenso schnell ab, wie es vorher hochgekocht war. Die Wirtschaftsblätter hatten genug Stoff für viele Ausgaben gehabt und den Aktienmarkt hatte es gehörig durchgerüttelt. Der Buchmarkt wurde eine Zeit lang von Luc Martens Biografie beherrscht, wie er es sich gewünscht hatte. Das neue postume Album stand in mehreren Ländern ganz oben und auch die DVDs mit seinen großen Konzerten verkauften sich sehr gut. Aus den

Schlagzeilen der Gazetten war er aber an dem Tag verschwunden, als in den USA der King of Pop angeblich von seinem Leibarzt zu Tode gespritzt worden war. Der war eben doch eine andere Liga als Luc Martens. Gerüchten zufolge wurde jedoch darüber nachgedacht, sein Leben zu verfilmen. Für die Hauptrolle war niemand geringerer als Johnny Depp im Gespräch. Noch ein paar Monate und die Geschichte würde nicht einmal mehr für die bunten Seiten taugen, also würde man sich beeilen müssen.

Müller selbst hatte ebenfalls von der ganzen Geschichte profitiert und sich sogar ein kleines finanzielles Polster zulegen können. Er war zufrieden, denn Berger hatte letztendlich bekommen, was ihm zustand. Und die anderen auch. Er nahm einen Schluck aus der Flasche Frühkölsch und schaute Berger interessiert von der Seite an. Der stand an der Bahnsteigkante und wippte vor sich hin, während sein Blick nahezu hypnotisch auf der Biegung am Bahndamm Richtung Aachen hing, von wo aus der Zug einfahren würde. *Er hatte sich etwas bewahrt, was ihm wohl durch die ganzen langen Jahre geholfen hatte,* dachte Müller. Irgendwas hat ihn davon abgehalten, Amok zu laufen. Wenn er anfangs wirklich Rache nehmen wollte, hatte er sich später eineutig für den ebsseren Wweg entschieden. An dem Geschehen im Juni hatte Berger sich bis auf seinen Auftritt im Krankenhaus und bei der Festnahme von Jacobs weitestgehend herausgehalten. Als ob ihn die ganze Zeit die Gewissheit beschützt hätte, dass alles gut gehen und es am Ende eine Erklärung geben würde. Darüber, weshalb Jacobs so schrecklich misshandelt worden war, hatten er und Becker sich, so gut es ging, bedeckt gehalten. Nein, sie hatten nichts mitbekommen und ja, sie wären natürlich eingeschritten, wenn sie etwas mitbekommen hätten. Dabei beriefen sie sich auf den Umstand, dass der eine verletzt und der andere mit einem mehrere hundert Euro teuren Schlips gefesselt gewesen war. Für einen dreifachen Mörder, der nur aus Habgier, Egoismus und kalter Berechnung gehandelt hatte, wollte sowieso niemand Partei ergreifen. Die Häme obsiegte auch hier. Deshalb wurde es nicht weiter verfolgt und Jacobs' Anwälte hatten angesichts der Sachlage völlig andere Probleme, zumal sie nie wussten, ob sie am nächsten Tag noch mit dem Fall betraut sein würden.

Obwohl die Geschichte einen nicht zu überdeckenden schalen Nachgeschmack behielt, war trotzdem etwas Wunderbares eingetreten: Gerechtigkeit. Dreck am Stecken hatten sie alle, die in die Geschichte verwickelt waren. Gebüßt hatten sie ebenfalls alle, jeder auf seine Weise und Jacobs am meisten. Müller musste grinsen.

»He, was ist?«, schaltete sich Berger in seine Gedanken ein. »Mach ich was Lustiges?« Er wirkte, wie ein Junge, der bei irgendetwas ertappt worden war.

»Ja, Mann. Du machst was verdammt Lustiges. Und das weißt du auch.«

Berger schaute ihn kurz entgeistert an. Dann nickte er.

»Jau, stimmt. Prost.« Er hielt ihm seine Kölschflasche hin. Müller ließ seine dagegenklocken.

»Wohin wird die Reise gehen?«, fragte er. Berger zuckte mit den Schultern.

»Keinen Plan gemacht, was als Nächstes kommt?«

»Ich glaube, du machst das völlig richtig«, sagte er anerkennend.

»Ich werde bis Düsseldorf fahren, genau wie die damals, mich da hinstellen und warten, was mir einfällt. Und dort fahre ich dann hin, oder fliege hin oder wie auch immer. Klingt doch gut, oder?«

»Auf jeden Fall«, pflichtete Müller ihm bei. *Ja, Junge, du machst alles goldrichtig! Wenn du wüsstest, wie ich dich beneide.* »Es wird Zeit, dein Zug kommt.«

Berger überkam ein kurzes Zittern, kaum zu bemerken, doch Müller hatte es wahrgenommen und er beneidete Berger dafür, dass er das gleich tun würde. Berger nahm seinen Rucksack auf und stellte die Flasche ordentlich neben einen Pfahl.

»Na dann, sag ich mal tschö«, sagte er und streckte Müller seine Hand entgegen.

»Ja, leb wohl, du braves Lamm«, entgegnete Müller.

»Wie?«

»Ach, vergiss es, genieß dein Leben und pass auf dich auf.« Müller erlaubte sich fast etwas wie eine Umarmung.

»Werd ich, Mann, komm her«, antwortete Berger gerührt und vollendete Müllers Andeutung. Er zog ihn an sich und umschlang ihn mit seinen Armen. Anschließend wandte er sich zum Zug um.

Er berührte den grün blinkenden Knopf, zischend ging die Tür auf und Berger stieg unsicher ein, als ob er völliges Neuland betreten würde. *Wenn der nicht sogar noch Jungfrau ist,* schoss Müller ein Gedanke durch den Kopf. Er musste grinsen. *Mann, wird der einen Spaß haben.*

»Und schreib mal«, sagte er blöderweise, weil ihm nichts Besseres einfiel.

»Auf keinen Fall«, entgegnete Berger, hob zum Abschied die Hand und verschwand im Inneren des Zuges.

»Hätte ich auch gesagt«, murmelte Müller und ging. Die Geschichte war erzählt, der Fall erledigt. Nach ein paar Metern drehte er sich um und sah den Zug in der ins Zwielicht getauchten Kurve nach Düsseldorf verschwinden. Einundzwanzig Jahre zu spät und doch rechtzeitig. Er würde jetzt zu Walli ins »Sokrates« gehen und hoffte, dort Becker anzutreffen. Bei einer Partie Billard würde er in trauter Zweisamkeit mit seinem besten Freund seinen Gedanken nachhängen und aufpassen, dass der nicht wieder bescheißt. Hoffentlich legte nicht wieder irgendwer diesen unerträglichen Luc Martens auf.

Ende

Danksagung

Es ist erstaunlich, wie schnell etwas Zeitgeschichte wird. Als ich den Roman geschrieben habe, war Erkelenz noch so, wie Sie es sich jetzt erlesen haben. Das alte Freibad musste mittlerweile einem sehr schönen und vor allem neuen Bad weichen. Die Sparkasse, die unsere vier Abenteurer überfallen, hat sich durch kreativen Umgang mit der Abrissbirne vom Metallhochhaus zum dunklen Riegel gewandelt. Die alte, dunkle Gasse, durch die Müller den flüchtenden Berger verfolgt, war tatsächlich sehr beeindruckend. Ein gepflasterter Kanal, die Wände aus rotem Backstein, an dessen Ende eine Kurve und damit immer etwas Ungewisses wartete. Heute schaut man stattdessen auf die Rückansicht einer hellen, großen Seniorenresidenz. Die Gasse als solche wurde kurzerhand entfernt.

Den alten Friedhof an der Brückstraße gibt es natürlich immer noch. Er ist heute ein Park. Das Morbide und Finstere ist einem romantischen Gesamteindruck gewichen.

Am meisten musste Hohenbusch unter meinen Einfällen leiden. Das altehrwürdige Gemäuer gibt es natürlich wirklich. Aber ein Hotel wird es da wohl nie geben.

Letztendlich bedarf es mehr als eines kreativen Kopfes, um eine Idee von einem Buch Wirklichkeit werden zu lassen. Bei mir sind das meine Frau Petra und meine beiden Kinder Maren und Felix, die immer an mich geglaubt haben. Auch wenn es ab und zu mühsam war. Aber auch Hubert Quirbach, der für mich den passenden Verlag gefunden hat. Nämlich den Sutton Verlag. Und dort war mein Manuskript bei Julia Ströbel und vor allem bei Saskia Parakenings in den besten Händen. Mitgemischt haben auch meine beiden Freunde Kurt Lehmkuhl und Andreas »Kriminalinski« Kaminski, jeder auf seine Art. Beide prägend. Danke.

Von Becker und Müller und den anderen Jecken in Erkelenz gäbe es noch eine Menge zu berichten. Schaumermal. Für heute soll's aber mal gut sein.

Ihr
Helmut Wichlatz

Bitte beachten Sie auch die folgenden Buchhinweise:

Buchhinweise

Im idyllischen Rotbachtal entdeckt ein Förster die Leiche der Studentin Sara Ehrmann, die sich ihren Lebensunterhalt als Stripperin verdiente. An Verdächtigen mangelt es Hauptkommissarin Eva Engel vom KK 11 der Duisburger Kripo nicht. Die enthemmte Dorfjugend, die nach Saras letztem Auftritt beim Junggesellenabschied nicht genug bekommen konnte, der krankhaft eifersüchtige Exfreund der Toten, der Boss der Stripbar – alle hätten ein Motiv. Dann fällt zwei Tage später auch noch eine alte Schulfreundin von Eva nach einem merkwürdigen Unfall ins Koma. Und was geht der Quatsch mit den Satanisten, die auf dem Dinslakener Friedhof herumgeistern sollen, die Kripo an?

Höllenqualen. Eva Engel vom Duisburger KK 11 ermittelt
Juliane Göttinger | 12,00 € | 978-3-95400-134-7

Buchhinweise

In den rauchenden Ruinen des ausgebrannten Verwaltungsgebäudes einer Fabrik im sauerländischen Örtchen Grüneck entdeckt die Feuerwehr eine Leiche. Ein Unfall, ein Einbrecher? Aber wieso dann der Schädelbruch? Spätestens, als sich der Tote als ein aktenkundiger Linksradikaler entpuppt, der sogar weitläufig mit dem Besitzer der Metallfabrik verwandt war, ist es mit der Ruhe in Grüneck vorbei. Unabhängig voneinander beginnen Kommissarin Ulrike Schrader von der Hagener Kripo und der aus der Grünecker Idylle nach Köln geflüchtete Journalist Thomas Krüdewagen, in ihrer Sauerländer Heimat in der Vergangenheit zu wühlen.

Mordsgeschäfte. Ein Sauerland-Krimi

Martin Sudermann | 12,00 € | 978-3-95400-028-9

Buchhinweise

November 2010. Nach einem von heftigen Auseinandersetzungen begleiteten Castor-Transport wird die Leiche eines Demonstranten in der Göhrde entdeckt. Holger Becker soll in einem knöcheltiefen Bach ertrunken sein. Seine Freunde, altgediente Autonome und junge Antiatomkraftaktivisten aus dem Wendland, glauben keine Sekunde an diese Geschichte. Auch der Journalist Thomas Krüdewagen ist tief erschüttert, als er vom Tod seines alten Genossen und Freundes hört. Er beschließt, dem Rätsel auf den Grund zu gehen. Seine Recherchen in der Bewegung ergeben, dass Holger all die Jahre militant geblieben ist und sich mächtige Feinde gemacht hat: BKA, Staatsschutz und nicht zuletzt den Energiekonzern WEAG. Aber die bringen doch niemanden um. Nur – wer war es dann? Falsche Freunde? Rivalen? Oder sollte etwa doch …?

XXX. Ein Atomkraft-Krimi

Martin Sudermann | 12,00 € | 978-3-95400-258-0